Globotomie

ou la lobotomie par la globalisation

Tome 1

Yannick HARZER

Éditeur : Yannick Harzer 10 rue des Pommes F-67201 Eckbolsheim

ISBN : 978-2-9561332-0-9

Dépôt légal : août 2017

Imprimeur : CreateSpace, États-Unis

Les deux tomes de la version papier du présent roman
sont disponibles sur amazon.com et amazon.fr,
ainsi que sous format numérique en un seul document.

TABLE DES MATIÈRES

PENSÉE

« Les problèmes du monde ne peuvent être résolus par des sceptiques ou des cyniques dont les horizons se limitent aux réalités évidentes. Nous avons besoin d'hommes capables d'imaginer ce qui n'a jamais existé. »

John Fitzgerald Kennedy

TABLEAU DES PERSONNAGES

Aldemor d'Âvre : ancien commando.

Ancelin d'Âvre : colonel d'active.

Aristot Kazh : sans emploi, consultant dans le domaine de la télévision.

Bernard Lherbite alias Trilobite : coiffeur très occasionnel.

Charles Torchebœufs : haut responsable à la sécurité intérieure.

Charpentier : chef de service à la sécurité intérieure.

Cyntia : fleuriste et artiste peintre.

Eileen : fille de Karole et Jeffrey Lutz.

Elena Anderson : ancienne comédienne, tenancière de bar.

Finn Coldwyn : entrepreneur.

Gargouille : ancien prof de maths.

Ghjuvanni : agent de surface en chef et corse.

Gil : clochard.

Jeffrey Lutz : paléontologue.

Julie : clocharde.

Junfeng : père de Suyin, commerçant.

Karole Lutz : professeure d'histoire à l'université.

Karsten : ancien légionnaire.

Kolya Sorokine : iconologue.

Laidie : cuisinière.

Laszlo : ancien légionnaire.

Lorcan : fils de Karole et Jeffrey Lutz.

Marthe Honorine d'Âvre alias Tatie : rentière.

Oliver Schmutzfink : médecin psychiatre.

Ondine : conférencière.

Ozan Tilki : spécialiste en criminalité économique et financière.

Patrick : policier.

René : policier.

Riwan Merien : directeur de société d'investissement.

Sonia Dellenorsch : directrice d'école dans l'enseignement supérieur.

Suyin : doctorante en botanique.

Van Graf : président de fédération bancaire.

1 ALDEMOR

On lui aurait dit que le monde était un ballon gorgé d'eau, il n'aurait pas bronché. À bientôt trente ans passés, Aldemor d'Âvre vivait une vie de reclus. Non parce qu'il n'aimait pas les gens. Il adorait les gens. Depuis tout petit déjà. Enfin, pour être tout à fait franc, uniquement les rares qu'il aimait bien. Oui, on pouvait le formuler ainsi : il adorait ceux qu'il aimait bien. À l'exception de tous les autres. Mais ce qu'il aimait par-dessus tout, c'était les animaux, même les plus informes, les plus inapprochables, les plus imperceptibles, les plus puants aussi. Aldemor les aimait parce que tout paraissait si simple chez eux. Si formidablement simple... On pouvait leur parler, ils ne vous contredisaient jamais. Ils ne vous faisaient jamais la moue quelles que soient vos grimaces ou vos humeurs plus ou moins déplorables du matin. Et surtout, ils vous écoutaient avec de grands yeux sentant bon les grands espaces et un air de dire « vas-y, continue, tu es un vrai poète ! ».

Aldemor n'était pas franchement un poète, il ne savait pas même ce que le mot signifiait. L'école n'avait jamais été son truc au-delà des joies infinies que lui procuraient les oiseaux sautelant dans les cours de récréation à la recherche de mie perdue. À qui la faute, était-on en droit de se demander ? Tout était affaire de point de vue et dépendait de l'aspect sur lequel on focalisait l'attention. Il avait été physiquement présent dans d'innombrables classes, on ne pouvait nourrir aucune controverse sur le sujet. Pour le reste, on se doutait simplement que les efforts d'enseignants plus ou moins doués et à la motivation incertaine ne l'avaient pas conquis. Quand vous habitiez dans des pays prudemment qualifiés d'exotiques et qu'en plus vous changiez constamment de lieu de vie, cela ne servait pas à grand-chose d'aller à l'école. Le temps de maîtriser les rudiments de la langue locale, suffisants pour pouvoir manger, boire, se déplacer, aller aux toilettes, bref, survivre, il lui avait fallu déguerpir aussitôt.

— Mange ta soupe Aldo, arrête de rêvasser, tu saoules.

— J'aime pas le cresson.

— Ça te donnera des forces, c'est un ordre.

— Bien reçu…

Son père se tenait assis devant lui, ses coudes puissants creusant des trous dans la nappe de cuisine à carreaux rouges et blancs. Militaire de carrière comme des générations de d'Âvre avant lui, il était officier supérieur chez les redoutables M.M., pas les friandises au chocolat mais les Mouettes de mer, une unité d'élite de la Marine. Durant ses pérégrinations, l'homme avait eu maintes fois l'opportunité d'inscrire son rejeton dans une école internationale pour lui permettre un suivi dans son éducation. L'indécrottable toutefois n'ouvrait pas plus les courriers qu'il ne se posait de questions sur les perspectives de vie des autres, à commencer par son fils. Son manque d'inclination pour les démarches administratives expliquait aussi pourquoi il avait été muté sur des destinations toujours plus improbables que les précédentes. À chaque prise de galon, il avait arraché Aldemor à ses amitiés à peine établies, le coupant en permanence du monde des vivants.

— T'as fini ?

— Ouais.

— Range ton assiette et file te brosser les dents.

— J'ai pété la brosse…

— Encore ? Tu as fait quoi cette fois avec ? Raclé les sabots d'un poney ?

La vie d'Aldemor avait démarré sur une bévue du genre ballot. Comme souvent. À l'origine, il devait s'appeler Aldémar mais un grain de sable que l'on recherchait encore avait fait dysfonctionner les rouages administratifs. Un couac s'était produit entre le moment où son père avait rempli sa fiche de naissance à la clinique, d'une main trop énergique et imprécise sans doute, et celui où une infirmière, épuisée par une charge de titan, avait injecté les données dans un ordinateur pour les transmettre on ne sut jamais trop où. À cet instant fatidique, le contexte familial n'avait pas été d'un grand secours. À peine quelques heures après l'accouchement, en effet, son papa était reparti en mission dans un lieu gardé invariablement secret. Quant à sa maman, eh bien… il lui était coutumier de boire en cachette, ce qui renforçait sa tendance naturelle à se moquer un peu des « détails », même pas mal… À la grosse huile qui s'était finalement déplacée, au terme de quelques mois seulement, afin de débarrasser certains engrenages de leurs scories, le préposé du consulat avait affirmé que la correction n'était plus possible et ponctué son propos d'un « Non, Aldémar pas… la bagnole ». Cela avait valu à l'inconscient d'être projeté hors de son guichet par une poigne de fer pour terminer presque broyé entre un mur et le fameux papa. Mais rien n'y avait fait, l'administration était restée inébranlable malgré les secousses.

L'erreur en tout cas, avait jeté comme un sort sur le petit et activé un point de bascule, à l'image des dominos qu'une infime pichenette fait chavirer. Par la suite, jamais rien ne put compenser chez lui cette première et décisive perte de contrôle sur son destin, à commencer par un poids hors normes de près de 6 kg à son entrée dans l'existence.

— Bon, tu fais quoi ?

— Hein ?

— Eh bien, tu vas t'en acheter une autre, oui ou merde ?

— Mais d'quoi tu parles ?

— D'une nouvelle brosse à dent, nom d'une frégate !

Sur cette sommation, Aldemor se leva et fila comme un obus de 75, modèle 1897, pour gagner le magasin le plus proche. Il y pénétra tellement vite que le vigile à l'entrée, décontenancé par l'apparition, eut le réflexe de tenter de le stopper avant de se ressaisir. Non, ce client ne pouvait pas être un voleur, pas dans ce sens-là… Le surveillant fut heureux de pouvoir faire état d'un progrès incontestable, son responsable lui ayant martelé la différence de si nombreuses fois déjà dans son pauvre cerveau. Il avait donc fini par retenir la leçon malgré un quotient intellectuel situé entre 54 et 54 et demi.

Aldemor parcourut les rayons sans s'arrêter, évitant de justesse une mamie et son chariot de courses qui bloquait toute la largeur. Il s'était toujours demandé comment les personnes âgées faisaient leur compte pour obturer les passages les plus larges en dépit de leur frêle allure. Parvenu au rayon des produits d'hygiène, il attrapa à la volée le *Graal* auquel il aspirait, une brosse biodégradable en poils de nylon, montée sur un manche en bambou. Puis il obliqua directement vers les caisses.

— C'est tout ?

— Euh… Ouais.

— Vous allez vous dessoucher les quenottes avec ça. Et pour les gencives, je ne vous dis pas... C'est pour les chevaux ce machin.

— Ah, mon père dit pour les poneys lui…

— Vous avez la carte du magasin ? demanda la caissière qui fit mine de ne pas avoir entendu, à défaut de pouvoir faire semblant d'avoir saisi.

— Nan pas besoin, j'sais où vous retrouver, j'habite à côté.

— Je voulais parler… de la carte de fidélité.

— Une carte, bien mise à jour, est toujours fidèle M'dame.

C'était le militaire coutumier des terrains de manœuvres qui venait de parler. La caissière l'observa avec stupéfaction tandis qu'il lui arrachait le ticket de caisse des doigts et filait à nouveau en direction du vigile qui s'écarta par pur réflexe de survie.

Aldemor sidérait les gens. Non pas uniquement par sa taille et carrure stupéfiante… quelque chose dans sa personnalité demeurait fondamentalement inachevé, pour ne pas dire complètement… déconnant. Il était comme suspendu dans un ascenseur conduisant théoriquement à une flopée d'étages mais qui restait indéfiniment bloqué entre deux niveaux de sous-sols. Il ignorait cependant tout de sa propre situation, jusqu'à l'existence même d'un bouton d'alarme. Personne n'avait jamais eu non plus la stupide idée de le rejoindre dans son univers si particulier. De là où il se trouvait en tout cas, il avait une vision faussée de ces semblables, ne les percevant que partiellement, ne cherchant jamais à établir de véritables liens avec eux...

Heureusement pour son ego quand il était enfant, il s'était toujours trouvé, quel que fût le pays, d'indénombrables chauffeurs de taxi pour lui sauver la mise en lui permettant de maintenir un certain contact social. Très tôt, en effet, il ne lui avait pas échappé qu'ils lui prêtaient un regard particulièrement attentif lorsqu'il les gratifiait d'un bonjour amical, appuyé d'un signe vigoureux du bras. Tous les autres passaient en trombe devant lui sans même feindre de le remarquer. Les taxis, eux, étaient prompts à s'arrêter. Aldemor ne comprenait certes pas pourquoi leur visage s'assombrissait si rapidement lorsqu'il restait planté là sur le trottoir, sans bouger, mais quelle importance après tout ? N'était-ce pas finalement la gratuité première du geste qui comptait ? C'est après bien des années seulement, à l'aube de l'adolescence, qu'il comprit la nature de ces véhicules aux jolies petites lumières sur le toit. Il saisit alors que les conducteurs ne répondaient pas à son salut en réalité mais le houspillaient vertement avant de repartir aussi sec. Cet amer constat fut synonyme de désastre pour lui et vraisemblablement même le point de départ pour son dégoût des relations humaines. À partir de là, il trancha et reporta toute son affection sur les animaux.

Ce fut ainsi un Aldemor complètement blasé qui traversa les espaces et conflits géopolitiques jusqu'à l'âge adulte, avec les Mouettes de mer comme seul fond d'écran. Ou devrait-on dire plutôt bas-fond ? De l'entrée de toutes les demeures dans lesquelles il avait séjourné à sa chambre, en passant par tous les lieux où les visiteurs étaient susceptibles de déambuler, il n'y avait que signes et insignes, décorations et photographies, objets ramassés à l'aveugle ici et là, conduisant immanquablement aux mêmes souvenirs d'un homme... qui n'était pas lui. Il y avait là des références à de rares exploits guerriers tout comme, surtout, à de longs moments d'attente dans des déserts taris de toute action. De quoi devenir taré.

Toute cette mémoire entassée, empilée, concentrée, jamais la sienne, ne s'était pas moins imprimée de façon irréversible sous forme de circuits dans sa tête, creusant des sillons de plus en plus profonds entre des masses de neurones trop sous-sollicités par ailleurs. Ce fut pour lui un peu comme pour quelque bétail pâturant dans des contrées perdues, l'isolement lui valut d'être marqué au fer rouge, d'un sceau qui l'accompagna ensuite dans ses moindres mouvements. Avec un tel horizon, la voie que suivit Aldemor par la suite n'emprunta en rien à une démarche réfléchie et encore moins à une quelconque philosophie de vie. Il n'eut pas même besoin de rejoindre le troupeau qui portait le même trait de fabrique indélébile, il se trouvait déjà au beau milieu.

— C'est bon, tu l'as trouvée ?

— Ouais, ça a coûté deux zoros, j'te remets la monnaie sur le buffet.

— J'espère bien. C'est cher dis-moi pour un cure-dent amélioré. Ta mère t'aurait vraisemblablement fait des reproches acides pour avoir fait un achat trop hâtif.

Sa mère... Elle avait pris depuis longtemps la poudre d'escampette, ayant fait prestement son deuil de cette existence pour va-t-en-guerre en pleine période de paix. Martiale plus que maritale, sa vie lui était soudainement apparue sans couleur. Contemplant la mer un soir d'été par-dessus d'infectes lignes de barbelés, elle avait enfin compris que ses aspirations personnelles ne trouveraient jamais aucune place dans la morne existence de son époux. Compris aussi que jamais les conflits ne s'arrêteraient, soupçonnant que le gouvernement de son pays travaillait surtout dans l'intérêt des marchands d'armes et revendeurs de fuel. Il n'y avait jamais eu, pour elle non plus, le moindre cm^2 de mur pour ses propres amulettes de vie dans les demeures familiales successives. Elle avait donc décampé à la faveur d'un « poste du siècle », obtenu grâce à un concours de classe E, E comme échappatoire ou envolée.

Sans même connaître la fiche du poste, elle en avait tout de suite reconnu l'avantage indéniable : il n'était pas à moins de quinze heures de vol de son époux incorrigible et de son fils qu'elle considérait, ni plus ni moins, comme un grand dégénéré. C'était cela et cela seul qui comptait, s'éloigner. Du reste, elle s'était bien moquée de sa destination, qu'on lui attribuât le 1er échelon d'un grade situé, pour ainsi dire, dans les caves administratives ou encore que son bureau fût situé au fin fond d'un sinistre bâtiment. Et pourquoi pas un bureau près d'un escalier ? Un escalier dans un Ministère pouvait être prisé comme redouté, selon qu'il vous conduisait à la direction ou au local à poubelles. Dans ces milieux, un politicien sans idées, mais pas moins décidé comme l'exigeaient les apparences, avait toute latitude pour vous envoyer en enfer. En partant, elle s'était même faite à l'idée d'être « statufiée » après avoir lu quelque part qu'elle aurait un statut de fonctionnaire. Avec un tel état d'esprit, le dernier regard qu'elle porta à Aldemor ne pesa pas lourd dans son ultime décision. Elle ne l'avait jamais aimé de toute manière, ce glaçon émotionnel.

Nul ne sut jamais si les oubliettes auxquelles cette femme s'était destinée la rendirent moins acide. On ne sut pas davantage si la génitrice d'Aldemor appartenait réellement à cette espèce rare que les caveaux remplis de dossiers futiles faisaient rêver, sans que l'on eût besoin de la rendre folle au préalable. Ni son époux ni son fils ne la revirent jamais après son départ inopiné.

Alors qu'aurait-il donc pu y avoir de plus salutaire pour le jeune adulte qu'était Aldemor, tractant de telles casseroles parentales derrière lui, que de pouvoir rejoindre la grande famille des Mouettes de mer ? Et puis son père ne lui avait-il pas proposé son appui de haut gradé ? L'appel avait été irrésistible pour quelqu'un qui ne connaissait rien d'autre, à commencer par sa propre personne.

Le soir tomba rapidement, Aldemor ne s'y sentait pas encore préparé intérieurement. Il détestait la solitude, tout particulièrement dans ces instants où l'obscurité envahissait les moindres recoins. Ce sentiment l'accablait d'autant plus en période de permission quand le vide d'une journée succédait à la morosité d'une autre. Il partit se coucher même s'il savait que le sommeil ne viendrait qu'après de longues et pénibles heures d'attente.

2 RÊVE

Aldemor se réveilla en sursaut. Était-ce en raison du halo de la lune qui perçait vaguement à travers les rideaux ? Un bruit parvenu du grenier, causé par le craquement naturel d'une poutre sous l'effet du refroidissement ? Il consulta son réveil. 3 heures 32. Il était à nouveau retourné là-bas, en songe. L'illusion était totale. C'était devenu presque quotidien. Ses rêves le ramenaient régulièrement à la même fonction, au même endroit. Qu'est-ce que cela signifiait ?

Tout petit déjà il s'était projeté dans un univers parallèle. Pour jouer, pour fuir. C'était invariablement la même chose. Il se retrouvait dans la peau d'un gardien dans un gigantesque zoo. Au-delà de sa mission de surveillance peu contraignante, il y observait les animaux à sa guise, à longueur de journée. Ce rêve, sans cesse renouvelé, ne l'avait jamais quitté. C'était son jardin secret, son espace de liberté. Il s'y sentait un peu comme un voyageur clandestin dans un train filant à vive allure à travers la campagne. C'était grisant, mais pas sans risque. Il n'en avait jamais parlé à quiconque, de crainte de tout perdre et que son monde fictif puisse disparaître subitement, une fois révélé. Ce rêve était son un, son tout, ce pourquoi il vivait. Quand il se sentait fléchir sur les terrains d'opération, il lui suffisait de fermer les yeux et de se fondre en pensée au milieu d'une bande de gnous, de kangourous folâtres ou encore de pélicans pataugeant dans la belle vie… Au point qu'il faillit se faire tuer une fois, ayant choisi un bien mauvais moment pour se déconnecter.

Il n'avait jamais possédé la moindre bête et n'en avait pas

non plus ressenti le besoin, ayant une tendance obsessionnelle à considérer tout animal comme le sien. Il s'était fait un devoir de protéger chaque bête contre l'adversité et la brutalité humaine, qu'elle fût réelle ou simplement chimérique. Combien de propriétaires de chiens, entre autres, avaient fait les frais de ses hallucinations si particulières et avaient été contraints ci de lâcher une laisse, là de rendre des comptes sur une maltraitance supposée ?

Aldemor avait un accès privilégié aux oiseaux en particulier. Ceux-ci possédaient la faculté de raccommoder son univers intérieur à vitesse grand V, de transcender la réalité aussi. Il faut dire à ce sujet qu'il lui avait fallu faire preuve de beaucoup de créativité et de fantaisie pour échapper à l'ennui des repas du soir quand il était môme. Devoir ingurgiter des bouillies aux légumes et aromates toujours plus locaux, au fur et à mesure des mutations de son père, se confondait pour lui avec une mort lente. Les cuisinières avaient eu beau se succéder au logis de l'officier, la tambouille restait la même. Sur ordre. Seules les espèces de légumineuses, herbacées comestibles, céréales et autres cochonneries, selon lui, changeaient d'une contrée à l'autre.

Le pli avait été pris par son ex-femme. Aussi, quand elle eut pris la poudre d'escampette, le militaire avait-il érigé cette manie au rang de culte du souvenir, qu'il s'était ensuite appliqué à « perfectionner » au fil des ans. C'est au retour d'une mission de longue durée, constatant que son fils, retrouvé seul, dépérissait après s'être nourri de conserves froides et en partie périmées, qu'il avait accepté de se rendre à l'évidence. Sa femme n'était pas passée sous un char ni décédée suite à une mauvaise prescription délivrée par un médecin militaire plus charlatan que d'autres. Elle avait fugué. C'était une histoire triste, certes, mais il avait vu pire. Il avait donc bien fallu combler le vide d'une façon ou d'une autre. Et puis le mess n'avait jamais été son truc. Pour lui, c'était tout au plus ce que le terme signifiait en anglais comme il l'avait appris lors d'une visite d'officiers étrangers : quelque chose entre le bazar et le gâchis. Avoir une cuisinière personnelle fut par conséquent l'idée salvatrice. Les candidates s'étaient alors égrainées au service du père d'Aldemor sans que l'on sût jamais qui avait déplu le plus à qui, pour qu'elles repartent à chaque fois aussi vite. Puis l'une d'elles avait fini par suivre l'homme bourru dans ses périples, jusqu'à ce que l'administration y mette son grain de sel en découvrant, lors d'un contrôle surprise, que son passeport était falsifié.

Incapable de retrouver le sommeil, pris en tenailles entre l'ennui et l'agacement, Aldemor descendit dans la cuisine pour y trouver quelque réconfort sous une forme comestible. Malgré l'heure, une lumière chaude se répandait dans la pièce. Quelqu'un avait-il oublié d'éteindre le plafonnier ? C'est là qu'il tomba sur Laidie, la double faussaire en papiers et identités, en train de préparer une mixture de son invention.

— Salut…

Le petit bout de femme asiatique sursauta.

— Levé déjà ? Pas sommeil, comme moi ?

— Nan, impossible de dormir. Mais c'est pas la fin des haricots.

— Ah bon, toi faim ?

— Nan, nan !!! C'est juste une façon de parler ! C'est maman qui disait ça, répondit Aldemor précipitamment.

La fugitive, rescapée dont on ne savait quoi, réfugiée politique imaginaire d'un lieu sans nom réel ou prononçable, reporta aussitôt son attention sur son œuvre du siècle. Elle n'avait absolument rien de commun avec toutes celles qui l'avaient précédé à ce poste. Aldemor l'appelait Laidie. Pas en raison de son habituel et parfois cruel parler-vrai, il n'était jamais parvenu à énoncer correctement « Lady ». Ou peut-être n'avait-il jamais perçu la substantielle différence de sens entre les deux mots ? Ironie du sort : le hasard avait fini par dégoter un nom à l'affreuse femme au détour d'une mauvaise prononciation, un nom qui lui convenait fichtrement bien.

La femme était frêle, avait la bouche difforme et le ton grinçant. Une piteuse mais fidèle perruche ondulée restait constamment fichée sur son épaule gauche, au risque perpétuel de plonger dans certains mélanges à l'odeur douteuse, quand sa maîtresse se penchait trop gaillardement au-dessus des marmites. À l'occasion des rares visites, Laidie discourait fort volontiers, par exemple, sur les vertus de telle ou telle racine crayeuse qu'elle jetait avec désinvolture dans la soupe, après l'avoir brandie comme un sceptre. Vérité ou fantasme, la femme disait en connaître un rayon sur les plantes tant comestibles que médicinales. Aldemor avait eu maintes fois l'occasion de l'observer concocter ses potées, se basant ostensiblement sur des formules qu'elle employait aussi bien pour un sirop, entre autres, qu'une pommade à cataplasme. C'était selon l'envie ou la nécessité du moment. La créature sans origine connue passait son temps à se plaindre, déplorant aux oreilles du tout-venant qu'une graminée ou une autre n'apparût, étrangement, dans aucun livre de botanique appliquée. À l'écouter, qu'une herbe mirifique fût classée officiellement parmi les poisons relevait du complot. Tout était, à son humble mais remarquable avis, simple affaire de dosage et d'information du grand public. Las de devoir entendre ses lamentations au débit fluvial, le colonel semblait déserter de plus en plus souvent ses appartements.

Comme on l'a évoqué donc, Aldemor aimait les oiseaux par-dessus tout. Il avait même une relation d'égal à égal avec eux. Dès la petite école, il s'était battu pour obtenir le droit de protection sur tous les volatiles s'approchant de près ou de loin de la cour de récréation. Ses camarades à l'époque avaient eu quelques difficultés à comprendre où il voulait en venir. D'aucuns bravèrent ainsi l'interdit sans même savoir en quoi celui-ci consistait exactement. Tous les réfractaires sans exception, y compris et surtout les plus costauds, repartaient systématiquement chez eux avec des hématomes bien en vue. Son père, régulièrement alerté par la direction de l'une ou l'autre école, ne lui en tint jamais rigueur, voyant dans ces « tatouages du destin » comme il les appelait une sorte de prédestination de bon augure pour son fils. « C'est quoi ce dessin qui ne ressemble à rien ? » demandait fréquemment l'officier supérieur à son fils lorsqu'un papa ou un autre lui amenait son gamin éploré pour faire état des traces de coups et s'en plaindre. « La prochaine fois je veux pouvoir au moins reconnaître quelque chose, une ancre de marine ou un poignard de combat, par exemple, c'est bien enregistré ? ». Aldemor, la mine déconfite, prit chaque fois la critique au pied de la lettre. Les pères des enfants pour leur part, craignant subitement pour leur propre personne, ne se faisaient pas prier et repartaient la tête basse sous les regards lourds de reproches de leur rejeton. Aldemor n'était pas personne à soupçonner l'existence de degrés au-delà du premier. À la suite de chaque réprimande, il redoublait d'efforts pour faire de vrais dessins, au poing. Un jour, il réussit presque l'exploit, l'appendice d'un surveillant faillit encore ressembler à un nez après quelques coups sauvages dispensés par Aldemor. Ce dernier en eut l'inébranlable certitude, en l'absence de tout ce sang qui pissait, on eût cru voir un papillon. Pendant longtemps du reste, il demeura persuadé que les tatouages provenaient de torgnoles portées avec art et un grand amour de la précision.

Ce matin-là, Aldemor passa une ou deux heures à écouter la perruche émettre ses sons d'une extrême variété, le regard planté droit devant lui, en apparence fixé vers le fond des placards ouverts et infects de la cuisine, en réalité tourné vers son monde intérieur totalement dévasté. Si on avait pu comparer son âme à une maison, on eût dit que, malgré son jeune âge, il l'avait expurgé de l'ensemble de ses meubles, balancés un à un dans la rue par la seule fenêtre non encore condamnée…

— Tu faire quoi aujourd'hui ? finit par demander Laidie, occupée maintenant à taillader d'énormes rutabagas sur son plan de travail.

— Attendre…

— Attendre quoi ?

— Que mon rêve revienne…

Aldemor eut tout à coup une sensation étrange sans toutefois pouvoir accéder à ce qui se produisait au fond de lui. C'était comme un séisme retournant des choses et en déplaçant d'autres. Malgré la violence des émotions que tout homme autre que lui aurait ressenties, il remarqua à peine que sa vie se retrouvait soudain à la frontière de l'insipide et de la folie. Sans qu'il y prît aucunement garde, un changement radical venait de s'opérer, le faisant basculer froidement de l'autre côté du miroir. Si on lui eut posé la question à cet instant, il n'aurait certainement pas su dire de quel côté se trouvait la réalité. L'un ne valait-il pas l'autre ?

3 RETOUR AU PAYS

Aldemor était avare en mots. L'instabilité de sa vie s'était inscrite comme un code dans toute sa personne. Depuis longtemps déjà, plus rien ne méritait à ses yeux d'être qualifié. À quoi servaient les mots si on les usait à nommer des choses en perpétuelle impermanence ?

Aussi, le jour où son père lui apprit qu'il venait de faire l'objet d'une nouvelle et ultime mutation, il ne décrocha pas le moindre mot et commença immédiatement à réunir son paquetage. « Objet » était un terme fort apprécié dans le domaine militaire où les personnes, prises en tant qu'individus, avaient finalement très peu d'importance. C'est ce qui faisait toute la dureté du métier, la chaine de commandement devant être lisse de toute aspérité affective. Cette fois, il s'agissait pour son père en fin de carrière de revenir sur Paris. Aldemor, lui, étant parvenu au terme de son contrat, devait s'y rendre de toute façon pour le renouveler.

Laidie put suivre le mouvement malgré l'absence de papiers « vraiment » en règle. À la frontière, un « C'est bon ! » de l'officier supérieur suffit à calmer l'ardeur des douaniers. L'innommable odeur qui imprégnait ses vêtements y fut sans doute aussi pour quelque chose. Les relents de vrais et faux légumes qu'elle manipulait ne restaient pas incrustés à jamais que dans l'esprit de ses proies. Par contre, Laidie dut abandonner sur place ses grandes casseroles et son inséparable perruche pour laquelle l'obtention d'un certificat vétérinaire eût été trop tardive. L'histoire ne dit pas si ses ustensiles de cuisine, rarement nettoyés à fond, purent encore être utilisés par des humains. On ne sut pas davantage si la perruche, dont les plumes avaient un aspect jauni et comme vitrifié à force de baigner dans des effluves douteuses, retrouva une épaule magnanime sur laquelle se poser.

Une fois en France, peu de choses changèrent à vrai dire dans la vie d'Aldemor. Celui-ci éprouvait simplement d'épouvantables difficultés à appréhender les arcanes de ce qui était officiellement sa langue maternelle. Le français, en effet, n'était pas la langue qu'il avait le plus parlé dans ses déplacements. À cela il faut ajouter aussi que son père, parcimonieux en paroles et réduisant souvent des mots entiers à l'une ou l'autre syllabe disponible, l'avait tenu à convenable distance des outils et désagréments de l'intellect. Et que dire du jargon militaro-administratif parlé par les personnels détachés dans les contrées reculées ? Il n'y avait pas là de quoi aller bien loin... Du coup, Aldemor acquit rapidement le sentiment que les gens en métropole, au mieux parlaient un autre dialecte, au pire se moquaient de lui, ce qui valut à certains quelques désagréments. En aucun cas il n'était préparé à mettre cela subitement sur le compte de faiblesses linguistiques, même si pourtant ses capacités en la matière ne reluisaient pas de mille feux, pas même de cent... disons de dix tout au plus. Et quelle importance ? Rien dans son entourage immédiat de toute façon ne semblait pouvoir l'inciter à en allumer d'autres.

Tout était si terne et étriqué en cette capitale où son père avait été finalement contraint d'élire à nouveau domicile, en comparaison des espaces si riches en couleurs qu'ils avaient connus tous deux un peu partout... La motivation d'Aldemor à découvrir quoi que ce fût dans la monstrueuse et tentaculaire cité, s'effaçait instantanément au seul souvenir des perroquets et bougainvilliers géants. Par ailleurs, le goût presque inexistant d'Aldemor pour les relations humaines se trouva encore renforcé par le plafond nuageux invariablement bas rasant les toitures parisiennes. Étrangement, il y avait toujours eu une sorte de porosité entre lui et le ciel. C'était comme si les cumulus et autres stratus crissaient au passage à l'aplomb de son âme, griffant son être de leur informité et fade pesanteur. Aussi demeurait-il cloîtré autant que possible entre quatre murs.

Même s'il n'aurait certainement pas su le formuler ainsi, son instinct lui révélait que l'agglomération n'avait pas l'authenticité de certaines autres qu'il avait connues de par le monde. Compartimentée en caissons sociaux d'une extrême herméticité, celle-ci empestait même clairement le renfermé. Les institutions se voulaient le reflet du faste et les fats, replets et laids, y focalisaient toute l'attention. Mais aurait-il pu en être autrement ? Le pays, centralisateur à l'extrême, était fait de bric et de broc, de fragments d'identités locales que des forces centripètes aveugles, dans un élan destructeur, avaient fini par concasser puis pulvériser… La grandiloquente nation était à ce point chargée d'histoire que le présent semblait s'être stoppé net, convaincu sans doute de ne plus jamais pouvoir constituer un contrepoids raisonnable face au passé. Quant au futur, qui se nourrit essentiellement du présent, il pourrait attendre longtemps pour avoir de l'avenir dans ce pays agonisant de ses propres raideurs. Restait-il à Aldemor une seule raison de ne pas prendre le large, tout comme son père l'avait fait lui-même des décennies auparavant ?

— Aldo, debout, je dois ranger !

C'était Laidie qui venait de pénétrer brusquement dans la chambre occupée par Aldemor qui, malgré l'heure avancée en ce milieu de semaine, ne s'était toujours pas extirpé de son lit de campagne. La pièce était quasiment vide de tout meuble et objet personnel. Une table et deux chaises trônaient en son milieu. Deux casiers de chantier faisaient office d'armoires à vêtements.

— Pour quoi faire ? Y a rien à mettre en ordre ici, j'ai déjà passé le balai hier soir, comme tous les jours.

— Ton père demande…

— Tu fais d'autres choses que… la cuisine maintenant ?

— Oui, ton père veut plus que surgelés. Pour gagner temps, il dit.

La vraie raison était tout autre. Le contexte avait changé. Plus de villa isolée de tout, plus de cueillette matinale, plus de tolérance pour les écarts... Même les meilleures hottes aspirantes du marché ne pouvaient lutter contre les pestilences fabriquées en masse par le petit bout de femme. À la première tentative de reprise des vieilles habitudes, les voisins s'étaient plaints hystériquement. Oh pas longtemps... Les couards avaient cessé aussitôt en réalisant à quelle nouvelle compagnie ils avaient réellement affaire. La démarche avait néanmoins produit ses effets.

En quelques minutes à peine, Aldemor était rasé, douché et habillé, comme il avait appris à le faire dans les forces spéciales. Puis il fila sur le pallier et dévala les cinq étages pour sortir de chez lui en trombe. Au passage, il faillit étriper un pauvre bougre qui s'apprêtait à glisser une publicité dans sa boîte aux lettres. Aldemor le prit au collet et lui demanda en hurlant s'il ne savait pas lire, le doigt pointé sur un autocollant rapporté de la dernière mission à l'étranger et sensé dissuader les démarcheurs. L'autre lut et relut le texte figurant dessus, *No advertising material accepted - thank you*, sans comprendre un traître mot de toute évidence. Il ne dut son salut qu'à une mamie terrifiée qui venait d'entrer dans l'immeuble. Celle-ci en fit tomber son cabas rempli de courses qui s'écrasa sur le sol dallé avec un bruit de carafe qui éclate. À peine relâché, l'homme détala comme une fouine, laissant derrière lui deux gros paquets de prospectus maintenus par de la ficelle.

Une fois dans la rue, Aldemor ralentit le pas. Il n'était plus tout à fait sûr de sa décision – ou plutôt celle de son père – de rempiler chez les Mouettes de mer. D'autant qu'il s'agissait de signer pour une durée minimale de dix ans. Aldemor se souvenait du test d'entrée initial qu'il avait failli manquer lorsqu'il s'était engagé à l'époque. Au moment de l'épreuve orale, déjà complètement hors sujet, il avait demandé sur un ton passionné aux trois recruteurs assis devant lui pourquoi on précisait « de mer » en parlant des Mouettes dans l'intitulé de l'unité d'élite. Ensuite, histoire d'enfoncer le clou au cas où il aurait eu affaire à des débiles, il avait ajouté qu'il n'était pas certain selon lui qu'il existât de vraies mouettes autre part qu'en mer, hormis celles bien sûr qui remontaient les fleuves vers l'amont pour fouir dans les poubelles des hommes. Tout cela, bien sûr, dans des termes qui lui étaient propres.

Fort heureusement, l'officier examinateur le plus gradé avait fait preuve, soit d'une mansuétude exceptionnelle, soit d'un optimisme à toute épreuve, en classant cette digression parmi les marques d'intérêt positives que prévoyait la liste de critères. L'aide et la réputation du papa y furent certainement aussi pour quelque chose. Toujours est-il que l'homme au visage acéré et entaillé par les combats avait concédé sans résistance que les mouettes remontaient effectivement les cours d'eau bien trop loin dans les terres, depuis que les poissons se faisaient rares sur le littoral en raison de la surpêche. Ce, à quoi un officier subalterne avait ajouté d'un rire guttural et viril – rite futile et viral usuel dans toutes les armées – que, de son humble point de vue également, on ne pouvait décidément plus qualifier de mouettes ces oiseaux vagabonds fuyant sans honte vers l'intérieur des terres. Les Mouettes avec un grand M, elles, allaient « là où ça mouille et avaient de vraies coui... ». Fort heureusement pour tous les présents, Aldemor n'avait plus eu le temps de livrer sa pensée et de contester l'existence de parties génitales externes chez les volatiles. L'entretien s'était achevé par une franche rigolade et le candidat avait été adopté sur-le-champ dans cette unité renommée, non sans avoir toutefois été informé qu'il lui faudrait impérativement faire quelques menus progrès en français. Cela ne pourrait que lui être utile pour communiquer au-delà des ordres essentiels « vouuus ! » et « pos ! » – correspondant respectivement à « Garde-à-vous ! » et « Repos ! » pour ceux d'entre vous qui ne connaissent pas cet environnement réducteur.

Aldemor servit ensuite dans cette troupe pendant toute la durée de son engagement. Il s'y montra aussi discret qu'efficace dans le labeur des héros, grappillant de nombreuses et chatoyantes médailles. Malheureusement, son manque de talent persistant pour le verbe transforma la lecture de rapports en un épouvantable calvaire pour sa hiérarchie, à une époque où la fonction copier-coller, si commode pour tant de professions, n'avait pas encore conquis les milieux militaires, faute d'ordinateurs. Ce fut un vrai problème même si les chefs d'Aldemor, également déficients sur ce plan, se révélèrent assez peu exigeants en fin de compte, incapables qu'ils étaient de mesurer la pleine amplitude du désastre. Une conséquence directe fut cependant qu'on le freina notablement dans la prise de grades.

Perçue comme désignation imprononçable, Aldemor se transforma rapidement en Aldo au fil des escarmouches. Dans les combats, les prénoms rares ou surdimensionnés ne font jamais long feu, l'urgence des situations appelant automatiquement quelques menues retouches. Et puis tout ce qui finit par « de mort » sur le terrain n'enchante pas grand monde de toute manière. Personne donc ne choisit son sobriquet chez les soldats et il en vaut mieux ainsi, sauf à vouloir mourir un jour pour ne pas avoir été averti d'un péril imminent.

Aldo devint célèbre. Au retour des missions, les rires dans les chambrées avaient toujours quelque chose de nerveux et convulsif à l'évocation de ses hauts faits. L'homme se fit connaître par un sang froid tout à fait hors normes qui n'effrayait pas que ses ennemis. Aldemor aimait bien quand ses camarades riaient. Il aurait tué pour ça. S'il n'y avait eu les ordres, il aurait sans doute fini par le faire pour ce seul motif, en secret.

Ce qui empêcha aussi Aldemor de prendre du galon et scella son destin, malgré ses exploits, fut l'affection de son père que l'on ne devait découvrir que bien plus tard. Ce dernier était atteint de la maladie d'Alzheimer. Personne ne le savait encore mais le pauvre homme ne verrait plus, un jour, autre chose dans les mouettes que des oiseaux. Ainsi, à un stade où les troubles se faisaient encore très discrets, il oublia régulièrement de passer quelques coups de fil utiles pour faire la promotion de son fils. Les dossiers des neveux et cousins des uns et des autres, nettement moins méritants pourtant, passèrent tous loin devant celui de son fils. C'était ça aussi, la France : un réseau de relations de type aristocratique taisant son vrai nom, un cloaque d'hypocrisie dissimulé derrière les réclames sur les frontons vantant les brumeuses notions d'« égalité » et de « fraternité ». En réalité, sans une agréable naissance et les opportunes connexions au bon moment, vous n'étiez rien.

4 INQUIÉTUDES À LA FÉDÉRATION

— Quoi qu'on en dise, Monsieur Torchebœufs, ils commencent à nous préoccuper sérieusement !

— Qui ça Monsieur Van Graf ?

— Ce groupe d'internautes dont m'a parlé votre collègue du Ministère, comment s'appelle-t-il déjà ? Charpentier, voilà, Charpentier...

— Il exagère toujours un peu celui-là vous savez... Si vous l'écoutez, demain c'est la révolution ! Or, les Français l'ont déjà faite et nous la leur resservons en boucle depuis des lustres justement pour qu'ils ne songent pas à en faire une nouvelle. Nous en fêterons le tricentenaire tranquillement et au Champagne, je puis vous le garantir.

— N'empêche que le truc est un peu éculé et que, pour une fois, on a affaire à de vrais opposants qui ne se contentent pas de faire semblant en relayant des facéties personnelles montées de toutes pièces. Tromperies en scooter d'un président de la république par-ci, insultes et affaires d'un autre par-là, toutes ces combines, même habilement mises en scène, finiront par ne plus détourner l'attention des vrais enjeux. Ceux dont je parle, s'attaquent directement à nous et affichent des objectifs très clairs, il ne peut rien nous arriver de pire !

— Qui sont ?

— Quoi ? Leurs objectifs ? Je vois que vous n'êtes pas même au courant ! Cela ne me rassure guère. Écoutez plutôt, je les cite : « fermer la bourse, saisir les banques et ne plus payer la dette factice » !

— Mais vous contrôlez absolument tous les médias en tant

qu'actionnaires. Personne ne peut s'y profiler s'il ne vous est acquis, hormis bien sûr les originaux et extrémistes dont nous savons qu'ils n'ont aucune chance et que nous laissons filtrer à dessein. Quels risques pensez-vous donc courir ?

— Notre fédération professionnelle est inquiète et il me revient une énorme responsabilité en matière de sécurité. Nous devons être particulièrement vigilants. À l'époque où il y avait un ancien directeur général de banque à la tête d'un pays ou d'un autre, nous évoluions encore dans une relative discrétion. Il s'agissait de cas isolés. Avec la Commission européenne maintenant toutefois, nous avons sans doute été trop loin... Quel commissaire européen, dites-moi, n'a jamais effectué au moins une partie de sa carrière dans une société financière ou une banque ? Ils ne sont franchement pas nombreux... Et les européens vont bien finir par se réveiller et réaliser que 80 % de leurs réglementations proviennent de cette institution non élue et malgré tout souveraine. Sans parler du fait qu'ils élisent des parlements et gouvernements nationaux pour rien, juste pour le show...

— Pourtant... réfléchissons ensemble un instant, Monsieur Van Graf, si vous le permettez. Le transfert de la création monétaire au secteur privé ne date pas d'hier. L'opération a-t-elle été si compliquée ? Nullement, il vous a suffi de prendre la main grâce à des hommes triés sur le volet dans les milieux politiciens. On le sait, la populace n'est prête à élire que les personnalités qu'on lui présente dans les médias et elle ne cherchera jamais plus loin que son apéro avant chaque repas, surtout en France. Dites-moi maintenant : qui comprend les incidences du Traité de Lisbonne en la matière ? La globalisation bancaire par l'endettement massif et l'aliénation des États ? Et parmi ceux disposés à en saisir la portée, car c'est en réalité accessible à tous, qui s'y intéresse vraiment de près ?

— Vous parlez, je suppose, de l'article 123 qui impose aux États de se financer auprès de banques privées alors qu'elles-mêmes créent la monnaie *ex nihilo* à partir de jeux d'écriture qui ne leur coûtent strictement rien ? Eh bien, ce groupe de réflexion justement, qui a parfaitement compris que le fatras de textes des traités ne servait qu'à dissimuler la permutation. Joli coup d'État bancaire entre nous...

— S'il le faut, Monsieur Van Graf, nous les discréditerons comme tous les autres, grâce à notre force de frappe médiatique réunie. Ils n'ont aucune chance, soyez en assuré.

— Mais le mieux est encore de ne pas en parler pour l'instant, sommes-nous bien d'accord sur ce point ?

— Bien sûr ! Si nous en parlions, même en mal ou de façon contradictoire, pour autant que ce soit possible, nous leur ferions une publicité bien inutile... Ne pas réagir est encore la meilleure arme qui soit dans l'immédiat. Le mouvement mourra de lui-même, faute de gens voulant se donner la peine de comprendre ou s'en croyant capables. Comme de coutume. Les déficits en formation et l'ignorance sont encore nos meilleurs alliés. C'est bien là-dessus que nous avons toujours compté, n'est-ce pas ?

— Assurément. N'empêche que l'absence de différences entre gauche et droite pousse de nouvelles franges de la population à s'interroger sur ce qui se passe...

— Là encore, nous disposons d'outils de communication qui ont fait leurs preuves jusqu'à ce jour, Monsieur Van Graf. Tant que les gens croiront que les élus ne font plus de politique par unique souci de faire une belle carrière, il suffira de placer le focus là-dessus, dans la presse et sur les écrans. Continuons à leur raconter de belles histoires et à leur donner l'illusion d'une confrontation. L'idiot moyen n'a aucune intention de lire quoi que ce soit et encore moins de comparer des programmes. Il veut de la bagarre, du show, quelque chose d'accessible dont il pourra parler au café le lendemain matin avec ses semblables, avant de faire ses paris sportifs et son petit tour de routine chez son conseiller emploi. Nous allons tous les globaliser ces demeurés !

5 JULIE

Aldemor hésitait encore. Le rendez-vous pour le renouvellement de son engagement n'était qu'à 15 heures et il avait décidé d'en profiter pour s'y rendre à pied. L'action lui manquait déjà. Pour l'heure toutefois, il devait se contenter de battre le pavé pour se défouler un peu. L'hiver venait d'entamer sa longue procession, l'air était froid mais le soleil parvenait encore à percer, par intermittence, au travers du double filtre des nuages et des immeubles.

Une réflexion le taraudait. Au fond, que lui avaient apporté jusque-là ses états de service brillantissimes ? Cette décennie complète passée à accomplir des missions aux quatre coins de la planète ? Absorbé qu'il était par sa tâche, c'est à peine s'il avait réalisé que son contrat était parvenu à son échéance. C'est un appel de l'intendance pour lui demander quand il comptait rapporter son paquetage qui l'avait mis en alerte. Le fourrier n'y pouvait rien mais s'il était si important, pourquoi personne n'était-il donc venu spontanément vers lui pour lui proposer une prolongation de son contrat ? À vrai dire, il se sentait maintenant tout à fait incapable de déterminer seul ce qu'il voulait, ce qui comptait vraiment pour lui. Au fil des combats son univers mental avait basculé de façon irréversible dans un perpétuel état second, un vide insondable, une atonie glaciale... Il était devenu un homme presque totalement silencieux, agissant par pur réflexe et avec un détachement inquiétant de la réalité..., sans être fou pour autant, un miracle. Tuer c'était se tuer soi-même à petit feu, par petits bouts sordides...

Tout à coup il la vit, là, assise sur une couverture étendue à

29

même le sol dans un renfoncement à deux pas d'une boulangerie. Sans son chien loup qui jappait, il ne l'aurait peut-être pas même remarquée si ce n'est grâce au sourire rayonnant qu'arborait son visage.

— Bonjour ! Une petite pièce pour moi ? demanda-t-elle.

— Tu fais quoi par terre ? répondit Aldemor.

— Je demande des pièces aux passants.

— Il est beau ton chien, il s'appelle comment ?

— Et moi ? Tu ne veux pas savoir comment je m'appelle ?

— Si… aussi.

— Julie. Alors, tu as une pièce ?

— Tu veux manger quoi plutôt ? demanda Aldemor en pointant du doigt l'entrée de la boulangerie devant laquelle une longue file de personnes faisaient la queue.

— Un croissant ! Un pour Canibal aussi s'il te plait !

— Canibal ?

— Oui, c'est le nom de mon chien. *Cani* de chien en latin et bal parce qu'il danse comme un fou dès que tu lui mets de la musique.

— Ben dis donc, y a du monde ! Ça doit être bon ici…

— Oui, c'est pour ça que je me suis mise ici et à cause de la chaleur du four aussi qui me réchauffe bien.

— Attends là, fit Aldemor sur un ton de commandement.

— Ah c'est sûr… Ne t'inquiète pas, je ne vais pas bouger !

Aldemor rejoignit la file d'attente puis revint une dizaine de minutes après avec un gros sachet rempli à ras bord de viennoiseries ainsi qu'un journal gratuit, plein d'images et saturé de couleurs, qu'il venait de ramasser à la caisse. Il s'assit aussitôt à côté de la fille qui lui réserva la place nécessaire sur sa couverture et se retrouva soudain coincée entre le mur et l'épaule du colosse.

— Tu ne fais pas dans le détail toi dis-moi, remarqua Julie.

— Nan, peut-être, j'sais pas, ça veut dire quoi ?

— Ne pas faire dans le détail ? C'est quand on fait les choses à bloc, avec générosité et désintéressement, à fond les manettes, tu vois ?

Aldemor demeura imperméable au compliment.

— Tu fais quoi par terre à ton âge ? renchérit-il plutôt.

— Tu tiens vraiment à le savoir ? J'ai fait des études de psycho et comme on ne trouve rien avec ça, après j'ai fait des petits boulots : vendeuse, guide touristique, nounou, femme de ménage... J'ai même fait vigile avec Canibal. Jusqu'à ce qu'on me vire parce qu'on n'impressionnait pas vraiment. Tu as vu sa bouille ? La mienne ? Et toi tu fais quoi ?

— Moi... ? fit Aldemor sans répondre, le regard au loin.

— Alors ?

— J'suis un tueur, répondit-il enfin en tournant la tête vers la jeune femme et faisant mine de lui planter un poignard imaginaire dans le haut du buste. Elle en resta interloquée pendant quelques secondes, bouche bée.

— Et moi je suis la nana qui a posé pour *La Joconde*. Je suis bien conservée non ? répondit finalement Julie sans se déballonner.

— C'est quoi ça ?

— Quoi ? *La Joconde* ? Tu ne te moquerais pas un peu de moi par hasard ?

— Nan. C'est quoi ?

— Un tableau. Moche. Mais connu, précisa Julie qui venait de réaliser que la question de l'homme était sérieuse. Tu ne connais pas grand-chose hein ? poursuivit-elle.

— Nan. J'sais. Mais pas besoin, nota simplement Aldemor.

— Pour ton job de tueur c'est ça ?

— Ouais.

— Tu as tué beaucoup de gens déjà ?

— Ouais.

— Tu es un assassin alors ? On ne t'a jamais attrapé ?

— Nan, j'me cache toujours et je sais courir vite.

— Tu sais quoi ? J'en ai marre de tomber sur des mythomanes. Aucune idée pourquoi mais je les ai toujours attirés...

— Mitoman ? J'connais Spiderman mais pas lui. Il fait quoi ? Il bouffe les fringues des gens qui s'retrouvent tout nus d'un coup ? demanda Aldemor avec un air pensif.

— Bon... tu peux me laisser tranquille maintenant ? Reprends tes machins si tu veux, fit-elle en désignant le sachet avec les viennoiseries.

— Nan, elles sont pour toi ! Ciao Canibal, fit Aldemor en tapotant la tête du chien puis, comme si de rien n'était, il se releva d'un trait.

Le journal de la boulangerie toujours comprimé dans son énorme pogne, il quitta aussitôt les lieux en adressant, de la main libre, un signe à Julie qui ne lui rendit pas.

Julie le suivit du regard alors qu'il s'éloignait d'un pas assuré et martial, hochant la tête et ne sachant trop quoi penser. Son chien reprit ses jappements de plus belle. C'est là seulement qu'elle réalisa que Canibal avait cessé d'aboyer en présence de l'homme et s'était même montré très apaisé, un comportement fort inhabituel avec des inconnus.

Aldemor ne se rendit jamais à son rendez-vous, il n'appela pas davantage pour le décommander ou le décaler. Une telle convocation valant ordre, ne pas y aller était sans appel, sauf à pouvoir justifier d'un motif solide. Plusieurs jours s'écoulèrent pendant lesquels il resta confiné chez lui. Quelqu'un ignorant tout de la situation aurait pu penser qu'il attendait d'ultimes instructions pour repartir sur les terrains d'opération. Il était homme à faire tout comme avant sans imaginer l'après tant que le présent ne s'était pas écoulé.

Vint le moment cependant où il dut se faire une raison : personne ne l'appellerait pour le relancer, personne ne viendrait frapper à sa porte, il devrait se trouver une nouvelle occupation. Un matin qu'il s'apprêtait à aller chercher le courrier, l'un de ses voisins de palier tenta de l'entraîner dans ses délires de facteur comblé et appelé à passer des journées formidables sur son petit vélo. Aldemor en fit peu de cas malgré tout. L'affaire lui rappelait trop les fantasmes de son instable de mère, toutes ses élucubrations qu'il avait dû endurer les soirs d'ennui, passés à simuler le bonheur devant de pénibles et répétitifs jeux de société. La vie était finalement comme un jeu de l'oie, une succession de cases sur lesquelles vous vous retrouviez un jour, plus ou moins par hasard et sans l'avoir vraiment souhaité. Son jeu à lui jusqu'à ce jour avait été plutôt celui du pas de l'oie, tu marches ou tu crèves. Quant aux cases, c'était toutes celles qu'il avait perdues pendant que les autres y laissaient leurs plumes. Aldemor ressentait maintenant un fort besoin de marquer une pause. S'il se méfiait bien de quelque chose désormais, c'était de ces multiples cases que tentaient de lui imposer la société et son entourage, sans parler de l'absence totale de gratitude de la part des gens placés plus haut dans les hiérarchies, qu'il trouvait terriblement suspecte.

Quelque temps après sa rencontre avec Julie, en pleine crise de désœuvrement, Aldemor se saisit de l'illustré gratuit qu'il avait ramené chez lui ce jour-là, plus en souvenir d'ailleurs que par véritable intérêt. Un mug de café fumant sous le nez, il passa directement aux petites annonces et entreprit de les décrypter, un dictionnaire de poche en soutien. À la recherche essentiellement des offres d'emplois, il peina déjà terriblement à identifier la bonne rubrique. Quand il y parvint enfin, le découragement faillit le submerger à la vue de ces innombrables lettres qui se télescopaient en enfilade et qu'il devait absolument réussir à agglomérer dans son esprit pour produire du sens. Ayant toutefois passé un temps infini sur des théâtres d'opération pour l'armée, il eut rapidement la conviction que le codage des annonces devait avoir des points communs avec le langage de chiffrage militaire spécifique qu'il avait utilisé, le Sans mots superflus, basé sur un champ lexical volontairement limité.

Aldemor eut besoin de toute la matinée pour passer en revue les communiqués qui s'égrenaient au fil des lignes, formant un flot de caractères interminablement long et insipide. Une page, il y en avait une page entière ! Les abréviations et raccourcis employés ne correspondaient en rien à ceux figurant dans les missives qu'il avait pu lire pendant toute la décennie précédente. Au bout d'une heure et demie, il en avait oublié de boire son café mais avait néanmoins trouvé un certain rythme. À l'accablement succéda le dépit. Partout on réclamait diplôme après diplôme ainsi qu'une première expérience professionnelle dans le domaine concerné, même chez les tout jeunes. L'enjeu ne semblait plus être là de pouvoir prétendre à un poste mais à la candidature elle-même. Devait-on pour cela être un mouton bleu turquoise possédant cinq pattes, des yeux derrière la tête et la faculté de se transformer sur un claquement de doigt en un poisson rouge ne rechignant pas à nager dans l'eau de mer ? Tout ça pour justifier qu'on ne pût refuser de nettoyer les w-c une fois recruté ?

Aldemor en aurait presque jeté le journal à la corbeille si son regard ne s'était pas arrêté à temps sur la lettre Z. Il adorait cette lettre par-dessus tout. Il lui avait toujours trouvé une belle énergie dans l'élan qu'elle traduisait, une liberté de mouvement dans le tracé que n'avaient pas les autres. Le A ? Il ne l'aimait pas, il manquait de courage et se protégeait de lui-même avec sa forme de toiture. Le B ? C'était un tire-au-flanc avec sa posture ronflante de nouveau né. Le C ? Une feignasse qui semblait s'être arrêtée au milieu de sa courbe… Le D avait un côté rigide qui bridait sa rondeur, c'était un coincé. Le E avait la forme d'une fourche, c'était pour les bouseux. Le F quant à lui faisait jouet cassé. Le G ? C'était… le soldat replié dans la mort… Détestant la lecture, il s'était ainsi trouvé très tôt une bonne raison pour chaque lettre de ne pas l'aimer, sauf pour le Z dont la ligne n'était ni brisée ni ininterrompue, et semblait dire : « je fais ce que je veux, je peux aller dans ce sens-là mais aussi dans l'autre et tout bien considéré je vous emm… ». Aldemor était un être simple et, pour cela, aimait les choses simples. La seule zone d'ombre du Z à ses yeux, c'était ce bout qui se perdait vers le bas pour s'interrompre brutalement. Il n'aimait pas ce type de signes, annonciateurs d'une fin d'étape ou d'un passage vers un monde inconnu.

« Zoo ». Zoo quoi ? Aldemor tenta, à grand renfort de neurones, de briser le code des deux lignes de l'annonce dans laquelle le divin mot apparaissait. En vain. Avec une extrême nervosité et des mouvements désordonnés, il fouilla de l'index les pages collées du dictionnaire à la recherche de sens. Tous les mots cependant étaient tronqués et l'ensemble par là inintelligible. À cet instant, il songea que si l'armée avait un jour la mauvaise idée d'employer des charabias aussi tortueux, les soldats mourraient avant même d'engager le combat. C'est là qu'il se souvint de son voisin facteur… et alla sonner chez lui.

6 NOUVEAU JOB

— Bonjour, Ah ! Vous avez changé de décision en fin de compte et opté pour le plus noble boulot de la planète ? Vous allez voir, distribuer le courrier c'est absolument génial, et l'avantage c'est que ça maintient drôlement en forme...

— Euh... nan, répondit Aldemor laconiquement à son voisin. J'ai juste besoin d'votre aide pour comprendre un truc dans le journal.

— Oh vous savez, nous les facteurs, nous les distribuons, nous ne les lisons pas... Ce serait une faute professionnelle en plein travail, doublée d'une marque d'indiscrétion.

— Ah bon... Vous pouvez essayer tout d'même ?

— Ok, montrez voir. Il est vrai que je ne bosse pas aujourd'hui, j'ai pris congé.

...

— « ZoochagsurfdispimmcontGhjuvanni » lut l'homme à grand-peine avant de commenter, façon eurêka :

— Je sais, c'est de l'hawaïen ça, j'avais une collègue hyper sexy qui venait de là-bas. Sans doute un nom de resto... Il y a un numéro de téléphone et une adresse aussi d'ailleurs. Vous n'osez pas y inviter une nana qui vous plait c'est ça ? Il ne faut pas vous démonter mon gars ! Il suffit d'appeler ou d'y passer directement ! Vous réservez une table et après vous la mettez devant le fait accompli... Je m'y connais en filles, vous pouvez me faire confiance. Mais ça n'a pas l'air tout près, dites-moi. C'est à la cambrousse ça non ?

Agacé par ce nouvel échec, Aldemor prit tout de même la résolution de se rendre à l'adresse indiquée dès le lendemain. Il préférait toujours largement l'action au téléphone et prendre la route lui permettrait de décompresser. Aussi loua-t-il une voiture aux aurores. Au terme de deux heures de route, il eut le soulagement de tomber sur un petit mais vrai zoo et non sur une discothèque à la thématique tropicale qu'il avait déjà redouté voir surgir du bitume. Parvenu à la grille d'entrée, il en tremblait, se rappelant tous ses rêves formidables, toutes ses heures infinies passées dans un uniforme de gardien fantaisiste, avec une multitude d'animaux comme compagnons qui vous regardaient amoureusement passer et repasser devant leur enclos, cage, aquarium...

Il n'avait pas échappé à Aldemor que « Ghjuvanni », dans l'annonce, devait être un prénom et même forcément celui de la personne à rencontrer. N'ayant pas repéré d'entrée spécifique ni pour le personnel ni pour les fournisseurs, il se rendit directement aux caisses. Hormis une caissière il n'y avait personne. C'était une dame au large front dont les paupières, alourdies de plusieurs couches d'un fard bleu pétrole, écrasaient des yeux si ternes qu'on aurait cru y entrevoir des accès à quelques oubliettes. Dormait-elle ? Une fois parvenu juste devant, Aldemor brandit brusquement le journal, l'index pointé sur l'énigmatique ligne, puis beugla le nom de Ghjuvanni à travers l'hygiaphone comme aurait pu le faire un buffle en rut. Le mugissement, qui aurait dû lui être familier pourtant, secoua la pauvre femme si bestialement qu'elle en chuta de son tabouret, s'écrasant dans un bruit mat sur le sol dallé. Ostensiblement peu préparée à ce qu'un homme pût faire des imitations aussi convaincantes, elle se releva laborieusement, toute trémulante et muette sous le choc. Puis, enfin debout, elle fixa le sauvage avec un effroi si indicible que des goulottes se creusèrent dans son maquillage aussi gras qu'outrancier. Cela dura ainsi une bonne vingtaine de secondes qui parurent une éternité.

Il est grand temps de préciser qu'Aldemor dépassait les deux mètres dix et que son ossature semblait avoir décidé d'elle-même de placer largeur et taille en rude concurrence. L'homme était tout en musculature. Son visage ne révélait nulle part une quelconque trace, même infime, de bienveillance. La ligne de ses traits, déjà peu avenants, était brisée sur tout le côté gauche par une large cicatrice. Il la devait à une violente chute du haut d'un blindé dont il avait tenté maladroitement de faire sauter la tourelle, avant de rattraper utilement son échec sur un autre qui passait par là. L'entaille, maladroitement suturée et aux allures de pneu raccommodé, était la première chose que l'on voyait chez lui. De micro lambeaux de chair éclatée s'en détachaient encore.

— Je…, reprit Aldemor avec une voix moins poussée.

Toujours tétanisée, la caissière ne le laissa cette fois pas poursuivre et déclencha une alerte du bout de ses ongles de fantaisie, non sans avoir eu quelque difficulté à trouver le bouton, planqué sous le comptoir, en raison de la tremblote qui avait pris maintenant le contrôle de tout son être.

Lancés en pleine course, deux vigiles firent presque aussitôt leur apparition à une centaine de mètres de là. Cependant, avisant le monstre, ils ralentirent soudain le pas, adaptant inconsciemment la foulée à leur perte graduelle de confiance en eux-mêmes. Il faut noter à leur décharge que, dans cette petite ville tranquille, ils étaient plutôt coutumiers des gamins tapageurs et mamies oublieuses de leur ticket d'entrée. Rabrouer une dame âgée ou effrayer un môme en levant le ton était usuellement à leur portée. Dans le cas présent, ce pourrait être… différent. Aussi ne tentèrent-ils pas même d'exercer leur art d'épouvantails en prenant de faux grands airs de méchants insensibles aux phénomènes de rue parmi les plus hostiles. Comme désactivés tout à coup par une même commande de radioguidage, les deux hommes s'immobilisèrent là, dans une attitude réservée et polie, sans émettre un seul son, à environ cinq mètres de distance d'Aldemor. Attendaient-ils une information du ciel qui leur permettrait de saisir de quoi il en retournait ? La peur agit de toute sa puissance sur leur cerveau, inhibant chez eux le moindre reliquat d'intelligence. À peu de choses près, leur état émotionnel n'était guère plus enviable que celui de deux chevreuils pris dans des feux de route par une nuit obscure. Aussi leur fallut-il du temps pour interpréter avec succès la vision de cet inconnu qui tendait vers eux un journal, un index surdimensionné appuyé en son milieu comme pour le trouer. Enfin, se rapprochant petit à petit, ils comprirent. Leur expression se déchargea alors de la terreur accumulée pour céder la place à un sourire incrédule.

— Ah, vous venez pour l'annonce, dit le premier des deux gardiens, la voix encore insuffisamment stabilisée.

— C'est ça. C'est quoi exactement ? demanda Aldemor avec empressement.

— Vous avez un rendez-vous ? se risqua le second.

— Nan, suis venu comme ça.

— Bon, ce n'est pas grave. Personne ne s'est encore manifesté pour le poste de toute façon, on est un peu paumé ici… On va vous conduire chez le chef.

Comme pour prouver que leur fonction avait une utilité, les deux vigiles, qui avaient un flagrant côté Dupont et Dupond, renoncèrent à laisser le nouveau venu badauder seul au milieu du parc vide de visiteurs. Le sombre bâtiment, à partir duquel le chef régnait sans partage comme Aldemor l'apprit aussitôt, ne se trouvait pas bien loin mais les deux employés ne s'en cachèrent pas : toute occupation était bonne à prendre. Et puis l'importun n'était-il pas dépourvu de ticket après tout ? Avant de s'éclipser, les hommes firent un signe de la main à la caissière et, point révélateur s'il en fut, lui souhaitèrent une bonne semaine. La poupée de cire bouffie, plus avachie maintenant qu'effondrée, s'était apaisée entre-temps à la vue de l'expression de virilité retrouvée de ses collègues. Le monde était sauf, ses héros avaient la situation à nouveau bien en main.

C'est donc encadré comme un ours de foire que le malabar fut fièrement conduit à la porte dudit bâtiment. Ce dernier avait vaguement quelque chose d'un château fort mais était fait dans un béton qui avait mal surmonté les décennies. Il était comme entouré d'une muraille, formée d'engins hétéroclites et de poubelles de toute taille, bardée aussi d'ustensiles disposés comme autant d'armes destinées à repousser des attaques : balais, pelles, seaux en métal et autres objets peu ragoûtants, sur la fonction desquels il serait bien superflu de s'étendre. Enfin, des palettes empilées de détergents et produits divers, ultime simulacre de tours de garde, parachevaient la scène sur le devant. Aldemor, naturellement enclin au mutisme, fut heureux qu'on ne le forçât pas à échanger sur tout et n'importe quoi en chemin. Après avoir franchi une lourde porte en métal, ils s'engagèrent dans une cage d'escalier crasseuse qui les conduisit au premier étage.

— C'est là ! dit finalement l'un de ses guides en désignant une porte sur laquelle était punaisé un bout de carton grossièrement découpé. Dessus était écrit « Agent de surface en chef ». Aldemor n'avait pas son dictionnaire de poche sur lui, l'ayant laissé près de son bol à café modèle XXL sur la table de la cuisine mais il fit automatiquement le lien avec « agsurf » dans l'annonce.

« Surface »…, il aimait beaucoup ce mot. C'était bien la surface. Il n'aimait pas le fond. La plongée n'avait jamais été son truc malgré une formation, parmi d'autres du même genre, de plongeur de combat. Il eut un doute toutefois, un de ses doutes âcres qui vous mord la cervelle et vous met votre bien-être à l'envers. Qu'est-ce que ce mot-là venait faire dans un zoo ?!? Et « chef »…, cela sonnait tout aussi bien. Il aimait les chefs. Ceux-là qui vous donnaient des ordres simples n'appelant aucune question. Pas besoin de réfléchir… Il détestait ça. Non pas par manque d'intelligence, loin de là, mais parce ce que penser pour lui c'était nécessairement remuer les eaux troubles de son être intérieur. Il y avait percé jusqu'à la vase une ou deux fois par le passé et l'expérience lui avait amplement suffi. On ne revenait jamais indemne des combats, une partie de vous-même mourait sur le terrain puis la putréfaction s'installait incognito dans votre âme. Or, les chefs justement l'avaient toujours aidé à fausser compagnie à ses fantômes. Pour la plupart en tout cas…

Pendant ce temps, les deux auxiliaires s'impatientaient, sans oser pour autant interrompre le songe d'Aldemor qui n'avait pas quitté de l'œil la singulière pancarte depuis au moins trois minutes.

— Tu ne veux pas frapper à la porte ? demanda l'un qui, de toute évidence, ne se risquerait pour rien au monde à le faire lui-même.

— Si tu attends qu'il sorte, tu n'as pas fini…, ajouta le second, pas plus téméraire que le premier.

— Vous avez des phoques ? Des pingouins ? questionna Aldemor subitement.

— Des… non, répondit l'un des vigiles. Un couple d'otaries oui par contre. Pourquoi ?

— Il nage avec elles ? poursuivit Aldemor en pointant l'écriteau du doigt.

— Pas… pas vraiment, dit l'autre la mine déconfite, ne sachant trop, comme son compagnon, s'il devait rire ou fondre en larmes.

Aldemor ne leur laissa pas le temps de choisir entre les deux options et se mit à tambouriner à la porte. Avant que les gonds martyrisés ne cédassent, une petite voix rauque se fit entendre puis le géant pénétra dans le bureau. Il y découvrit le fameux Ghjuvanni, vautré plus qu'accoudé sur son bureau, les yeux plongés dans ce qui semblait être des abîmes de chiffres sur de larges bandes de papier.

— C'est pour quoi ? demanda le potentat sans condescendre à regarder.

— C'est pour l'annonce, déclara d'une voix forte le premier des vigiles qui, contre leur gré, avaient suivi Aldemor dans son irruption.

Les gardiens flanquaient à nouveau celui-ci mais en se maintenant cette fois notablement en retrait, le lorgnant sur le côté de leurs yeux mats et benoîts. Pas peu fiers d'avoir pu driver sans encombre un tel monstre sur plusieurs centaines de mètres, ils ne souhaitaient rien davantage à cet instant que de pouvoir faire état de leur prouesse. Cependant ils ne furent pas moins ravis de pouvoir repartir en sécurité lorsque Ghjuvanni, d'un signe débonnaire de la tête, toujours baissée, leur commanda de quitter les lieux.

— Il est un peu sourd, il faut continuer à parler comme vous le faites, conseilla encore le second à peine audible, aussi près qu'il put de l'oreille du colosse.

Ainsi donc, sans se laisser prier, mais à reculons pour épier l'expression que ferait leur chef à la vue du visiteur, les deux hommes entreprirent de s'éclipser. C'est alors seulement que Ghjuvanni redressa lentement la tête, à la façon d'un employé des chemins de fer, pour se propulser aussitôt en position debout tel un ressort. Il le fit, on le comprendra aisément, moins par politesse que sous l'effet de la frayeur. Peut-être du reste aussi afin de préserver la musculature de sa nuque, rudement mise à l'épreuve par la taille de l'homme... Réprima-t-il un cri de stupeur ? Ses lèvres frémissantes, ouvertes en un son muet entre le a et le o, le laissèrent à penser.

— P... pour quelle annonce ? fit-il enfin.

— Pour ce truc, là, répondit Aldemor, le doigt sur l'incompréhensible ligne de texte.

— Ah... ça. Prenez place, dit le responsable en désignant un tabouret devant son bureau.

Tout puait l'ennui dans la pièce, de cette sorte d'ennui tenace à l'époussetage. Le mobilier défraichi et qui semblait disloqué, les plantes asséchées, les murs non repeints depuis la dernière guerre mondiale. Ceux-ci étaient heureusement recouverts de posters et documents en tout genre, formant un étourdissant enchevêtrement de documents professionnels et personnels. Affiches de films, plannings, photos, graphiques, dessins d'enfants et notes de service se rejoignaient en un ballet psychédélique, punaisés sur les cloisons avec plus ou moins de soin et subtilité. Ce qui attira le plus le regard d'Aldemor, fut une série de joyeuses photos de femmes et d'hommes, tous équipés de brosses et gants fluo en caoutchouc, souriant à l'objectif. Il y avait là aussi des images pieuses, des dessins naïfs représentant des déités irradiant de leur expression nigaude des paysages divinement improbables. Il y en avait presque pour tous les mauvais goûts. Une chose dans ce délire mural lui sauta particulièrement aux yeux : le faciès de l'homme planté devant lui apparaissait presque sur chaque centimètre carré de l'espace, hormis bien entendu sur les illustrations à connotation mystique, encore que certains airs cruches eussent pu lui être ressemblants. Le personnage semblait tenir puissamment à lui-même... à l'excès.

— On peut... commencer ? se lança craintivement le chef qui, jusque-là, n'avait pas osé interrompre Aldemor dans son moment contemplatif.

— Ouais.

— Euh..., décrivez-moi un peu qui vous êtes et ce qui vous amène ici.

— Aldemor. L'annonce.

Le bonhomme attendit un peu, espérant qu'il en apprendrait davantage. C'était compter sans l'endurance au silence de son interlocuteur. Aldemor, lui, rayonnait. Ghjuvanni s'abandonna à la réflexion qu'il n'avait encore jamais vu un visage resplendir de la sorte en sa présence, certainement pas dans son bureau en tout cas, pas même sur ses belles images... Le monde n'était-il donc pas aussi ingrat en fin de compte que ce qu'il avait imaginé ? Ce monde fatigant dans lequel il vivotait et où, malgré les années qui s'écoulaient, jamais personne ne l'avait regardé ainsi, tout sourire dehors. Celui-là, tout à coup, paraissait l'admirer comme s'il fut lui-même une créature céleste. Ghjuvanni eut alors cette apaisante sensation d'être quelqu'un sans équivalent dans son époque, un acteur utile dans une société qui reconnaissait, avec un retard certes peu pardonnable, son énorme et indicible talent. Une zone d'ombre demeurait toutefois au milieu de cette lumière inattendue. Il éprouvait, en effet, encore quelques difficultés à mettre le doigt sur le talent dont il pouvait s'agir... Mais après tout quelle importance ?

— Vous avez déjà balayé ? demanda l'autorité enfin démontrée et incontestée dont la face étincelait à son tour, suprêmement.

— Nettoyé vous voulez dire ? Ouais. Un village entier même une fois. Avec quatre autres nettoyeurs.

— Bien, très bien...

Avec une expression d'être éthéré, Ghjuvanni comprit soudain ce qu'était sa compétence enfin révélée. Cette faculté, ce pouvoir naturel et aérien qu'il détenait, c'était celui de trancher sur le sort des gens, de les embaucher ou au contraire de les remettre à la rue comme des chiens. Un fond de pleutrerie, mêlé à une solide couche de pétoche non avouée, l'assista indiscutablement dans sa foudroyante décision : il enrôla l'homme sur-le-champ.

— C'est bon, vous m'avez convaincu, je vous prends à mon service, annonça-t-il joyeux.

7 ANIMAL POLITIQUE

Il en avait par-dessus la tête des faux-nez, de cette démocratie par la consommation, de cette offre politique superficielle, sans programme, qu'on servait aux électeurs dans un simulacre de confrontation. Là où d'autres s'épuisaient au contact du système, sans pouvoir, ou plus exactement vouloir en comprendre le fonctionnement, lui, Aristot, en avait démonté tous les rouages dans sa tête, pièce par pièce, méthodiquement, inlassablement. Au terme de ce processus d'analyse, il avait acquis la conviction que ce système avait un talon d'Achille et qu'on pouvait le rendre facilement inopérant. Qu'il fallait agir d'urgence aussi, avant que l'endettement toujours plus grand des États, voulu par les banques dont c'était la source principale d'enrichissement, ne conduisît la planète à la catastrophe. On l'avait pourtant frôlée en 2008 déjà. Les gouvernants avaient alors eu le culot de renflouer les banques avec l'argent des contribuables, sans aucune contrepartie. Entre-temps, les populations s'épuisaient à payer aux mêmes des intérêts monstrueux sur des dettes créées de toutes pièces avec la complicité de leurs dirigeants. Depuis que les États de l'Union européenne s'étaient obligés eux-mêmes à emprunter auprès de banques privées au lieu de créer leur propre monnaie ou de contracter des prêts à taux très faible auprès de banques d'État, comme auparavant, tout se passait comme s'ils œuvraient à leur propre destruction. Comme si ce fut l'objectif final...

On semblait compter sur l'indolence des gens. Sur leur incompétence à comprendre aussi. Leur sentiment d'impuissance surtout, face au pouvoir. Tous les apathiques

45

pouvaient bien continuer, jusqu'au bout du bout, à se vautrer dans la fange de tous ces objets futiles qu'ils achetaient par frustration. Continuer aussi à voter pour bonnet blanc ou blanc bonnet, ou encore déposer un bulletin de protestation dans l'urne de temps à autre. Aristot, lui, n'achetait plus depuis longtemps que le strict minimum pour vivre et ne votait plus. Selon lui, la politique était un produit comme un autre. Il était si facile pour les banques et sociétés financières de promouvoir puis contrôler quelques politiciens bien ciblés, quel qu'en soit le bord et l'extrémisme affiché éventuel, pour autant qu'ils leur soient favorables.

Était-il devenu fou subitement ? Se prenait-il pour un être supérieur ? Non, tout ça c'était sans prétention aucune. Il était, simplement, intimement persuadé d'avoir trouvé un antidote à la globalisation politico-bancaire. L'agacement avait agi en lui comme un moteur puissant, fouettant sa réflexion pour l'amener bien au-delà des limites dans lesquelles il s'était cru enfermé. Aristot venait de réaliser que c'était la forme qui déterminait le contenu, imposait même parfois le vide. Le système donnait-il l'illusion de s'être emballé tout seul ? L'impression n'était que trompeuse. En réalité, l'emballage lui-même était sous vide, depuis le début. En changeant la forme, on appellerait donc nécessairement d'autres contenus se disait-il. La nature avait horreur du vide, c'était une Loi infaillible de la physique. Fort heureusement, il n'était plus seul. Son intuition de solitaire avait d'ores et déjà rencontré de puissants relais, prêts à la traduire en actions sur un mode collaboratif. Un irrésistible travail en réseau était en marche.

Aristot déambulait de par les rues fraichement enneigées en cet après-midi hivernal, écrasant le trottoir cotonneux de son pas assuré. Des rais de lumière semblaient se jouer de sa silhouette, plutôt trapue, qui rebondissait de façade en façade, au fur et à mesure de sa progression devant les immeubles. On était en milieu de semaine et à peine six mois auparavant, à cette heure, il travaillait encore pour une agence conseil dans le domaine de la télévision. Des tâches hétérogènes et en quantité indécente, un bureau terne et aseptisé, le tout couronné par un management inconsistant, avaient eu raison de lui. Le contraste entre l'instant présent et le stress de son quotidien professionnel récent, lui paraissait si exorbitant qu'il se surprenait parfois à douter de l'existence de l'un comme de l'autre. Il avait quitté son job du jour au lendemain. Davantage en raison des méthodes anti-managériales employées par son chef que de la masse de travail qui lui avait été assignée. On ne quittait pas une entreprise mais un manager, disait-on. Rien n'était plus vrai, surtout quand votre chef, non content de ne jamais vous gratifier, vous ressassait que vos difficultés à accomplir une multitude de missions simultanément provenaient de votre incapacité à optimiser votre temps de travail. Tous les consultants en organisation semblaient s'être donné le mot. Il suffisait ensuite à ceux des managers qui n'avaient aucun recul et préféraient se la couler douce, de répéter leurs ineptes litanies. Résultat : son job, déjà ardu, lui était devenu insupportable avec le temps puis totalement étranger. Et il était parti. Sans véritable occupation maintenant, Aristot avait la sensation d'être en apesanteur et comme relié au sol par des filins d'acier, survolant sans trêve le même périmètre. Une impression de légèreté et relative liberté de mouvement, sur place, se mêlait à un sentiment amer d'inanité, à quelque chose ayant indéniablement les traits de l'immobilité et de la mort. Où tout cela allait-il bien le mener ? À la désintégration de son existence ? Ou plutôt à une nouvelle vie ?

Aristot Kazh allait vers ses trente-deux ans. Les cheveux bruns, le front large déjà passablement dégarni, les yeux clairs, il avait un regard perçant et insistant qui semblait posséder la faculté de vous fendre en deux en cas de nécessité. Vêtu d'un jean, d'une large veste en daim et de camarguaises, un grizzli tenu en laisse n'aurait pas dépareillé avec lui. Sous son air robuste cependant, il cachait une personnalité hautement sensible.

Il venait, de justesse, d'échapper à un lampadaire qui fonçait sur lui avec insistance. Penser et marcher tête baissée, pour éviter les plaques de verglas, ne faisaient décidément pas bon ménage. Pourtant, à ce moment précis, il éprouvait un besoin irrépressible de passer un bon coup de balai dans son esprit et ses souvenirs. Rien ni personne ne pourrait l'en empêcher. Dans une demi-rage, il frappa vigoureusement de la botte un amas de neige qui se présentait sur son passage. Il était homme à aimer avoir les pieds bien sur terre, une couche de neige de 5 cm entre ses petons gelés et le macadam n'allait certainement pas l'en empêcher. Les stocks de sable et de sel de la ville étant au plus bas, les services de la mairie avaient décidé subitement d'en rationner l'utilisation, tout en concentrant les épandages sur les espaces touristiques et certains quartiers privilégiés. Les trottoirs des secteurs traversés par Aristot n'étaient, quant à eux, absolument pas dégagés.

Il parvint ainsi, cahin-caha, à un assez grand carrefour. Piétinant au feu rouge pour donner une chance à ses orteils de ne pas congeler, il en aurait presque hurlé d'impatience et cédé au réflexe puéril de sauter à pieds joints devant lui s'il n'y avait eu là une gigantesque flaque noirâtre répandue sur la chaussée. C'est alors qu'un énorme 4x4 aux vitres teintées passa à toute blinde juste devant lui, écrasant la mare de ses roues hors normes, criblant Aristot de molécules de neige fondue et de billes de crasse infecte et toute molle. Un cri d'effroi et trois jurons plus tard, il comprit qu'il était trempé jusqu'aux sous-vêtements. La voiture, elle, était déjà loin.

— Pardon Monsieur, la Rue des Deux-Boules s'il vous plait ? demanda une petite voix dans le dos d'Aristot.

— Mais nom de … de … ! C'est une blague ? Je m'en tape comme du premier pétroglyphe moi de la Rue des…

En se retournant, Aristot découvrit une jeune femme portant de grosses lunettes noires, bordées d'un cache sur les côtés. Elle était accompagnée d'un labrador qui n'avait pas même tressailli à son exclamation soudaine et se contentait maintenant de l'observer de ses yeux doux. Les chiens de cette espèce, très prisés des non-voyants, étaient dressés pour demeurer stoïques en toute situation, y compris en cas d'explosion à proximité.

Lui-même n'avait pas été épargné par les projections d'éclaboussures parsemant son soyeux pelage jaune, mais il n'en avait ostensiblement que faire. La femme, par contre, semblait en avoir été préservée grâce à l'écran formé par Aristot.

— Je suis… profondément désolé, je n'avais pas vu… et, vous voyez, une voiture vient de… Enfin… Vous voyez… Bref… dit-il, conscient d'avoir ajouté une gaffe à une bourde ou inversement.

— Ce n'est pas grave, vous savez, répondit la femme au sourire joufflu mais charmeur. On a tous le droit d'être énervés…

— Euh…, fit Aristot, épaté par cette bienveillance peu courante dans la capitale française. En toute franchise, poursuivit-il, je viens de Gwenrann et ne sais absolument pas où nous nous trouvons. J'ai marché, marché et… Mais attendez, j'ai une idée, je vais aller demander à la boucherie que j'aperçois au coin là-bas, d'accord ?

— D'accord !

— Mais dites-moi au préalable… elle existe vraiment cette rue ?

— Oui.

— Bon… ok, je reviens de suite… Mais faites attention et reculez un peu, il y a une flaque immonde juste devant vous. Je viens de me faire asperger des pieds à la tête. Ma veste est certainement fichue et j'en ai jusque dans les bottes…

— Vous en avez donc plein les bottes ! osa la fille, son sourire, qu'elle semblait ne jamais abandonner, toujours aux lèvres.

Aristot réprima l'injure qu'il venait d'aboyer dans sa tête, « sale petite connasse de mes deux ! », et se dirigea au pas de course vers le commerce en question. Le boucher, planté derrière sa porte en verre, les poings enfoncés dans ce qui lui restait de creux au-dessus des hanches, le toisa de son regard amorphe lorsqu'il le vit débouler. Aristot se figea instantanément en apercevant son image réfléchie par la vitrine. Sa veste dégoulinait du col au revers des manches. Il se prépara donc aussitôt mentalement à devoir rester sur le pas de la porte, se disant qu'il ne serait pas nécessairement le bienvenu dans son nouveau rôle imposé d'homme éponge. Néanmoins, contre toute attente, le bougre le laissa entrer.

— Bonjour Monsieur, veuillez m'excuser, où sommes-nous ici ? demanda Aristot.

Le boucher le fixa en retour de cet œil qu'ont les mauvais vendeurs lorsqu'ils réalisent soudain qu'un client présumé n'en est pas un. À la crainte de devoir faire laver le sol de sa boutique avant la fermeture, s'ajouta visiblement chez lui la certitude qu'il avait affaire à un gêneur, voire peut-être même à un anormal. L'homme semblait être craint de son entourage. La jeune apprentie à la caisse guettait ses moindres expressions dans une impeccable posture de garde-à-vous. Elle semblait habituée à deviner les ordres davantage qu'à les attendre.

— Je veux dire plutôt... La Rue des Deux-Boules..., savez-vous où elle se trouve ? rectifia Aristot hésitant, pas encore persuadé que la fille ne s'était pas payé sa tête.

— Ben..., ce n'est pas tout près ! Faut descendre jusqu'à la Tour Saint-Jacques, répondit le boucher qui s'était rapproché entre-temps de sa caisse enregistreuse, comme si on allait la lui chaparder.

Aristot sut immédiatement qu'il ne tirerait jamais rien de plus de cet homme rustique. La fille au regard vif qui le flanquait referma malheureusement la bouche qu'elle venait d'entrouvrir dans une esquisse de réponse à coup sûr plus exploitable. Une preuve de plus, se dit Aristot, que la sociabilité et le savoir-vivre s'arrêtaient net là où commençait la hiérarchie des idiots. Par chance, une jolie cliente qui était entrée après lui et avait intercepté sa dernière question d'une oreille positivement indiscrète et coopérative, compléta l'information trop imprécise du boucher. D'un mouvement léger du bras, elle traça la bonne direction dans l'espace devant elle puis, avec force détails, lui communiqua les principaux repères visuels pour y parvenir.

Aristot rejoignit ensuite la jeune femme avec son chien. Celle-ci le pria de l'accompagner « au moins un bout » pour la placer sur la bonne piste, ce qu'il accepta. Après tout, le ridicule ne tuait jamais personne et il n'était pas à un quart d'heure près pour retourner se changer chez lui. La femme glissa alors une main flasque sous son bras vigoureux. Aristot fut si surpris par cette exceptionnelle sensation de mollesse qu'il en eût presque retiré machinalement son bras. Une chenille géante à ses côtés aurait-elle produit sur lui un effet très différent ? Il renonça toutefois à vérifier que la femme ne laissât pas une trace sinueuse de ver dans la neige derrière elle. D'ordinaire, il prenait grand soin d'éviter les gens mous. L'expérience lui avait montré que leurs intentions étaient souvent frelatées et à tout le moins suspectes.

Au fur et à mesure de leur progression, Aristot retrouvait ses marques et réalisa que la fameuse rue se situait, peu ou prou, dans la direction qu'il devait prendre pour rentrer. Le tissu de sa veste était particulièrement trempé au niveau du coude mais la larve avait affirmé s'en moquer en tournant, à son grand étonnement, la tête vers lui comme pour le regarder. Ensuite, elle lui posa sur un ton guilleret toute une ribambelle de questions, plus inattendues les unes que les autres. Il y répondit de bonne grâce, avec un allant simulé. Quelque chose d'indéfinissable le dérangeait dans cet interrogatoire. Puis vint le moment où ils durent suivre des chemins divergents. Le regret de la séparation ne fut pas partagé malgré l'une ou l'autre formule suintant la politesse. Jubilant de pouvoir enfin se débarrasser du répugnant poisson mort au sourire angélique, Aristot se prit à exécuter une semi-courbette. Il se connaissait bien, quand il faisait quelque chose de débile, c'était qu'un truc clochait sérieusement.

8 LA B.A.T.

— Ils auraient pu au moins brancher le chauffage dans l'appartement ces cons-là ! Trois jours sans déjà !

— Une planque, effectivement, c'est quelque chose de sérieux. Si les conditions ne sont pas réunies, le résultat s'en ressent.

— Ouais…

— Tu pourrais dire autre chose que « ouais » pour une fois René ? Et tant qu'on y est, « ces cons-là » aussi ?

— Ouais (*ricanement*)... En attendant, c'est moi qui bosse et observe. Je ne peux pas faire dix choses à la fois !

— Ça ne fait que deux, je te ferai remarquer… Regarder et parler… Même ma femme arrive à faire ça tous les soirs. Elle regarde la télé, papote et en même temps elle s'empiffre ! Parfois en plus elle pleurniche aussi quand je suis de mauvaise humeur à cause des journées de m… que je passe avec toi.

— Ne te plains pas va ! Pense à tous ceux qui n'ont pas de boulot !

— Parce que tu trouves que c'est un boulot ce qu'on fait ?

— C'est vrai que parfois ça n'a pas grand sens. Mais au moins on est payé nous… Tiens, en voilà une que j'ai déjà vue, qui entre dans ce fichu bar. Tu crois que c'est facile avec tous ces arbres devant ? Comme s'ils n'avaient pas pu trouver autre chose qu'un appartement vide au 7e étage…

— Et avec toi je peux dire que c'est bien le 7e étage et pas le 7e ciel… J'aurais préféré la nouvelle recrue. Tu vois de qui je veux parler ? La petite brunette toute timide là. Celle qui n'avait pas osé dire qu'elle était gauchère au tir et a failli se prendre une douille avec une arme de droitier…

— Ouais… Si tu veux mon avis Patrick, vaut mieux qu'elle se prenne une douille que tes coui… (*rire épais*). Mais arrête de me faire rire, ça secoue les jumelles.

— Le problème que je vois, moi, c'est que s'il faut intervenir rapidement, le temps qu'on descende, ils seront tous loin et hors de portée !

— Tu parles… Intervenir pour quoi faire ? Pour l'instant il n'y a qu'une seule personne dedans ! Le « problème » justement c'est que tout est calme… Le soir ça se remplit mais ce sont des gens comme nous qui boivent un coup, c'est tout. Des intellos peut-être ? Je me demande ce que la direction a après eux ! Si on voulait vraiment savoir ce qui se dit dans ce bar, c'est dedans qu'il faudrait aller.

— Entrer dans le bar ? Avec ta tronche de baroudeur, tu serais vite repéré. Pour ça, faut te laisser repousser quelques cheveux mon gars.

— Tu as lu la banderole qu'ils ont mise à l'étage juste au-dessus, entre les balcons ?

— Non, il y a marqué quoi dessus ?

— « Politicien incompétent, sciemment ou pas, sur le lieu de ton inaction on te pendra ! »

— Ça veut dire quoi ? Sciemment ce sont des chats non ?

— Non, ça c'est siamois. Je ne sais pas…

— Tu as vu, au fait, la place pas loin où il y a ce rassemblement ?

— Là où sont les autres collègues ?

— Oui. Si ce n'est pas misère. Il y a de tout là-dedans. Des jeunes, des femmes, des vieux comme toi… Bon sang… et puis ils ont des tas de chiens. On n'est pas la Brigade anti-toutous, nous !

— D'ailleurs, tu y es depuis combien de temps à la Brigade anti-tout ?

— Depuis une douzaine d'années. Pourquoi ?

— Comme ça. Moi je n'ai plus que trois ans à tirer.

— Vas-y, traite moi de bleusaille tant que tu y es !

— Ce n'est pas ce que je voulais dire… Mais en tout cas, ce n'est plus à mon âge qu'on va me demander d'enlever mon brassard pour me mêler à la foule avec une batte de baseball. J'ai déjà donné et je passe mon tour !

— Ben quoi ? Tu es un B.A.T. *man* ou pas ?

9 PUBLITIQUE

Après être retourné chez lui pour changer ses vêtements trempés et prendre une douche bien méritée, Aristot repartit aussi sec. Sa destination cette fois, *Au Pélican Bidonné*, son bistrot de prédilection où il aimait à boire un verre de vin de terroir. En chemin, il ne fit cette fois aucune rencontre. Aucun incident ne vint trancher non plus le fil de ses pensées. Il s'étonna juste, à un moment donné, de traverser une place noire de monde, où des tentes avaient été dressées. En plein hiver c'était plutôt inhabituel.

Il connaissait bien la patronne qui sélectionnait méticuleusement ses vins et excellait à préparer des encas d'une délicieuse simplicité. On ressortait de ce troquet toujours rassasié et revigoré. Il faisait partie de ces lieux, devenus rares, qui nourrissent le corps et l'âme. En entrant, ses lunettes déjà très sales – il avait omis de les nettoyer après sa gadoueuse mésaventure - se couvrirent de buée. C'est donc partiellement aveuglé qu'il fit les premiers pas dans le bistrot, buttant aussitôt dans un seau qui se renversa avec bruit. Dans la série des objets infernaux qui se trouvaient en permanence placés au mauvais endroit, au mauvais moment, le seau rempli devait être un leader hors compétition. Une eau sale se répandit sur le plancher délavé qui, reconnaissant, reprit un peu de couleur.

— Aristot, tu p… pou… pourrais faire attention ! fit une voix du fond de la salle.

— Désolé Elena, ce n'est franchement pas mon jour. On dirait que j'ai un problème avec l'eau aujourd'hui…

— T… tu dis ça uniquement pour que je te s… ser… serve

du vin !

— Je vais éponger tout ça. Tu as une serpillère à portée de main ?

— Att… attends, je reviens.

Le *Pélican Bidonné* était un troquet à l'ancienne. D'énormes miroirs muraux, encadrés de dorures en relief, étendaient leur faste sur deux parois opposées. Cela donnait une impression d'immensité à l'espace et procurait toujours aux dames l'occasion de contrôler leur toilette avant l'apparition de l'être aimé. Sur le mur qui faisait face au comptoir, étaient disposées quantités de photos dédicacées de comédiens depuis longtemps disparus ou, au mieux, décatis. Il y en avait jusque dans les cabinets, à la différence près que, sitôt passé la porte de ces lieux indignes, on tombait, non plus sur des clichés d'artistes, mais sur ceux de personnalités dites politiques plus ou moins incapables voire sulfureuses. Sur ces photos toutefois, il n'y avait nul paraphe authentique.

La sélection de portraits pour les toilettes avait été laborieuse selon les dires d'Elena qui s'était employée à recueillir les souhaits puis à transiger là où les centimètres carrés manquaient. La France regorgeait de politiciens crapuleux et semblait même s'en flatter si l'on en jugeait par le peu d'efficacité de la justice et la faiblesse des condamnations, quand il y en avait. Sur ces photos, il y avait bien des commentaires et signatures mais il s'agissait bien évidemment de faux. Chaque pilier de bar ou même client occasionnel du bistrot avait été sollicité pour, dans la mesure du possible, contrefaire l'écriture de l'un ou l'autre comédien des affaires publiques et puiser dans son imagination afin de produire un texte drôle. L'exercice avait parfois réussi mais également, dans d'autres cas moins rares, singulièrement dérapé. On pouvait notamment citer ce portrait d'un politicien lubrique, placé dans la partie des sanitaires réservée aux dames. Pour qu'il ne soit pas détérioré davantage qu'il ne l'était déjà, il avait été fixé très haut au plafond. Le visage du rondouillard semblait vouloir assurer les visiteuses – et pas seulement les femmes de ménage – de son indéfectible insatiabilité sexuelle avec un sourire fabriqué et un regard plus glauque que vraiment malicieux. C'était, certes, de fort mauvais goût mais renvoyait utilement aux exigences minimales de la propriétaire du lieu sur le plan moral.

Le véritable clou de l'estaminet cependant était, sans conteste, un pélican en papier mâché grandeur nature, qui pendait du plafond à un crochet dans la salle et lui conférait son nom. En sautant sur place, on aurait presque pu le toucher de la main. Le volatile se tenait le ventre, une protubérance imposante, avec ses ailes placées dessous. Sa tête était renversée vers l'arrière et son bec largement ouvert dans un rire éternellement silencieux. L'une de ses pattes palmées, légèrement endommagée à la suite d'une chute un jour de grand nettoyage de printemps, laissait apparaître la structure grillagée qui servait de support à l'épais mélange de papier et colle. Il était peint avec des couleurs vives et chatoyantes captant infailliblement le regard des clients, quelle que fût leur position dans l'espace. La silhouette du pélican se réfléchissait aussi à l'infini dans les miroirs. Ceux-ci n'étant pas fixés sur des axes tout à fait parallèles, les innombrables doubles du pélican formaient une légère courbe, laissant imaginer l'exécution d'une ronde prodigieuse.

— Voilà la serpillère, maintenant c'est à toi !

Pourquoi es-tu venu aussi tôt cette fois ?

Comme tu sais bien pourtant, vers seize heures je nettoie…

Je n'ouvre que le soir, je suis occupée moi…

— Je suis justement venu pour t'aider un peu ! répondit Aristot, pris à froid.

— C'… c'est bon. Je ne p… pou… pouvais pas le deviner, bégaya Elena en retour.

Elena Anderson était une ancienne actrice dramatique d'origine suédoise. Une dizaine d'années auparavant, le théâtre qui l'employait avait subitement fermé ses portes suite au tarissement progressif des financements publics affectant presque tous les domaines. La culture en particulier, non prioritaire dans un environnement abandonné à l'anarchie des marchés, était frappée de plein fouet.

La femme, blonde aux yeux bleus-verts, approchait la cinquantaine. Elle avait l'allure fière et un port de tête qui pouvait paraître altier aux envieux et complexés. Depuis l'enfance, elle souffrait du bégaiement. Si certaines personnes parvenaient à surmonter ce handicap en chantant, Elena, elle, avait réussi à le dominer grâce à une méthode toute personnelle. Elle s'exprimait au travers de vers et plus particulièrement d'alexandrins qu'elle composait, à force d'exercice, avec une facilité déconcertante. Grâce à ce stratagème, elle ne bafouillait plus que lorsque quelque chose dans son environnement immédiat se déréglait ou qu'une émotion en elle se libérait. Cela se produisait surtout dans des situations d'urgence ou d'étonnement. C'était le cas également lorsqu'elle lâchait prise en présence de proches vis-à-vis desquels elle n'avait rien à démontrer.

Pour les clients, Elena était une attraction à ne pas manquer. Son secret restant relativement bien gardé, nombre d'entre eux pensaient simplement qu'elle avait conservé ce tic de son ancienne profession. D'autres considéraient plus trivialement qu'elle avait cramé au moins un plomb. La plupart en tout cas s'en amusaient vivement. Elle avait une réputation de phénomène, pas seulement local dans la mesure où certains curieux, à la fibre littéraire, venaient de loin pour l'épier. Leur jeu consistait alors à repérer une faille dans la métrique ou, mieux encore, à la prendre en flagrant délit de prose. Le prix d'une bière ou deux valait bien le risque qu'elle se tût complètement ce jour-là.

Aristot finit de nettoyer par terre et se mit à briquer le comptoir tout d'abord puis les nombreuses petites tables rondes au plateau de zinc. Celles-ci étaient éparpillées de manière presque symétrique dans la salle, ce qui laissait à penser qu'elles n'avaient pas été placées au hasard. Avait-il le droit de les déplacer ? Elena le déconcertait. Avec elle on ne savait jamais véritablement à quoi s'en tenir ni même si on était le bienvenu ou pas. Son attitude semblait constamment équivoque et aurait pu se résumer en fin de compte à un énoncé du type « Heureuse de te voir mais, s'il te plait, barre-toi ! ». C'était finalement très féminin, songea Aristot qui se reprocha aussitôt un tel raccourci. Sa compagne à lui n'était-elle pas très différente ? Et pouvait-on reprocher à Elena d'avoir un caractère aussi bien trempé ? Surtout en ces temps abandonnés à l'esbroufe et aux faux-semblants ?

Elena, occupée maintenant à essuyer des verres, se tourna avec une moue de répulsion vers l'écran plat qui trônait au-dessus du bar. Celui-ci visionnait en boucle les mêmes images depuis qu'Aristot était entré. On y voyait notamment une interview de l'ancien chef de l'État qu'Elena dénommait Mygalo, en référence à mygale et mégalo.

— P... pou... pourquoi le voit-on encore, c... celui-là ? s'interrogea Elena.

— Il est fini, a priori, mais il a bien servi ses maîtres alors ils le montrent encore... Comme ils contrôlent la grande majorité des médias en tant qu'actionnaires principaux, ils seraient trop bêtes de ne pas le faire, répondit Aristot qui vint s'asseoir sur l'un des tabourets de bar.

— Mais pourtant si flagrantes sont ses insuffisances,
Que ne peuvent compenser une telle extravagance.
Ses insultes, ses frasques, sa faible éducation,
Rien n'a pu le freiner dans ses apparitions.
Son art gesticulatoire est grossier, surfait,
Sur fond de paroles creuses, digne des films muets.

— Ne t'inquiète pas pour eux, ils auront toujours des pantins, hommes ou femmes du reste, à tirer du chapeau. Il faut bien encore sauver un peu ce qui subsiste du mythe de l'alternance entre « droite » et « gauche ». Et pour cela, si nécessaire, faire peur aux gens avec un ou deux extrémistes, encore que même ceux-là à mon avis ont été récupérés depuis longtemps et mangent dans la main des vrais puissants. J'en veux pour preuve qu'on exhibe toujours les mêmes en continu, là aussi. Ce qui me surprend le plus c'est pourquoi tu imposes ces chaines-là à tes clients ? Sur ce genre de canaux, on ne dit strictement rien en répétant tout à l'infini... La désinformation pour moi commence là où l'information se concentre, dans tous les médias simultanément, sur deux ou trois thèmes marginaux par jour. C'est comme si la vraie vie des gens ne comptait pas ! On n'est pas dans *Big boss is watching you*. On est dans *You're watching the big boss*, l'étape d'après... c'est presque plus inquiétant non ?

— C... ce soir, pr... promis, à l'ouvert...ure je mets de la m... mu... musique. J... je pensais que cela m... me ferait du bien, c'est comme une p... pr... présence.

— Tu en es là ?! C'est bien triste. Si tu continues je vais t'acheter un bocal tout rond avec des poissons bien obèses. Tu pourras les voir de loin, passer, repasser... dit Aristot en regrettant aussitôt ses paroles. Il ne savait pas Elena seule à ce point, même s'il aurait pu le deviner.

— Tu n'es p... pas sympa, répondit-elle.

— Désolé. Je ne suis pas non plus très heureux de mon existence en ce moment... Un peu trop fade et vertigineusement itérative pour moi, confia Aristot.

Elena, sans doute embarrassée par cet aveu, le coupa :
— Il y avait l'autre soir, je ne sais plus son nom,
Un pénible saoulard qui buvait son cruchon.
Alternaient à l'écran réclames et politique.
Était-il inspiré par une muse l'alcoolique ?
De grandes difficultés il avait à parler,
Tant il était ivre, somnolent, imbibé...
Il m'a dit Elena, n'y vois aucune critique,
Mais je ne supporte plus, la po... po... publitique !

— Ah, tu vois ?! C'est exactement ce que je disais. À mon avis, le gus a réellement confondu les deux. Je suis bien placé, de par mon expérience professionnelle, pour savoir quelle importance la télévision a pour le gouvernement. Sans cet outil, il sait qu'il ne tiendrait pas longtemps avant de voir la rue se soulever. D'anciens collègues ont fait des calculs pour déterminer quelle devait être la durée minimale de visionnage par individu et par jour pour éviter des troubles. On évalue même de combien le nombre de chômeurs peut encore augmenter sans trop de risques pour le pouvoir. Chose utile dans ce contexte : on sait que le temps passé devant la télévision double dès le lendemain d'une perte d'emploi. C'est génialement cynique non ? Même si cela brouille les approximations...

Après avoir marqué une pause, Aristot poursuivit :

— Ton gars là, qui a inventé le mot « publitique » est peut-être un poivrot mais il a tout pigé, d'instinct. Les études montrent qu'en abreuvant la population de spots commerciaux dès le plus jeune âge, il est infiniment plus facile d'influencer les mêmes, plus tard une fois adultes, à l'aide de pubs politiciennes pour remporter les élections. Si tu réussis à faire avaler à un gamin, depuis tout petit jusqu'à l'adolescence, que tout ce qu'on lui présente à la télévision est bon pour lui, pourquoi veux-tu que les choses changent juste après, à l'âge de voter ? Si tu finis par croire que les boissons les plus sucrées, aux couleurs les plus rebutantes et scatologiques, celles-là mêmes qui t'empoisonnent et te font roter, sont en fin de compte le nec plus ultra, tout ne devient-il pas possible ? Y compris naturellement en politique ? Pour parvenir à ce résultat, il suffit que les produits en question soient présentés aux enfants de façon récurrente et que leurs parents, eux-mêmes abrutis depuis longtemps déjà, confirment leurs vertus supposées par leur silence. Les achats dociles suivront. Et le pire dans tout ça ? La majorité n'achète en fin de compte que les objets qu'on lui présente, tout comme elle ne votera toujours que pour les candidats réellement visibles dans les médias. Le paradoxe dans le domaine politique toutefois, est qu'un politicien n'a nullement besoin d'un programme concret pour que le truc fonctionne, c'est absolument sidérant ! A-t-on déjà vu un vendeur de voitures réussir à refourguer un modèle qu'il n'a pas sur place en exposition, ni même en photo ou en esquisse, et que personne n'a jamais vu rouler réellement ?

Aristot poursuivit le fil de sa réflexion en dressant d'autres parallèles entre le monde marchand et la politique : plus aucun produit, plus aucun candidat ne semblait avoir une quelconque chance d'être sélectionné / élu s'il avait une couverture insuffisante dans les médias. Plus grave encore, la domination très nette de certains dans l'espace médiatique, objets ou individus, laissait même à croire au final qu'il n'y avait pas d'autres options. La multitude de choix que l'on disait être une caractéristique à la fois des marchés libres et des démocraties se rétrécissait en réalité comme une peau de chagrin. On allait tout droit vers un monde de non-choix, tant au plan matériel que politique. Mais n'était-ce pas l'impression générale et ultime que l'on voulait donner aux habitants de la planète : qu'il n'existait aucune alternative ? Pas même une possibilité de réagir ?

Pour conclure, Aristot ajouta :

— Si tu éteins cet appareil, tu supprimes du même coup la virtualité qu'il crée et toute cette propagande. Et puis n'est-ce pas stupide aussi de s'acquitter d'une redevance uniquement pour permettre à ces gens-là de financer leur propre communication ? Qu'ils règlent donc les factures eux-mêmes ! Mets ce machin creux à la cave avec tes bouteilles vides, Elena ! S'il te sert exclusivement à trouver de nouvelles têtes pour tes toilettes, ce n'est franchement pas la peine. Il n'y a plus la moindre place là-bas pour un portrait de toute façon, ni sur les murs ni sur les portes. Et le plafond, à mon humble avis, c'était une très mauvaise idée. Cela fait un peu voyeur non ? Aucune femme ne s'est donc plainte jusqu'ici ?

— C... comment sais-tu ça ? fit Elena d'un ton taquin.

— Je... Tu... m'en poses des questions bizarres toi ! se défendit Aristot, sans trop savoir que dire.

Soudain, une curieuse expression apparut sur le visage d'Elena, calée entre déception et courage. Après qu'elle eut fixé l'espace ainsi devant elle pendant quelques secondes, une conviction naquit dans ses yeux. Puis elle échangea un bref regard avec Aristot et, telle une furie, alla se saisir d'un escabeau pour le placer sous le téléviseur et grimper malhabilement dessus en le faisant vaciller. Le sort de l'appareil était scellé. En quelques pouièmes de secondes, elle le décrocha, le posa à même le plancher puis alla ouvrir la trappe qui conduisait à la cave, avant de revenir vers le poste pour l'emporter. Une agitation frénétique semblait secouer tous ses muscles, cela n'annonçait jamais rien de bon chez elle. Par malheur, Elena loupa la première marche de l'escalier en bois trop étranglé et raide qui menait au sous-sol. L'encombrant objet lui échappa des mains, glissa et explosa en gerbes au contact du sol bétonné plus bas. Elena, qui avait pu se retenir à temps à la rambarde instable et branlante, pesta comme une charretière. Sans les vers ni les rimes. Chance dans la malchance, elle fut épargnée par les éclats de matériaux qui avaient volé dans tout l'espace en dessous.

— C'est couillon, dit-elle simplement sans bégayer pour une fois, assise sur le plancher au bord de l'escalier.

— C'est le destin et c'est mérité, commenta Aristot.

Un peu plus tard ils entreprirent de nettoyer la cave. Il y avait du verre, des bouts de plastique et débris d'électronique absolument partout, même en hauteur sur ce qui était entassé sur les étagères. Il ne leur fallut pas loin d'une heure pour rassembler à peu près tout dans un grand sac. La faible puissance de l'ampoule au sous-sol cependant ne leur permit pas d'acquérir la certitude que leur travail fut exhaustif. En remontant, ils entendirent des clameurs venant de la rue puis virent une dizaine de personnes, comme à la queue leu-leu, passer en trombe devant le bar, courant gauchement sur la neige sale. Surgirent ensuite presque autant d'agents des brigades antiémeutes qui les poursuivaient, lourdement équipés. L'un d'eux glissa sur une plaque de verglas à quelques mètres sur la chaussée. Malheureusement, il n'eut pas le temps de se servir de son bouclier comme d'une luge et se fit ostensiblement très mal. Elena sortit aussitôt pour voir ce qu'elle pouvait faire pour lui mais faillit récolter un coup de matraque.

— Non mais ça v… va pas b… bien !?! hurla-t-elle, je voulais simplement aider votre collègue !!!

— Alors aidez-nous en rentrant chez vous Madame, il n'y a rien à voir ! Circulez ! Il simule souvent vous savez… Mattéo, relève-toi, tu fais pitié !

Elena s'exécuta sans comprendre.

— C'était q… quoi ça ? demanda-t-elle en revenant.

— Ceux qui galopaient devant ? Oh, des Indignés sans doute… répondit Aristot. Cela m'étonne d'ailleurs qu'il y en ait encore. Dresser des tentes en hiver, rester les fesses sur le pavé tout l'été, passer des nuits dehors, juste pour se donner un genre et pouvoir dire qu'ils protestent, je ne crois pas que ce soit un truc d'avenir. Chez les révoltés ce sont les cigales. Il va leur falloir des idées aussi, et un plan qui fonctionne avec des fourmis. Je reste convaincu que leur mode d'action, ou d'inaction selon le point de vue, est inadapté à des dictatures non encore déclarées…

Aristot but une bière qu'il se versa lui-même pendant qu'Elena achevait d'astiquer les barres en laiton ornant le haut des bancs sur le pourtour du troquet. Comme ensuite elle entreprit de passer un coup d'eau sur le plancher, il s'en servit une autre. Il la but à petites gorgées, le temps que le sol sèche, toujours perché sur son tabouret comme s'il se fut agi d'une île perdue. Cela lui sembla durer une éternité, une bien agréable toutefois. Les conditions atmosphériques n'étaient pas clémentes. L'été, le sol pouvait être sec en à peine cinq minutes, montre en main. Ce jour-là l'humidité était pénétrante et glaciale. De toute façon, ne valait-il pas mieux attendre que la situation se calmât au-dehors ?

Enfin, il sortit dès qu'il put regagner la porte sans risquer de déraper ou de s'attirer les foudres rimées d'Elena si sensible à la propreté. Il la salua amicalement et, à sa demande, ramassa au passage le sac qui contenait les restes informes de la télé. Elle lui indiqua encore un commerce de matériel électronique, situé à proximité, auprès duquel il pourrait déposer les pièces en vue de leur recyclage.

Un peu plus loin, Aristot fut retenu par un policier en civil qui portait un brassard d'un orange bien claquant.

— Bonjour Monsieur, vous avez quoi dans ce sac ?

— Ah, euh…

— Vos papiers s'il vous plait…

10 DES MITES DANS LES IDÉES

— Les mites ça fait des trous dans quoi ?

— Dans les vêtements !

— Et les mythes ?

— Dans l'histoire et la tête !

— Et l'enfumage, ça sert à quoi ?

— À éliminer les mites !

— À quoi d'autre ?

— À nourrir les mythes !

— Parfait. Je constate que vous retenez bien mes cours. Mais faites attention à l'endoctrinement, dit en riant Karole à ses étudiants.

Karole Lutz était titulaire d'une chaire d'histoire à l'Université de la Sorbonne. Elle se tenait présentement debout dans la fosse d'un amphithéâtre plongeant, appuyée contre le bois patiné d'un bureau au moins centenaire, et faisait face à une cinquantaine d'étudiants qui s'étaient répartis très inégalement dans les rangées de sièges. Elle poursuivit :

— Quand on est ainsi sur la même longueur d'onde, c'en est presque inquiétant. Si vous retenez en tout cas de mon cours que rien n'est plus fondamental que de conserver du recul par rapport aux événements et à l'égard surtout de la description qu'on en fait, alors, ni vous ni moi n'aurons perdu notre temps. Connaissez-vous l'adage « Quand on lui montre la lune, l'idiot regarde le doigt » ?

Des oui fusèrent. Quelques non se firent plus discrets.

— Eh bien, en histoire, comme pour toutes les histoires que l'on peut vous conter dans les médias, c'est l'inverse ! Est-ce que vous voyez en quoi ?

— Le doigt regarde l'idiot et voilà… tenta un étudiant à l'air hébété et tout à fait sincère.

— Et puis voilà, voilà, quoi, quoi ? Non ! répondit Karole, cassante, qui se demandait parfois ce que certains fabriquaient à l'université. Quand on lui montre la lune, l'idiot regarde… la lune uniquement, fit Karole en martelant chaque syllabe. Quel réflexe faut-il donc avoir ?

— Celui de regarder ce qui se cache *derrière* la lune ? suggéra une étudiante, pensive.

— Oui, ça de toute façon, à condition bien entendu d'en avoir les moyens. Et il importe de… ? … Garder un œil sur l'autre main en même temps ! Quand on vous montre quelque chose, il y a presque toujours une intention cachée. C'est la raison pour laquelle le cours d'aujourd'hui portera, comme le précédent, sur les mythes et leur pouvoir destructeur sur les idées. Ma thèse est de démontrer que plus la couche de maquillage se révèlera épaisse, plus les idées seront en décomposition dessous. Le lien n'est pas forcément évident mais je vais m'évertuer à le faire ressortir en prenant quelques exemples tirés de l'histoire de la France. Pour rappel, un cours c'est un échange. Rien ne m'ennuie davantage que de devoir tenir des monologues. En plus, ça donne soif et l'administration est pingre en bouteilles d'eau. Et puis d'ailleurs, dites, vous ne pourriez pas descendre un peu et vous mettre tous devant ? Cette vieille salle me donne le torticolis.

Les étudiants, ainsi que quelques auditeurs libres que l'on reconnaissait aisément à leur âge et flegme, vinrent se replacer sur les deux premiers rangs.

— Bien, merci ! Premier point : notre célèbre guerrière de la fin du Moyen Âge, vous savez celle qui, toute jeune déjà, était sujette à des hallucinations psychotiques au milieu de ses moutons et a réussi à échapper à sa campagne profonde pour aller épauler le roi dans ses rixes… Cette bergère décomplexée et inspirée par les vapeurs de fumier a-t-elle vraiment existé en tant que telle ?

— Non apparemment, répondit un étudiant, d'après de nombreux spécialistes il y aurait trop d'incohérences et des montagnes d'aberrations autour de cette histoire.

— Exact, dit Karole, la Jeanne d'Arc descendue de sa Lorraine serait une vraie pièce montée. L'objectif semblait être, avant tout, de mener une belle campagne de guerre psychologique pour signifier aux Anglais que le « ciel » était du côté des Français. Notre pays se serait ainsi rendu coupable de faux et d'usage de faux. Le problème maintenant, c'est que nous ne savons pas à quelle autre sainte nous vouer pour nous dépatouiller de cette très probable fumisterie... Ce que je voudrais démontrer aujourd'hui, c'est que la France a une tradition de rapport conflictuel avec sa propre histoire. Elle passe son temps à l'embellir, à en travestir les ténébreux aspects, quand elle ne va pas jusqu'à créer, de toutes pièces, un personnage qui « tombe à pic ». On passe à l'embrouille suivante ?

— La liste risque d'être un peu longue, intervint une dame d'un certain âge.

— Oui Madame. Cela sent le vécu, répondit Karole qui regretta aussitôt sa bourde.

Surmontant son trouble toutefois, elle parvint à enchainer dans la foulée :

— Rassurez-vous, je ne vais pas non plus les passer toutes en revue. Pour prouver mes bonnes dispositions, je saute plusieurs siècles d'un coup. Parlons de notre mythe fondateur principal, de ce temps de révulsion qui a vu tant de têtes se faire trancher avec la plus marquante des sauvageries. La plupart étaient, certes, celles de nobles qui usaient et abusaient d'une appellation d'origine héritée pour s'arroger tous les droits et possessions. Que voyez-vous cependant comme autres explications au carnage ?

— Je crois savoir, dit une étudiante fardée jusqu'à la pointe des oreilles, que certains ont avancé qu'ils étaient morts en raison de leur manque d'entrain à gouverner, à l'époque déjà... Vous voyez ce que je veux dire ?

— Mmmm... fit Karole, Il est vrai qu'un parallèle avec la situation actuelle est plus que tentant. Mais les causes sont, sans aucun doute possible, radicalement différentes. L'infortuné roi avait forcé un peu le trait, s'isolant des réalités et jouant à se faire peur au travail en montant des serrures. C'était son passe-temps. Il le faisait plutôt par manque de goût pour le pouvoir, il le disait lui-même. D'aucuns ont dû considérer que si l'individu perdait prématurément la tête et aspirait tant à descendre l'échelle sociale, on pouvait bien se permettre, au contraire, de lui faire gravir quelques marches supplémentaires pour la lui couper. L'homme était courageux et intelligent mais il était né au mauvais moment et au mauvais rôle. Le problème c'est qu'en décapitant le Capet et quantité d'autres, on a aussi décapé l'âme du pays d'une bonne partie de son humanité. Or, quand cela arrive, c'est le cynisme qui souvent prend la place et s'installe durablement. C'est un point de vue non scientifique et personnel mais je crois qu'il se défend.

— Si vous le permettez..., dit un autre étudiant aux allures de premier de la classe, jetant son bras droit vers l'avant en agitant vigoureusement la main comme le font les tout petits.

— Oui, mon garçon ? fit Karole avec humour.

— Pour rebondir sur ce que vous disiez à l'instant, je suis intimement persuadé que les têtes couronnées ont été renversées au nom de grands principes trop abstraits pour être vrais. C'est ça pour moi le mythe. En réalité, les massacres ont été commis essentiellement pour que les privilèges changent de main, à l'exception bien sûr de certains qui ont dû être sacrifiés sur l'autel de la communication, comme la chasse. Les individus qui étaient placés suffisamment haut dans l'échelle sociale pour voir les privilèges de près, sans en détenir, ont fini par les convoiter avec une telle force qu'ils ont retourné la situation à la faveur de la première brise avantageuse. Les envieux se sont alors regroupés avec les cupides. Ensemble, ils ont réussi à se substituer presque du jour au lendemain aux nobles qui étaient pourtant aux commandes du navire depuis des lustres.

— Vous, si vous continuez, vous allez finir par me piquer ma place, dit Karole dans un éclat de rire. Bien vu… Effectivement, c'est aussi le résultat de mon analyse en tant qu'historienne même si certains collègues me le reprochent ardemment. Le vocable révolution, appuyé par une dialectique redoutablement efficace pour l'époque ainsi qu'une bonne grosse dose de terreur sans complexes, ont permis de faire croire qu'il y avait une quelconque vision du monde derrière tout le tintouin. Pourtant, les motifs du règlement de comptes étaient purement matériels et clairement liés à qui détiendrait le pouvoir au final. C'est le manque de motivation du roi qui a créé l'appel d'air. Les pauvres sont restés pauvres et une caste quasi hermétique s'est substituée à la précédente. De nos jours, un fils de plâtrier ou de boulanger n'a quasiment aucune chance de s'extraire de son groupe social. Où est donc la différence sur ce plan avec l'ancien régime, près de deux siècles et demi après ?

— Mais les droits de l'homme, c'est quelque chose tout de même ! s'exclama une étudiante avec une expression outrée, c'est juste pas croyable de faire l'impasse dessus...

— Et comment c'est quelque chose ! rétorqua Karole, et je vais même vous dire à quoi cela a servi : aux grands nettoyages par le vide et à la conquête de territoires. Dans l'ouest, ce sont des dizaines de milliers de personnes issues de la population civile, y compris les femmes et les enfants, qui ont été sciemment massacrées au nom justement de ces droits universels, si paradoxaux dans leur application ! Les fours à pain ont été détournés un moment de leur fonction habituelle puis l'oubli et la disparition des rares témoins critiques de ces crimes ont fait le jeu des fols potes comme je les dénomme. Après, tout n'est affaire que de remodelage et de mention ou non dans la communication…

L'étudiant modèle se manifesta une fois de plus. À chaque fois, on s'attendait à ce qu'il aboie « Moi M'dame, Moi j'sais M'dame ! » et on était presque déçu qu'il prît en définitive un air posé pour intervenir.

— Les coups tordus médiatiques sont encore ceux qui marchent le mieux. Je dirais qu'on n'est plus à ça près et qu'il est devenu vital pour les gouvernants de défendre coûte que coûte les prétendues valeurs morales de cette révolution, afin que personne n'ait l'idée d'en faire une nouvelle prochainement, et une vraie cette fois, avec la sérénité des justes et des objectifs autres que de remplacer Paul par Jacques au tiroir caisse.

— Oups... Comme vous y allez... dit Karole, visiblement embarrassée. Je... je continue dans le droit fil de ma réflexion, si vous le permettez. Il me semble que les droits de l'homme, dans le contexte de l'époque, étaient un énorme coup de bluff qui a servi aux petits malins pour s'arroger des droits subjectifs sur les autres peuples. Le truc a consisté à donner à leurs aspirations un nom plus général, plus globalisant... eh oui, en ce temps déjà. Ainsi, au lieu de dire « ce sont nos droits », les sournois se sont avancés sur le podium de l'histoire en énonçant cette petite phrase à l'air de tout et de rien : « ce sont *des* droits universels ». Que peut-on faire, dites-moi, contre une telle formule ? Entre gens raisonnables d'aujourd'hui, nous devons reconnaître que cela ne veut strictement rien dire sur le terrain. Pourtant ce sont ces quelques mots à l'apparence anodine qui faisaient toute la différence quand on décidait de chaparder ici et là des biens, un territoire... Pensez, entre autres, à Napoléon... Il suffisait de hurler « Place ! Droits de l'homme devant ! » en préalable à la charge pour que les ennemis fussent aveuglés et tétanisés, jusqu'à se pâmer parfois. Les naïfs ne remarquaient pas qu'on leur vidait les poches par la même occasion.

— Ça me fait penser à une astuce plus contemporaine, intervint l'étudiante bardée à ce point de make-up qu'elle en semblait rougir en permanence.

— Oui, laquelle ?

— La notion de libéralisme. Pour moi, c'est un peu pareil, ça sonne bien, comme liberté, on a l'impression que tout le monde peut en profiter et tout et tout... mais en réalité les pouvoirs et l'argent sont concentrés de façon inimaginable, totalement inaccessibles... C'est la liberté du loup dans la bergerie, de l'anarchie pour grandes fortunes.

— Exact. Ce n'est du reste qu'une notion toxique parmi

d'autres : ouverture, déréglementation, mondialisation, globalisation... Voyez, cela peut paraître étonnant mais l'artifice continue à fonctionner par-delà les générations. Certes le contexte a beaucoup changé et la mode est à d'autres vocables, mais les « jolis » mots puisent à mon sens à la même source d'énergie prédatrice et ravageuse, à la même volonté de conquête. Allez, on passe à un dernier mythe. Maintenant, à vous de choisir !

…

— Comment ? C'est si difficile à trouver ?!? s'étonna Karole.

— Napoléon ? proposa un curieux bonhomme d'une quarantaine d'années arrivé notablement en retard.

Le bougre avait fait un raffut du diable au moment de prendre place, ayant eu quelques difficultés à comprendre le mécanisme des sièges que l'on devait faire pivoter. Sa chemise au col démesuré et d'un vert criard jurait avec son veston de couleur mauve pastel. Une cicatrice récente, laissant encore apparaître des points de suture, barrait son front proéminent de biais, telle une voie de chemin de fer à l'ascension d'une colline. On eût dit un néanderthalien, hideux même dans sa catégorie et grand fan des *Bee Gees*.

— Nous l'avons déjà évoqué à l'instant, Monsieur. Il est vrai en filigrane, se pressa d'ajouter Karole comme pour excuser l'homme. Que dire ? Qu'on a glorifié une figure caractérisée par la démesure ? Qui, sans ses guerres pour occuper les corps et les esprits, aurait assurément perdu le pouvoir ? La célébration du personnage a servi de cache-misère pour les hécatombes. Je suis convaincue, à ce titre, que c'est à partir de cette époque que l'absence de remise en question est devenue un principe de fonctionnement majeur en France.

— Mais qu'est-ce qu'vous faites de tout c'qu'il a fait dans l'domaine du droit hein ? C'est bizarre quand même quoi ! fit l'homme.

— De mon point de vue, il fallait bien qu'il donne un os à ronger à ses administrés afin qu'ils aient de quoi occuper leurs soirées aux chandelles. Un peu de production écrite n'a jamais fait de mal à personne. Et puis cela n'a-t-il pas servi utilement d'écran de fumée pour justifier la violence exercée sur les peuples voisins ? La manœuvre semble avoir fonctionné du tonnerre en plus de celui des canons.

L'homme étrange prenait des notes la tête baissée, comme un enfant concentré avant tout sur la rondeur de ses a et o, comme si ce qui comptait pour lui n'était pas le sens des mots mais la précision de sa retranscription...

— Vous me faites penser Monsieur que ce Napoléon avait de très sérieuses difficultés à l'écrit. Je vous épate là, n'est-ce pas ? Figurez-vous qu'il avait candidaté pour partir en mer dans le cadre d'une expédition de découverte et recherche scientifique mandatée par le roi quelques années avant la révolution. Or, il a été recalé précisément pour cette raison. Ce fut une énorme chance pour lui en réalité, les deux navires, *L'astrolabe* et *La boussole*, ont coulé corps et biens au cours d'une effroyable tempête. N'est-ce pas une vraie méchanceté de l'histoire ? Si Bonaparte avait su écrire correctement, il serait mort bien avant de pouvoir mettre l'Europe à feu et à sang, aucun d'entre nous ne le connaitrait du reste. Moralité : ne soyez jamais trop pointilleux en orthographe, conclut Karole en fixant l'homme louche de ses yeux enflammés.

— D'accord M'dame, répondit celui-ci sans même lever la tête.

Le drôle était toujours penché sur son papier, sa langue pointait inélégamment dans un coin de sa bouche. Soudain, il se leva avec un petit doigt en l'air, comme un gamin de primaire l'eût fait. Son siège revint alors avec un tel fracas dans sa position initiale que toutes les personnes présentes se retournèrent vers lui. Puis, sans gêne apparente, il demanda :

— Est-ce qu'on peut faire une p'tite pause ?

Tout le monde pouffa. Karole, interloquée, le dévisagea quelques secondes sans savoir que répondre.

— Écoutez, le cours est pratiquement terminé mais rien ne vous empêche de sortir si vous avez un besoin pressant... Vous êtes libre vous savez... Vous êtes à l'université maintenant..., ajouta-t-elle avec un sourire à peine discret.

— Ah non, c'est pas ça… C'est dingue quand même quoi… J'attends alors, déclara l'individu en se rasseyant tant bien que mal, avant d'agripper un crayon pour le faire tournoyer nerveusement entre ses doigts.

À cet instant, il sembla interroger du regard une jeune femme à la physionomie rachitique qui se trouvait du côté opposé de l'amphithéâtre. Celle-ci, ostensiblement incommodée, détourna le regard, ce qui n'échappa pas à Karole.

— Y a-t-il des questions ? demanda l'enseignante à la cantonade.

C'est alors qu'on entendit, presque imperceptiblement, « C'est vraiment chiant quand même quoi ! » venant de la zone où l'importun était assis, à l'écart.

Deux étudiants se levèrent brusquement à demi et foudroyèrent le type de leurs yeux noirs. Karole sentit que la situation allait déraper et leur fit un discret signe de la main pour les inviter à se tranquilliser et se rasseoir. Ils obtempérèrent, non sans avoir hésité pendant une longue et virile fraction de seconde.

— Bien, fit elle, je crois que nous allons terminer là pour aujourd'hui. Pour clore ce cours, je dirais… qu'il est un devoir absolu chez les historiens de s'attaquer aux mythes. La réflexion meurt au moment même où un mythe prend naissance. Cela s'explique : on ne peut construire aucun avenir sur des mythes car ils induisent implicitement une perte de mémoire, autrement dit, le vide. Les mythes ne sont que manipulations et, en tant que telles, les armes que l'on utilise pour abattre les idées nouvelles tout comme les femmes et hommes qui ont le courage d'en porter.

Une canonnade d'applaudissements roula dans la salle. L'affreux et singulier quidam sortit précipitamment de l'amphithéâtre, une main placée sous la ceinture. Surgit alors près du pupitre la jeune femme qui avait échangé un regard si insolite avec lui. Vêtue d'une robe d'un ton rose orangé comme en portent les petites filles, elle avait une allure de langoustine atrophiée avec des couettes enrubannées pour toutes antennes. Elle se planta devant Karole, qui rangeait ses affaires, avec un sourire faussement radieux et lui tendit la main.

— Bravo pour tout, c'était vraiment formidable ! proclama-t-elle d'un œil froid et vide d'expression, celui des créatures blafardes et laiteuses pourrissant dans les profondeurs abyssales des océans.

— Merci… répondit Karole qui eut tout à coup la sensation de saisir, non pas la pince d'une crevette mais un tentacule de pieuvre, morte.

11 BONHEUR SANS FAILLES...
MAIS AVEC FOSSES

Trois heures du matin. Il faisait frisquet mais Aldemor, qui arpentait inlassablement les allées du zoo, ne s'en souciait guère. Il ne comptait plus les heures de sa vie passées en faction ou embuscade, ici ou ailleurs, par tous les types de climats. Il tenait un balai à bout de bras, bien plus à la façon dont il avait porté les fusils d'assaut que comme l'aurait fait un banal agent de salubrité. Les différents secteurs étaient marqués de couleurs distinctes pour faciliter aux visiteurs le repérage sur les plans. Cela lui rappelait certaines casernes préoccupées par l'analphabétisme. Aldemor contemplait au passage les animaux assoupis et qui, parfois, faisaient seulement semblant de l'être, le lorgnant du coin de l'œil avec affection ou appétit selon l'espèce. Il les comptait, les désignait mentalement aussi par le nom qu'il avait attribué à chacun d'entre eux. Pour certaines classes zoologiques l'exercice avait été plus commode que pour d'autres. La catégorie poissons, par exemple, avait été un vrai casse-tête mais il avait pris son temps. Cela le rassurait tant de savoir qu'ils étaient tous bien là, sous sa protection indéfectible et sans réserve.

Pas plus tard que la semaine passée, à la faveur d'une nuit obscure, un vagabond était entré pour la énième fois dans le périmètre du zoo. Comme d'habitude, il avait gravi un mur qui faisait à peine un mètre cinquante à un endroit fragilisé par la fausse manœuvre d'une pelleteuse un an auparavant. Ce n'était assurément pas très haut mais le gaillard picolait sans soif et, à certaines heures sinon toutes, l'assaut devait représenter pour lui une épreuve considérable. Son nom était Gil. Il était bien connu du personnel du zoo déjà, pour y pénétrer régulièrement afin d'en utiliser les toilettes ou d'y chercher de l'eau à peu près potable, on ne savait trop où... Un soir d'été, l'année précédente, il avait été surpris en train de se doucher à l'aide du tuyau d'arrosage servant d'ordinaire à nettoyer les abords du bassin des otaries. Au moment où il avait été pris en flagrant délit, il piétinait dans des déjections en tout genre et restes malodorants de poissons dont les mammifères marins n'auraient pas même voulu en pommade pour derrière irrité. Le Gil avait été remis dehors sans ménagement aucun, par le même mur où il était entré, du côté le plus haut et inhospitalier toutefois qui donnait sur la fosse à lisier d'un élevage porcin intensif.

Il y avait une huitaine de jours donc, l'esprit créatif du fameux Gil l'avait conduit à franchir une nouvelle étape dans ses forfaits. Il ignorait encore que le zoo venait d'opérer un nouveau recrutement pouvant lui valoir quelques misères additionnelles. Et qu'avait-il projeté ? De se saisir de l'une des oies sauvages, aux ailes coupées, qui avaient reçu pour mission d'égayer un tant soit peu l'aire dédiée aux pandas roux. Les deux espèces n'ont pas grand-chose à faire ensemble penseront peut-être les spécialistes et ils auront sans doute raison. Mais il faut savoir que le zoo n'avait plus de directeur depuis que le dernier avait été renvoyé pour mauvaise pioche dans les caisses. En attendant, on avait décidé de faire quelques menues économies, comme partout, et Ghjuvanni assurait l'intérim. C'est lui qui avait eu la formidable idée des oies.

Pour qui n'est pas un inconditionnel des zoos et ignore tout des pandas roux, il faut savoir que ce sont des animaux aussi mignons que profondément ennuyeux, tellement peu mobiles et si discrets qu'ils en deviennent invisibles... En somme, ces bêtes sont aux antipodes de la notion si en vogue de rentabilisation des surfaces. L'intérêt certain qu'y trouvent les adultes cependant, est de pouvoir bénéficier de trente bonnes minutes de calme relatif en plantant leurs gamins devant l'enclos, avec pour unique et insurpassable tâche celle de localiser les créatures. Pour des âges situés entre trois et sept ans cela marche relativement bien, au-delà il faut évidemment trouver autre chose…

Aller rendre visite à des oies en pleine nuit n'est pas très malin, les volatiles sont notoirement bruyants. Mais Gil avait eu un petit creux. Aldemor, pour qui le zoo était comparable à une zone militaire sensible, avec quantités de camarades à défendre, n'avait pas mis plus d'une minute à découvrir l'intrus. De nature particulièrement impulsive, il avait failli projeter l'infortuné dans le bassin aux crocodiles. Il s'était ravisé heureusement, l'avait gratifié d'une bonne rouée de coups puis finalement empoigné d'une main au col, de l'autre par le fond du pantalon, pour le propulser au-dehors. Cette fois encore, Gil n'eut pas la chance d'être renvoyé par là où le mur était au plus bas. Il fut précipité du haut d'une palissade en bois dans une masse compacte de ronces. Le pauvre hère, qui avait dû renoncer à son oie braisée, avait eu besoin de vingt bonnes minutes pour se sortir de là, tant cela piquait de partout. Pestant contre son bourreau, « il est taré ce mec, il est taré ! », il s'était éloigné en état de choc, une main plaquée sur ses fesses meurtries, l'autre moulinant de façon désordonnée devant lui. Malgré un tempérament relativement audacieux, il avait décidé à cet instant qu'on ne l'y prendrait plus de sitôt. Puis, dès le lendemain au lever, la boisson lui avait fait oublier sa résolution.

Malgré le stress qu'il se faisait lui-même autour de sa mission, Aldemor ne regrettait pas le moins du monde d'avoir accepté le poste. Le job était assez éloigné de la fonction de gardien mais en apparence seulement. Tout dépendait en fin de compte du regard que l'on posait sur les choses, balayer n'avait absolument rien de dégradant. Il dut même convenir, après quelques jours d'ouvrage à peine, que cela le relaxait jusque dans les tréfonds de son être. Le zoo, qui avait toujours fait sale figure jusque-là, semblait connaître une véritable renaissance au dire des promeneurs déjà. C'était comme si une bonne fée s'était subitement attachée à ce qu'aucun bâtonnet de glace n'allât plus traîner dans le nez d'un babouin, qu'on épargnât aux phoques la rencontre insolite avec des paquets de mouchoirs apprenant la flottaison et que les vitres délimitant les zones fussent transparentes au point de faire douter de leur existence. Maintenir les espaces propres, c'était également marquer du respect vis-à-vis des visiteurs, auxquels la différence entre l'Avant et l'Après, depuis son embauche, ne manqua pas d'échapper. Les courriers de félicitation se multiplièrent. Seul Ghjuvanni, qui les réceptionnait et les conservait jalousement au fond d'un tiroir fermé à clef, regardait cette évolution d'un assez mauvais œil. Ne rencontrait-il pas maintenant d'énormes difficultés à justifier la situation passée ? L'homme avait un mal fou à accepter qu'on lui vole la vedette dans son rôle de chef sublime. Aussi passait-il désormais le plus clair de son temps à se faire attribuer le mérite de ces améliorations si étonnamment positives. Il y parvint aisément, malgré les évidences, ayant pris grand soin de faire travailler Aldemor exclusivement en soirée et de nuit, quand tout le monde était parti…

Aldemor quant à lui, comme tous les gens honnêtes à milles lieues de pareils calculs et manigances d'arrière-cour, restait à son poste bien au-delà de son temps de travail officiel. En bon soldat, il attendait toujours l'apparition des premiers collègues à l'aube pour regagner sa chambre d'hôtel – il en avait pris une fort modeste mais décente à quelques centaines de mètres de là. Il craignait trop qu'un animal fût l'objet de la convoitise voire gourmandise d'un visiteur clandestin mal intentionné, en cette période de vaches maigres. La présence de Gil avait achevé de le convaincre de la justesse de son jugement.

On se garda bien aussi de révéler à Aldemor les deux autres raisons qui avaient conduit à lui réserver le travail de nuit. D'une part, on craignait qu'il fasse peur aux enfants – et qui sait peut-être même aux adultes – avec son faciès d'épouvante. D'autre part, il était bien agréable, en ces temps où l'argent échappait si étrangement à la sphère publique, de pouvoir disposer, en la seule et même personne, d'un agent de surface de premier rang et d'un vigile hors pair. On prit grand soin également de ne pas ébruiter que, grâce à lui, deux postes avaient été supprimés. Au milieu d'un songe, Ghjuvanni avait soudain imaginé les deux gardiens de nuit musarder et se divertir à « ses » dépens. Il avait donc aussitôt tiré un trait et mis un terme aux abus supposés. Sentence individuelle d'un homme frustré ? Dogme imposé par les cabinets de recrutement ayant pignon sur rue ? C'était un fait bien connu : un homme seul et débordé ne pouvait point faire la fête. L'air du temps appartenait au soupçon et au dégroupage humain. Il fallait isoler les gens les uns des autres, pour mieux régner et surtout repousser le moment où tout pèterait.

Aldemor, lui, était loin de tout ça. Non, parce qu'il fut idiot, sa sensibilité à fleur de peau sous son allure de brute épaisse prouvait tout le contraire. Mais parce qu'on avait distillé en lui, dès sa plus tendre enfance, un certain nombre de valeurs dignes de la chevalerie : loyauté, sincérité, probité... Ces valeurs n'avaient peut-être plus cours dans les sociétés humaines d'aujourd'hui, en tout cas plus dans les sphères décisionnelles, mais il les avait reprises à son compte comme un ensemble de prérequis intouchables. En situation de danger extrême, comme il en avait connu des dizaines, ces valeurs retrouvaient toute leur utilité, devenaient même contagieuses entre individus, augmentant les chances de survie du groupe tout entier. Hors des combats, la droiture et la fidélité se faisaient brusquement beaucoup plus rares. Mais ne s'agissait-il pas plutôt de qualités typiquement animales aussi ? Voilà ce qui pouvait expliquer la frayeur que provoquait Aldemor chez ses semblables. Il se tenait droit comme un i et fonctionnait comme une bête, renvoyant les signaux positifs exclusivement là d'où ils venaient. Seuls les gens de la même trempe ne le craignaient pas, ils étaient rares...

Il perçut tout à coup un bruit. Léger, métallique, persistant. Comme si quelqu'un trainait de la ferraille derrière lui. Du côté de Grenadine et Pollux, le couple de muntjacs à proximité, tout était calme. L'écho semblait provenir aussi de bien au-delà de la zone où il se trouvait, consacrée à l'Asie. Soudain tout cessa. Aldemor décida, malgré tout, de s'engager dans la direction qui lui paraissait la plus vraisemblable, vers la gauche. Le silence était quasi absolu, le petit jour encore loin. Puis un tintement se fit entendre à nouveau, qui conforta Aldemor dans son choix. Il était à une centaine de pas de la zone Afrique et quelque chose dans la densité du son lui révéla que celui-ci s'était dupliqué au contact de rochers. Il continua à avancer à pas feutrés, tout en ôtant le gilet fluo qu'on lui imposait de porter à toute heure quand il était en service. Il le replia grossièrement puis l'enfouit dans l'une des larges poches de sa veste.

Il parcourut encore une centaine de mètres et c'est là qu'il fit enfin une découverte intéressante : deux barreaux d'une échelle en aluminium dépassaient tout juste du parapet d'une fosse. Il se dirigea alors vers l'un des angles du muret, sur la droite, pour pouvoir observer ce qui se tramait en dessous sans être facilement repérable. L'obscurité, presque totale, lui rendit l'exercice particulièrement difficile mais il parvint néanmoins à déceler un mouvement à l'autre bout de l'espace en contrebas. Avant de s'en rapprocher, il choisit de prendre quelques menues précautions. À ce moment-là, en effet, il ignorait encore à combien de personnes il avait affaire. Il se saisit de l'échelle, la décolla du mur autant qu'il put, puis la souleva sans bruit. Quelques secondes après seulement, elle reposait sur le sol à ses pieds. De là, il se déplaça en canard jusqu'à l'autre bout du parapet pour aller y voir de plus près. Il ne lui fallut pas longtemps pour faire le point sur la situation.

— T'es tout seul avec toi-même ? T'es nombreux ? demanda Aldemor d'un ton froidement ironique à la silhouette qu'il distinguait plus bas.

Celle-ci se figea mais ne le gratifia d'aucune réponse en retour.

— Bon le comique... Si rien me parle, j'vais faire aussi comme si j'avais rien vu non plus, remettre l'échelle là d'où elle vient et puis voilà... Ça m'fera moins de boulot !

— Y a... quoi comme animal ici... normalement ? entendit-il demander une petite voix qui aurait pu être celle d'un korrigan, aussi effondré maintenant cependant qu'il était effronté en temps ordinaire.

— Normalement ? Pourquoi normalement ? Ils sont là, juste de l'autre côté du sas automatique. À 8 heures ça s'ouvre tout seul, répondit Aldemor.

— Ils sont là ? Quoi… ?!?

— On dit « qui » d'abord. Rouquin, Lisette, Chipie et Tornade.

— C'est… qui… exactement ?

— Un lion et ses trois lionnes.

— T'es sûr ?! Hein ?!

— Ouais.

— Hein ?!

— Ouais j'te dis !!!

— Et… il est *quelle* heure ?

— Quatre heures… j'crois. Mais ça c'est pas sûr…

Tout à coup, Aldemor entendit une cavalcade en dessous. Selon toute évidence, l'homme détalait en direction de l'endroit précis où il avait laissé l'échelle. Il l'entendit déraper sur le sol glissant, fulminer puis passer frénétiquement ses mains sur le mur, sans doute à la recherche de quelque chose de solide auquel il aurait pu s'agripper. Il parcourut ainsi toute la distance dans le sens contraire et revint au niveau d'Aldemor.

— Tu vois… ça s'appelle une fosse et c'est pas pour rien, elle est vraie de vraie, dit ce dernier. Tu peux *pas*… sortir d'ici !

— Pitié ! fit le bonhomme en pleurs.

— J'ai déjà entendu ça tellement d'fois, tu sais... T'es venu chercher quoi ici ? Des pièces jetées par les couillons qui font des vœux ?

— Ah… y en a ?

— Des couillons, ouais, pas mal… répliqua Aldemor.

— Non, je veux dire… des pièces ? fit le maraud que l'information eut l'air de vivement intéresser.

— Oh, pet d'huitre !!! Tu m'réponds à la fin ?

— Juste un bout de viande.

— De la viande ?!

— Oui, j'en ai vu ici l'autre jour, répondit l'homme que les hoquets et sanglots rendaient de plus en plus difficile à comprendre.

— Nan, ça, c'étaient des morceaux d'une nana un peu barge. Elle a fait la même chose que toi l'week-end dernier. Elle, j'l'avais vraiment pas vue par contre... Les pompiers ont juste retrouvé une partie d'son tailleur. Y avait aussi un pied arraché, coincé dans une chaussure. Après, il a fallu attendre que les bêtes... eh ben... fassent ressortir le reste par petits bouts mous. Tu comprends ce que j'veux dire ?

L'homme ne parlait plus et semblait comme éteint.

— Bon, on fait quoi maintenant... Gil ? demanda Aldemor.

— Tu m'as reconnu ? fit la voix.

— Nan, j'dis juste un nom au hasard. Alors on fait quoi ? répéta Aldemor, insistant. Tu m'proposes quoi ?

— Moi ? Je te donne la viande si j'en trouve ? suggéra Gil d'un ton hésitant. Et la moitié des pièces...

— Pourquoi pas... Et tu m'aideras aussi ?

— À... quoi faire ?

— Tu vois, quand j'patrouille comme ça, le soir, la nuit... y a personne pour surveiller l'entrée et c'est pas bon... Si tu m'promets de faire le guet pendant c'temps-là, j'te donnerai... trois harengs des otaries et trois morceaux de viande des panthères par semaine. Elles dévorent jamais tout. Pas comme les lions...

— D'accord !!! fit Gil qui ne fut pas long à réfléchir.

— Et... t'aimes les popcorns ? renchérit Aldemor qui n'attendit pas la réponse pour aller replacer l'échelle.

Les deux hommes regagnèrent ensuite la sortie ensemble.

— J'te laisserai te doucher dans les vestiaires aussi. Mais ça restera entre nous hein ?! Y a pas d'caméras sur le site, personne ne l'saura à part moi. C'est pigé ? demanda Aldemor à son nouvel allié, pas encore absolument certain de la pertinence de son choix.

— Oui, répondit Gil, très enclin à la docilité après sa mésaventure. Mais t'es sûr ?! Hein ?!

— Ouais.

— Hein ?!

— Ouais j'te dis !!! T'as un pète au casque ou quoi ?

…

— J'vais te donner des fringues propres aussi. Elles étaient à deux gars qui ont quitté le zoo sans prévenir… Et si on te construisait une petite cabane ? Derrière les arbres pas loin d'l'entrée ? On a encore les vieilles planches d'une palissade…

— Oui, fit encore Gil ébahi, ne comprenant ostensiblement rien à ce retournement inespéré.

Parvenus à la porte d'un local munie d'un écriteau interdisant l'accès à toute personne étrangère au service, les deux hommes firent une courte halte. Aldemor pria Gil de l'attendre devant et revint quelques instants après avec deux énormes sacs déposés l'un sur l'autre dans une brouette.

— C'est du maïs transhygiénique ou un truc du genre. On comprend rien, les autruches bouffent de tout normalement… sauf de ça. T'as de quoi faire ! nota Aldemor avant d'aller décharger les sacs pas loin de l'entrée, là où il avait l'intention de bâtir un poste de contrôle sécurité, comme il l'annonça succinctement à Gil.

12 VISITE INOPINÉE

Parvenu devant son immeuble, Aristot frappa tout d'abord son manteau du plat de la main pour en éloigner, un tant soit peu, la neige qui s'était accumulée dessus en une fine couche compacte. Il rentrait plus tôt que prévu après avoir, au dernier moment, décommandé une séance de cinéma avec des amis de longue date. Ni sa forme ni son humeur n'étaient au mieux. Une fois ses épaules et son buste à peu près libérés de la masse collante, il composa le code d'entrée et pénétra dans l'étroit couloir dallé.

Une forme discrète d'anxiété, sourde mais clairement perceptible, monta en lui à la vue des sinistres boîtes aux lettres dont le métal était partiellement corrodé et défoncé. Aristot était préoccupé depuis quelques semaines. Ses ressources matérielles s'amenuisant, il lui arrivait de plus en plus fréquemment de composer à sa guise avec les délais de paiement accordés par l'un ou l'autre prestataire. Ayant quitté son employeur de son plein gré, il n'avait pas droit aux allocations chômage. Aussi, sa boîte aux lettres avait-elle une fâcheuse tendance depuis peu à se remplir de courriers de rappel qu'il décachetait parfois mais jetait également souvent directement à la corbeille.

Pour une fois, il n'y avait rien dedans et le vide qu'il y trouva le surprit de façon si inattendue qu'il sembla se répandre dans son esprit. Existait-il donc un passage entre cette misérable boîte et son monde intérieur ? L'idée lui parut plutôt étrange. Lorsqu'il gravit l'escalier pour rejoindre son appartement au 4e étage, il eut la sensation de flotter au-dessus de lui-même, à travers quelque chose comme un no man's land psychique terrifiant, de cette sorte qui hantait vos rêves. Était-ce lié au manque de sommeil ? Travaillant jusque tard dans la nuit sur le forum qu'il avait mis en place sur Internet, il dormait piètrement dans l'ensemble. L'excitation provoquée par les réflexions et échanges qu'il menait avec les autres participants était telle, qu'il ne savait jamais quand ni comment il trouverait le sommeil. Le matin, il se réveillait avec une impression d'épuisement, chaque jour plus accentuée, qu'il ne parvenait à surmonter qu'en début d'après-midi. Entre-temps, une sensation de torpeur pouvait le prendre à tout moment, son horloge biologique était assurément déréglée. Il eut soudain besoin d'une pause qu'il marqua sur le palier du 2e étage.

C'est alors qu'il entendit quelqu'un monter l'escalier en trombe. Il s'agissait d'une femme qui ralentit curieusement sa course en tombant sur lui, le fixa brièvement avec un trouble évident dans le regard puis reprit son envol vers les étages au-dessus. Aristot eut juste le temps de remarquer un écouteur, fiché dans son oreille gauche. Elle portait une sorte de jogging moulant qui lui arrondissait joliment les fesses. Aristot ne put s'empêcher de les suivre des yeux et de s'interroger sur leur destination. Où pouvaient-elles bien aller ? Il savait ses voisins du 3e en congé en Afrique du Sud, au-dessus c'était son appartement et, enfin, aux 5e et 6e étages se trouvait le duplex de son ami Finn. Sans doute une nouvelle conquête de celui-ci, pensa-t-il, avant de devoir revenir aussitôt sur son hypothèse. En effet, la fille redescendit aussi vite qu'elle était venue, cette fois sans même lui prêter attention.

Aristot reprit ensuite son ascension, nullement préparé à ce qui l'attendait. Lorsqu'il arriva devant sa porte, il la découvrit grande ouverte. Songeant tout d'abord à une effraction, il entra avec les pas souples et la prudence d'un chat. Des voix se faisaient entendre au fond de l'appartement. Il traversa le couloir ainsi que deux pièces en enfilade situées sur la droite, puis tomba finalement nez à nez avec trois individus. L'un, en costume rayé, griffonnait quelque chose d'une main nerveuse sur un bloc-notes. Le second, en bleu de travail, un trousseau de passepartouts en main, semblait attendre impatiemment qu'on le congédie. Le troisième, enfin, lui présenta silencieusement sa carte de police après l'avoir dégainée d'un air sévère, puis la retira précipitamment à la vue pour la replacer dans sa poche intérieure. Les trois hommes semblaient l'attendre de pied ferme. Aristot avait su d'instinct qu'il ne pouvait s'agir de cambrioleurs. Il eut cependant le sentiment étrange qu'ils lui barraient le chemin vers le reste de son appartement.

— Maître Galant, huissier de justice, se présenta l'homme au costume vieux jeu, trop voyant.

— Monsieur Kazh, s'entendit Aristot répondre, presque comme une machine.

— Nous savons qui vous êtes, ajouta le policier qui le toisa d'un regard froid.

L'expression de celui-ci était cruelle. Il semblait nourrir un dédain profond à l'égard des perdants, en tout genre, au jeu de la société. En quelques mois, Aristot avait basculé du côté des losers. Sans y prendre véritablement garde, il était devenu l'un de ces incapables ne parvenant pas à respecter leurs engagements, même parmi les plus mineurs.

— Vous savez pourquoi nous sommes là ? demanda l'huissier sur un ton inquisiteur et moraliste.

— Pas précisément, reconnut Aristot, mais j'imagine...

— Pour faire un inventaire de ce que vous possédez et permettre à vos créanciers de se dédommager si vous ne soldez pas diligemment vos factures...

— Je vais les régler. J'ai l'un ou l'autre ami qui peut me prêter un peu d'argent, répondit Aristot, plus bas que terre.

— Bien, nous avions terminé de toute façon, n'est-ce pas Maître... Garant ? dit le policier qui semblait ne plus se souvenir du nom de l'huissier et particulièrement pressé de quitter les lieux.

Aristot eut à peine le temps de saluer les trois hommes que ceux-ci filaient déjà dans la cage d'escalier. Le serrurier fermait la marche, un grand sac de sport en bandoulière sur l'épaule qui fit un bruit mat en heurtant un angle du mur. Que contenait-il donc ? Aristot referma la porte d'entrée et, pensif, se rendit à l'une des fenêtres qui donnaient sur la rue. De là, il les vit réapparaître puis trotter étrangement vers un véhicule de couleur sombre. Au volant, il reconnut la femme aux formes si douces à contempler. Comme des furies, ils y montèrent sans échanger un regard ni une seule parole. La voiture démarra aussi sec. Aristot trouva cela bien insolite. Que faisait cette femme avec eux ? Et pourquoi repartaient-ils tous ensemble ? Si hâtivement ?

Inquiet, il fit le tour des autres pièces pour se rendre dans celle, tout au fond, qui donnait sur la cour et lui servait de bureau. En poussant la porte il découvrit un terrible saccage. Les étagères avaient été renversées, les cadres arrachés des murs, reposant pêle-mêle sur le sol, brisés, fracassés, éclatés. Pas un tiroir n'était encore en place. Ses livres et documents étaient éparpillés un peu partout. Après un rapide inventaire, Aristot constata que son ordinateur portable demeurait introuvable. Même le calepin qui lui servait à consigner ses réflexions, au fil de l'eau, avait disparu. Ses deux biens les plus précieux en somme. Somme... fatigue, épuisement. Somme... addition, soustraction. Tout semblait se soustraire à son contrôle depuis plusieurs mois déjà, même le sol qui, à cet instant, se déroba sous ses pieds. Aristot se sentit soudain comme assommé et dut plier les genoux pour ne pas crouler littéralement sur le plancher. À peine fut-il assis par terre toutefois qu'on sonna à la porte. Il dut alors fournir un effort monumental pour se relever. Le temps de parvenir à l'entrée, le drelin avait retenti au moins cinq ou six fois.

— Alors, on n'ouvre plus aux amis ? demanda la voix rauque si familière. C'était Finn, son voisin du dessus.

— Tu tombes à pic..., répondit Aristot, salut Finn. Désolé, on vient de me jouer un mauvais tour. Je n'avais plus d'argent pour payer mes factures et je crois que certains ont abusé de la situation pour se faire passer pour des mandataires judiciaires. Résultat, je vais te montrer, plus d'ordinateur et une razzia en règle dans mon bureau...

Aristot conduisit Finn à l'autre bout de l'appartement pour faire état du désastre.

— Alors ça, c'est peu commun ! s'écria Finn. On dirait que tu t'es fait des ennemis. Ça signifie qu'on te perçoit quelque part comme étant dangereux avec tes projets subversifs. Nous sommes sur la bonne voie mon garçon !

— Merci pour tes encouragements... Je savais que je pouvais compter sur toi, fit Aristot avec une pointe d'humour retrouvé.

— À part ça, j'ai une très bonne nouvelle pour toi !

— Tu as une copie de tout ce que j'avais sur mon ordinateur ?

— À part certaines photos de vacances et de ta belle en tenue sexy certainement, non... malheureusement rien...

— Tu veux me rendre jaloux ? Tu n'as aucune chance avec elle. Elle est plus fidèle qu'une sangsue. Laisse-moi deviner... Je vais pouvoir arrêter de manger des nouilles et en particulier celles, gluantes, de ma copine ? tenta Aristot.

— Exactement !!! répondit Finn.

— Comment ça ? fit Aristot, ahuri.

— Tu n'as pas reçu de courrier de ton propriétaire ? Je l'ai surpris l'autre soir en train de faire le guet devant ta porte et...

— Tu ne l'as pas chassé tout de même... ?! demanda Aristot avec une expression effarée.

— Si mais à ma manière, dans les *règles de l'art*. Après quelques menues explications, je l'ai prié de quitter les lieux en lui disant que son prix serait le mien. Et voilà : je lui ai racheté ton appartement. Il n'aimait pas ta tronche de toute façon. Et moi je ne la supporte pas trop mal, entre-temps...

Homme d'affaires britannique qui avait choisi de migrer vers la France pour diverses raisons, Finn Coldwyn avait cinquante cinq ans bien tassés. Malgré la différence d'âge, les deux hommes s'étaient liés d'une amitié profonde, pas de celles, superficielles, qui vous entraînent en boucle de cinémas en bowlings, de bowlings en bars et de bars en soirées ratées, non, rien de tout cela. Les deux compagnons pouvaient rester des heures à échanger à bâtons rompus sur des sujets très variés.

L'été, ils le faisaient souvent autour d'une table sur la vaste terrasse dont Finn disposait tout en haut de l'immeuble. L'hiver, ils devaient se contenter de sa salle de séjour d'une quarantaine de mètres carrés. Peu importait l'alibi, qu'il s'agît de boissons chaudes ou non, de plats subtils ou, au contraire, de pizzas à la pâte trop épaisse sur lesquelles trois mini crevettes et autant de champignons terminaient leur existence dans l'ennui le plus abouti.

Finn avait un physique plutôt ingrat, des cheveux las d'être sur sa tête et un poids frisant la limite du raisonnable. Son langage franc et direct, vert parfois même quand il lâchait prise sur l'étiquette, était loin de celui d'un barde mais s'harmonisait parfaitement avec la robustesse de son enveloppe corporelle.

— Viens chez moi, je t'offre un thé vert à la menthe, poursuivit Finn.

— Ce n'est pas de refus, dit Aristot.

— C'est bon, tu te sens mieux ? lui demanda son ami.

— Oui, oui, je vais me ressaisir… merci !

13 DUPLEX, TRIPLEX, TEX-MEX

— Tes guignols ont laissé des noms ? demanda Finn à Aristot, une fois qu'ils furent arrivés au dernier étage.

— Un seul, Galant ou Garant. L'huissier.

Finn vérifia rapidement sur Internet.

— Non, il n'y a absolument rien qui y ressemble, même en province. Ça m'aurait étonné aussi. Mais ne t'inquiète pas, à la prochaine alerte on pourra toujours se construire une forteresse digne de Guillaume le Conquérant. On fait monter un escalier en colimaçon de chez toi jusqu'à chez moi et on condamne ensuite toutes les portes d'entrée des trois étages. À part une, bien entendu, qu'on sécurise comme un pont-levis...

— Et pourquoi pas un bastion à la Philippe Le Bel ? suggéra Aristot.

— Pourquoi lui ?

— Tu ne sais pas comment il a assaini les finances du royaume ? Ses créanciers ont fini sur le bûcher. Une solution plutôt pratique, fit Aristot en riant.

— Ok pour cette référence dans ce cas, répondit Finn. S'il faut aller jusque-là pour s'en défaire, on les cramera.

Finn était un personnage tout à fait hors normes, brillant, volubile, chef de nombreuses entreprises qu'il créait et rachetait à un rythme que son avocat d'affaires et son expert comptable suivaient avec peine. Ces derniers lui reprochaient aussi sa propension à se tourner vers des secteurs économiquement trop proches les uns des autres. Le portefeuille d'activité n'était pas assez diversifié à leur goût. Selon eux, il investissait également trop dans la recherche et l'outil de production, sacrifiant ainsi le retour sur investissement à court terme. En retour, Finn les traitait régulièrement de suppôts de banquiers. Il se fichait pas mal de leurs commentaires, tant qu'ils faisaient leur job et ne se mêlaient que de ce qui les regardait. Côté vie privée par contre, il avait choisi de laisser le terrain en friche. Il habitait en célibataire et préférait se consacrer presque exclusivement au business. Cela ne l'empêchait pas cependant, tout comme sa physionomie disgracieuse, de multiplier les conquêtes féminines. Il s'en flattait du reste, même si, de son propre aveu, il se prenait également des râteaux à la pelle. Aristot, pour sa part, doutait que l'existence de solitaire de son ami fût le résultat d'une seule et simple résolution.

Le logement de Finn était aménagé en véritable poste de commandement d'où il pilotait toutes ses sociétés avec un bonheur et une énergie réputée inépuisable. L'homme se déplaçait peu mais se donnait une illusion de mouvement en transhumant de pièce en pièce au cours d'une même journée. Chacune d'elles était affectée à une activité précise. Cela n'était pas, bien évidemment, sans poser quelques difficultés au plan logistique. Il avait parfois un mal fou à retrouver l'un ou l'autre objet posé trop négligemment quelque part ou rangé au « mauvais » endroit. Remettre la main sur ses lunettes, par exemple, avait représenté un tel problème à un moment donné qu'il en avait fait fabriquer une dizaine de paires pour les stocker ensuite à des emplacements stratégiques. Une solution précieuse en cas de panne de neurones comme il se plaisait à dire.

L'eau que Finn avait mise à chauffer bouillait entre-temps. Il la versa sur le thé qui frémit doucement. Après quelques minutes d'un silence presque méditatif, Aristot extirpa prudemment les feuilles infusées puis ajouta de la menthe. À peine le liquide encore brûlant fut-il versé dans leur tasse qu'ils le burent à petites lampées bruyantes, soufflant par intermittence de l'air à sa surface.

— Pas mal ce thé ! dit Aristot.

— Tant mieux s'il te convient ! répondit Finn. Je me le suis procuré chez le père de ta douce. Depuis que tu me l'as fait connaître, je m'y rends à peu près une fois par mois pour lui acheter quelques petites choses, même si je ne sais jamais trop auparavant ce que je vais lui prendre. Il est marrant ce gars. Junfeng, c'est bien ça son prénom ? C'est un bosseur incroyable, toujours le sourire aux lèvres et un mot d'accueil sympathique en réserve... L'autre jour, j'ai renversé et cassé deux petits éléphants en céramique dans son magasin en me retournant, tu sais, ceux avec un trou dedans pour y mettre des bâtonnets d'encens ? Avec mon... volume, j'ai un peu de mal à tout maitriser dans mes déplacements.

— Et comment il a réagi ? demanda Aristot sans attendre la suite.

— Il s'est marré comme une baleine et a refusé catégoriquement que je les lui rembourse... Alors j'ai fait le clown en remerciement. J'ai placé un bâtonnet d'encens dans ma bouche et ai pris la posture de ces fameux pachydermes, le regard pointé vers le plafond et un bras propulsé vers le haut en guise de trompe. Ensuite, je l'ai invité à venir l'allumer mais il n'a pas réussi, tellement il avait le fou rire. Il n'est pas très grand non plus il faut dire... Puis un client est entré alors, du coup, j'ai renoncé à mon numéro et suis ressorti un peu penaud.

— Il est effectivement très attachant, je suis super bien tombé. Chez lui, juste un truc, je te conseille vivement d'éviter les chips à la crevette en sachet. C'est une véritable horreur ces machins et tu ne t'en sors pas sans un mal au bide de démon. Il faut être asiatique pour pouvoir ingurgiter ça sans séquelles...

— Dis-moi, maintenant que le premier choc est passé, il faut absolument qu'on parle de ce qui est arrivé chez toi tout à l'heure, dit Finn, as-tu une idée de qui ils sont ?

— Qui peut faire ce genre de choses surtout, et aller aussi loin dans la démarche ? demanda Aristot en retour.

— Pose-toi toujours la bonne question : à qui profite le crime ? Qui déranges-tu à ce point ?

— Il y a du monde...

— Sache que nous sommes à 200 % avec toi. Au début j'avais un peu de difficultés à cerner à quoi tu voulais en venir.

Entre-temps, je suis convaincu que nous détenons la bonne formule pour déboulonner tous ces connards.

— Mais c'est grâce à toi également, et d'autres, que j'ai pu avancer aussi loin. Je n'avais pas idée à quel point le fonctionnement des partis était perverti dans ce pays, nota Aristot.

Faute de temps, Finn s'était pendant longtemps refusé à faire de la politique. Puis une connaissance l'avait fait céder aux sirènes d'un parti qui se disait proche des entreprises. Il y avait pris sa carte mais, après quelques mois seulement, en avait claqué la porte s'en même éprouver le besoin de se retourner.

— Tu sais, c'est tellement agaçant quand tu réalises que des incompétents se servent de toi, en tant que chef d'entreprise, comme d'un ours de foire. Quand tu te rends compte également que tous ces bavards, qui se disent si proches des entreprises, n'en profitent pas même pour apprendre à gérer un État ? Ne devrait-on pas administrer un État avec le soin d'un bon père de famille et la prudence d'un chef d'entreprise ?

— Tu connais le mobile pourtant, dit Aristot. Les banquiers ne veulent pas d'hommes ou femmes politiques performants qui veilleraient au grain. Il leur faut, bien au contraire, de l'endettement massif au niveau des États. C'est ce qui leur garantit le paiement d'intérêts monstrueux par les populations, grâce à l'impôt.

— Oui je l'ai bien compris… mais n'en reviens pas malgré tout. Ils n'essaient pas même de paraître compétents, tous ces… empruntés !

— Oh le bon mot ! observa Aristot. Des politiciens empruntés par qui dis-moi ?

— Les banques et sociétés financières…

— Dans le but de… ?

— Créer de l'endettement d'État à n'en plus finir ! répondit le chef d'entreprise.

Après une nouvelle pause, Aristot reprit le fil de l'échange :

— Quand j'y réfléchis, lorsque tu dis avoir renoncé à faire de la politique… je ne pense pas que la formulation soit pertinente.

Ce sont les politiciens eux-mêmes qui n'en font plus au sens strict du terme. Toi, tu as simplement refusé de faire comme eux, c'est-à-dire... rien. La légende officielle, contée ici et là, énonce que les gouvernements ne peuvent rien faire et surtout rien autrement. On parle de crise pour donner un nom technique, doublé d'un alibi, à l'inaction. Pour cacher les vraies raisons de l'endettement des pays aussi surtout. Tu t'imagines, toi, oser clamer haut et fort que tu fais de la politique tout en n'ayant aucune idée pour l'avenir, pas le moindre projet ni programme digne de ce nom en poche ? Pas étonnant ensuite que les politiciens cherchent à éclipser leur inactivité politique derrière les petites affaires personnelles ou scandales sexuels des uns, les démêlés avec la justice des autres... Ils occupent le terrain électoral et médiatique au travers de médiocres exercices de passe-passe. C'est tout. Pendant ce temps, les banques siphonnent nos impôts grâce à leur complicité.

— Tu as raison, répondit Finn, nous sommes les vrais politiques. Eux ne sont que des politiciens à la petite semaine.

— Le grand paradoxe toutefois est qu'ils détiennent encore le pouvoir...

— Oui mais plus pour longtemps, ricana Finn. Dès demain, nous mettrons un terme à cette gabegie en prenant rendez-vous individuellement avec chaque élu. Nous leur expliquerons que ce qu'ils font n'est pas moral et qu'il serait grand temps de commencer à bosser pour leurs électeurs parce que sinon tout va leur exploser à la gueule ! C'est bien ce qui est prévu non ? poursuivit Finn qui gloussait.

— Finn ?

— Oui ?

— Tu n'as rien pigé, tu es viré de l'équipe ! fit Aristot, pris d'un rire joyeux.

— Oh non, pas ça... se lamenta Finn avec l'expression contrite d'un écolier du primaire qu'on envoie dans le bureau de la directrice, puis, reprenant un air grave : pour la suite immédiate, tu vois ça comment ?

— Il faut quitter un peu les claviers. Je suis un être

pragmatique comme tu peux le constater, n'ayant plus mon ordinateur de toute façon...

— Tu t'adaptes à ton environnement, c'est plutôt bien... nota Finn. On organise des rencontres avec les autres, c'est ça ton idée ?

— Oui, exactement. Je dirais dans une dizaine d'endroits répartis sur l'ensemble de la France, dans les quatre ou cinq autres pays où ça commence sérieusement à bouger aussi... Cela nous permettra de faire connaissance physiquement les uns les autres. De nouer des relations plus approfondies et personnelles, aussi.

— On prend des pseudos ou pas selon toi ?

— Quelle utilité ? Et puis c'est nous les démocrates, qu'avons-nous à craindre ?

— Tu es un naïf Aristot, ça te perdra. Nous perdra !

— Être naïf n'est pas une faiblesse, Finn, c'est espérer. Espérer c'est commencer à agir et agir c'est se donner toutes les chances de gagner. C'est mon moteur.

— Que nos ennemis peuvent couper d'un moment à l'autre... Tu verras, la dictature bancaire aux apparences si feutrées, à laquelle nous avons affaire, choisira un jour des hommes et femmes de paille plus despotiques encore. Ça se produira dès que la majorité idiote ou crétinisée d'entre nous aura aussi plus ou moins compris le truc. Une fois trop visibles, ils n'auront plus d'autre option que la violence. De l'atmosphère de salon on passera directement au saloon !

Aristot accusa le coup et resta à contempler, en silence, le motif de sa jolie tasse en porcelaine de Chine. On y voyait une femme en costume traditionnel d'origine *mandchoue*. *Celle-ci* portait une ombrelle et circulait en charrette sur un pont de bois dans un paysage idéalisé.

— Bon, écoute, intervint Finn, je ne voulais pas plomber l'ambiance et j'ai faim. Une fois n'est pas coutume, si tu veux, on sort au lieu de commander toujours la même chose. Je t'invite au Tex-Mex qui a ouvert au coin de la rue il y a quelques semaines. Tu verras, il n'est franchement pas mauvais ! Et les serveuses changent constamment !

— En bien pour toi, j'espère ?! dit Aristot pour titiller un peu son ami. Ok, c'est parti…

— Parti ? C'est un mot fort à propos, effectivement, ironisa Finn.

14 TEQUILA TOI ?

— Alors ? Ça te plait ici ? Regarde les deux serveuses, il y en a une franchement pas mal, celle au corsage bleu, tout à fait mon genre de femme... Ça te suffira pour te sortir de tes pensées nauséeuses ? demanda Finn à Aristot sur un ton enjoué.

— Oui Finn, le cadre est bien sympathique. Si les *fajitas* sont à la hauteur de la déco, cela devrait le faire. J'adore l'idée des roues de chariot pour les tables, avec une plaque en verre dessus. Les *sombreros* à titre de plafonniers également, ainsi que les dessins colorés sur les murs. Par contre, j'ose juste espérer que les *tortillas* ne sont pas en caoutchouc comme les deux énormes cactus gonflables à l'entrée... Ils sont un peu kitsch non ? En même temps, il n'y a rien de plus rassurant dans la vie que ce qui a des rondeurs et est inoffensif.

— Ça n'existe pas ça ! remarqua Finn.

— Quoi ? demanda Aristot.

— Une nana à la fois inoffensive et ayant de belles rondeurs...

— Tu ne penses vraiment qu'au c...

— Bonsoir Messieurs, qu'est-ce que je peux vous apporter ? demanda une serveuse qui semblait avoir jailli d'une trappe à ressort de dessous la table.

— Ah, euh... deux *Tequilas* s'il vous plait, dit Aristot après avoir consulté Finn d'un coup d'œil rapide.

— Pourquoi as-tu fait un bond comme ça ? demanda Finn en suivant la jeune femme d'une prunelle rapace et gloutonne.

— Je ne l'ai pas vue venir, et toi ? questionna Aristot en retour.

— Si. De loin même... À vrai dire je ne vois qu'elle. Je ne me

97

rappelle même plus que tu es là. N'a-t-on pas idée de s'habiller comme ça...

— Je croyais que c'était l'autre ton type de squaw... ?!? Tu pourrais être son père, Finn. Si je comprends bien il ne te faut pas plus que des bottes hautes en daim, des bas opaques et une jupette de cowgirl pour démarrer au quart de tour ? commenta Aristot.

— Et un chemisier blanc qui laisse tout deviner, ajouta Finn, rêveur.

La serveuse apporta les boissons et le regard des deux hommes raccompagna son pas déhanché jusqu'à ce qu'elle fût à nouveau derrière le comptoir.

— Ah tu vois, tu reluques aussi ! remarqua Finn.

— Difficile de ne pas... mater au moins un peu... répliqua Aristot avec un sourire un peu gêné.

— Tu l'aimes drôlement ta Suyin hein ?

— Divinement. On forme le plus beau couple du siècle.

— Alors pourquoi n'habitez-vous pas ensemble depuis le temps ? interrogea Finn, conscient d'être un peu brutal dans son approche.

Aristot prit son temps pour réfléchir à ce qu'il allait répondre, une expression soudain très concentrée sur le visage. Puis il se jeta à l'eau.

— Tu sais quel est ton problème quand tu bois trop vite, Finn ? demanda Aristot en pointant un index sur le verre déjà vide de son ami.

— Non... mais je sens que tu vas me surprendre.

— Tu commences à poser les bonnes questions...

— Ok, alors j'abandonne la partie et on en reparle demain à jeun, seulement si tu en as envie bien sûr, répondit Finn qui poursuivit sans transition : sujet suivant, j'aimerais te proposer de t'héberger à titre gracieux, à deux conditions toutefois, fit-il d'un ton subitement solennel.

— Oui je... t'écoute... répondit Aristot qui semblait inquiet tout à coup.

— La première : je souhaiterais que tu t'occupes du couple

de gris du Gabon qu'Elena m'a refilés il y a quelques mois déjà. Ces bestioles-là, ce n'est franchement pas mon truc ! Plutôt celui de mon chat d'ailleurs, nota Finn en pouffant. Elena m'avait dit envisager de repeindre son bar et vouloir en éloigner les perroquets afin de ne pas les perturber et puis… plus rien, plus de nouvelles… Soit elle a reporté son projet, soit elle a tout bonnement perdu de vue qu'ils existent… Le problème, c'est que j'oublie souvent de les nourrir ou de leur remettre de l'eau… Il faut nettoyer l'énorme cage aussi, bref c'est l'enfer. Pourrais-tu les prendre au 4ᵉ ?

— Oui, répondit Aristot sans hésiter, bien qu'il eût été curieux de savoir pourquoi Finn ne demandait pas tout simplement à Elena de les récupérer.

Cette fois, c'est lui qui posa la bonne question.

— C'est peut-être aussi, suggéra Aristot, un moyen détourné pour elle de te faire comprendre qu'elle aimerait bien faire un bout de chemin avec toi. Qu'en penses-tu ? Les oiseaux ne seraient que des éclaireurs en quelque sorte… C'est assez classique, tu sais.

Aristot remarqua aussitôt qu'il venait de toucher une corde sensible. Finn ne savait plus que dire et rougit jusqu'à la racine des quelques cheveux qui résistaient encore à la débâcle sur son front amplement dégarni. À son tour, Aristot fut embarrassé d'avoir laissé échapper un tel commentaire. La situation de Finn était tout autre, lui et Elena n'étant pas même aux balbutiements d'une relation. Après quelques instants d'un silence pesant, il réamorça l'échange.

— Et… la deuxième condition ?

— Que tu bosses un peu pour moi…

— Ah… fit simplement Aristot.

— Pourquoi « Ah »… ? Tu as perdu l'habitude c'est ça ? lança Finn sèchement mais sans intention aucune de blesser son ami.

— Non, ta confiance me fait très plaisir, au contraire. La seule habitude que j'ai perdue c'est plutôt celle de confronter ma valeur à la réalité, c'est… différent. Pour faire quoi précisément ?

— T'occuper des relations avec mon avocat d'affaires et mon expert comptable. Ça ne prend pas beaucoup de temps quotidiennement mais c'est vital pour moi. Entre nous, ces deux loustics me saoulent autrement que la *Tequila* mais j'ai absolument besoin d'eux…

La serveuse, qui venait de prendre une nouvelle commande à la table d'à côté, jeta un regard interrogateur à l'adresse de Finn et lui demanda :

— *Tequila* vous ?

— Oh, c'est un peu direct mais ça me convient parfaitement… Et on peut aussi se tutoyer, répondit Finn sans hésitation. Moi c'est Finn. Et t'es qui là toi ?

La fille devint écarlate, se rassura à la bouille réjouie de Finn puis fournit la réponse attendue en éclatant de rire : « Andrea ». Elle repartit en hochant la tête, poursuivie par les œillades polissonnes d'un Finn survolté.

— Andrea, hantera, hantera pas mes nuits…, murmura-t-il, davantage pour lui-même qu'à l'adresse d'Aristot.

Finn était déjà nettement sonné par l'alcool après avoir englouti d'un trait le reste du verre de son compagnon, qui lui en avait fait grâce. Deux ou trois autres tequilas supplémentaires plus tard, il y eut un raffut du diable dans la rue. Le patron du restaurant, un homme petit et trapu aux traits saillants, se précipita aussitôt pour grillager l'entrée. Il assura ensuite aux clients qu'il n'y avait aucun danger mais qu'il valait mieux pour eux rester à l'intérieur, le temps que l'agitation cesse.

— C'est une animation organisée par l'*El Diablo* ? demanda Finn au propriétaire d'un ton faussement naïf – c'était le nom du restaurant.

— Non, répondit l'homme avec un sourire désabusé, il y avait une manifestation annoncée pas loin…

— Qu'est-ce que ça peut bien être ? interrogea Finn qui tournait le dos aux fenêtres.

Aristot, beaucoup mieux placé, jeta un coup d'œil blasé au-dehors en penchant légèrement la tête sur le côté, puis répondit :

— Oh, rien… des Indignés…

— Et ils font quoi ?

— Ils courent… le jour, la nuit… C'est leur grande passion, ajouta Aristot. Quelle énergie perdue ! Mais on doit au moins leur reconnaître une grande qualité de repère pour les saisons et le temps, mieux que les hirondelles.

— Je ne te comprends pas… toujours, Aristot…

— Moi non plus pour être franc, surtout après avoir ingurgité un tel tord-boyaux… Je voulais juste dire qu'un Indigné ne court pas tant qu'il fait chaud. Il se débrouille pour avoir le cul posé sur le trottoir et dans le pire des cas il reste debout. Donc aujourd'hui il fait… ?

— Froid, répondit Finn du tac au tac.

— Exactement. Tu vois quand tu veux ! Et tu crois que c'est en courant ou s'asseyant par terre, alternativement, qu'on va faire avancer les choses avec cette put… de globalisation par le fric ? On nous bassine jusqu'à la lobotomie avec ce mot !

— Bon, écoute Aristot, ok pour l'humour mais lâche un peu prise, je n'ai plus envie de penser là. Dans notre état en tout cas, même si on n'a vraiment pas loin pour rentrer, on ne va courir aucun risque. Tu me vois cavaler avec mon tonnage ? On reste donc encore un peu, ordonna Finn… et puis regarde-moi ce petit canon… Jolie Andrea ?

— Oui ? répondit une douce voix du fond de la salle.

— Pourrais-tu s'il te plait, nous apporter *tapas*,
Pour soustraire notre esprit, à cet affreux tapage ?

— Ah non Finn, tu ne vas pas t'y mettre toi aussi ?!? fit Aristot. Un spécimen, ou une spéciwoman si tu veux, ça suffit largement !

— On ne parle pas comme ça de ses proches ! répliqua Finn d'un air réprobateur et taquin à la fois, et au fait tu n'as rien remarqué ?

— Non… Quoi ?

— Ce sont bien deux alexandrins mais ils ne riment pas… C'est toute la différence entre l'original et la contrefaçon.

15 ENTRETIEN HOULEUX AU MINISTÈRE

— Mais noooon, je vous dis, moi, que vous vous faites des idées ! Vous êtes un vrai paranoïaque, Charpentier. Il faut vous soigner mon vieux ! Nous avons affaire à des mythomanes, rien de plus. Des gens qui jouent à la démocratie comme des gamines peuvent jouer à la dinette. D'ailleurs apparemment, preuve en est, ils ont une grosse proportion de femmes... Dites-moi sincèrement, n'avez-vous pas rêvé vous-même, à 12 ou 13 ans, de refaire le monde en le contemplant du haut de la lucarne de votre chambre sous les toits ? À cet âge-là c'est *normal*. Quand on est adulte, là par contre, on parle de *pathologie...* Même les élus les plus simplets ne prennent pas au sérieux un seul des discours qu'ils débitent au fil de leur carrière !

— Les élus, Monsieur le Directeur, sont très bien placés aussi pour savoir qu'ils ne détiennent pas une miette de réel pouvoir.

— Certes. Encore qu'il y en ait quelques uns qui s'illusionnent... Bon, bref, j'ai survolé les derniers rapports d'écoutes. Il y en a un, dans ce fichu bar, qui raconte être un proche du premier ministre depuis l'école maternelle, avoir été le seul survivant dans le crash d'un avion de ligne pas plus tard que la semaine passée et être le champion du monde en titre de rafting depuis cinq ans... L'an passé, il aurait nagé cinquante milles nautiques en papillon pour regagner une côte. En partant d'où, on ne sait pas. J'en veux un comme ça moi, dans mon équipe ! Vous me le recrutez ce gars s'il vous plait ? fit l'homme avec une moue de dépit.

— Celui-là c'est un alcoolique notoire et il n'est pas crédible, Monsieur le Directeur.

— Ah booon ? Incroyable ! Vous m'en direz tant !

— Et celle qui affirme avoir livré des armes à des terroristes sur mon ordre ?

— Non, ça c'est un autre dossier, Monsieur le Directeur. C'est une de nos collègues et c'est… plutôt exact.

— Ah oui, c'est vrai. Bon… Il m'arrive de confondre les classeurs avec le temps. Et cette dizaine d'ordinateurs que vous avez glanés ici et là dans le pays, ça donne quoi ?

— Ce qu'ils contiennent est concordant. Le groupe est très structuré et semble prêt à mettre en œuvre son projet.

— Ils prévoient donc des actions violentes ?!?

— Non, Monsieur le Directeur, pas à notre connaissance, c'est bien ce qui nous inquiète. Nous n'avons rien encore qui motive une intervention musclée mais je souhaite continuer les recherches en ce sens.

— Les autres membres de votre cellule pensent-ils comme vous, Charpentier ?

— Oui.

— Eh bien, je suis bien entouré moi…

— Si je puis me permettre, Monsieur le Directeur, je fais mon boulot du mieux que je peux. Si j'arrêtais de voir du mal et du danger partout, je ferais un autre job vous savez… Démineur, par exemple. Et peut-être même me surprendrais-je à voter pour la première fois depuis ma majorité…

— Je n'ai jamais apprécié votre humour grinçant, Charpentier. Qui sait… peut-être ferez-vous l'un ou l'autre bientôt ? Je veux bien soutenir votre candidature pour le déminage, si tel est votre souhait. Si, par contre, vous demandiez un jour votre carte d'électeur, je mettrais cela sur le compte de votre originalité fantasque. Pour l'heure, je vous serais reconnaissant de renoncer à vos tendances irrévérencieuses. D'employer aussi vos forces vives de manière plus appropriée. Vous m'avez saisi ? Nous n'avons pas d'effectifs infinis, j'espère que vous en êtes conscient…

— Je vous en conjure, accordez-moi encore quelques semaines pour surveiller ce groupe, ainsi que des moyens supplémentaires. Le président lui-même pourrait nous le reprocher un jour.

— De quel président voulez-vous parler ? On s'y perd.

— Du président de la Fédération au niveau européen.

— Vous évaluez le danger à un tel niveau ?! Et pourquoi nos élus ne pourraient-ils pas servir de fusibles à leur place, comme c'est le cas d'habitude ?

— Parce que, si leur truc fonctionne justement, les élus ne seront plus, ni identifiables à temps, ni contrôlables.

— Charpentier, il me tarde d'avoir la confirmation que vous êtes cinglé. En attendant, j'y consens. Ok pour un agent de plus à ponctionner sur les autres services. Et si ce n'est pas le meilleur, je ne vous en voudrai guère... Vous saurez interpréter au mieux, j'imagine, ce que je vous signifie là, n'est-ce pas mon bon Charpentier ?

16 SUYIN

Aristot disposait de beaucoup de temps malgré les missions que lui avait confié Finn. Il en consacrait une partie à la recherche d'un nouveau job mais sans réelle conviction, son souci principal étant de ne plus aspirer à aucun type de poste, à rien.... Ses plans de carrière étaient taillés en pièces, ensevelis sous de gros blocs de dépit. Tous ces rêves éveillés qui transportaient son âme au sortir de l'université, la berçaient même, lui semblaient maintenant si infiniment ridicules... Ces songes d'épanouissement dans des structures poursuivant des objectifs utiles, respectant aussi les collaborateurs comme autant de personnes se soutenant mutuellement dans une sorte de symbiose... de pures hallucinations, dignes des lapins en peluche et des marchands de sable.

Aussi passa-t-il deux ou trois jours cloîtré dans son appartement à asticoter les oiseaux de Finn, qui en redemandaient sans cesse, et à téléphoner avec ses hommes de main comme il en avait été convenu. Des deux genres il ne savait trop, entre-temps, qui étaient les plus perroquets et lesquels perdraient le moins de plumes à son contact. Aristot se sentait balourd au point d'avoir le sentiment de s'y prendre comme un pied, avec les uns comme avec les autres. Mais pourquoi se torturer l'esprit après tout ? Personne ne s'était plaint jusqu'à présent... Pour se tranquilliser, il relut également de vieux bouquins qui n'avaient pas perdu une miette d'actualité depuis leur rédaction au faible halo des bougies. Il raffolait des philosophes des *Lumières*. Leurs développements lui paraissaient des plus inspirants sur cette planète qui rempilait dans l'appauvrissement intellectuel et social, le cultivait même. Le monde lui semblait telle une barque s'enfonçant dans une succession de canaux couverts de plus en plus rapprochés, étroits et obscurs, ne laissant filtrer le jour qu'au travers de rares trous d'aération. Aristot suffoquait de la standardisation par l'ineptie et du décervelage par l'alignement des têtes et le vidage des poches. Ces livres lui fournissaient les bouffées d'oxygène dont il avait besoin. Soudain, le téléphone sonna et il décrocha.

— Salut mon amour, je te dérange ?

— Bonjour ma Suyin à moi. Non, le jour où tu me dérangeras, je changerai *enfin* pour une blonde, répondit Aristot en riant.

— La blonde du premier c'est ça ?

— Celle dans ton immeuble ou le mien ? Les deux pourraient faire l'affaire...

— Tu es vraiment un monstre, fit Suyin, mais je crois que je t'aime, malgré tes carences tu vois... Dis-moi, on fait un recrutement cet après-midi avec Cathy. Tu veux nous rejoindre ? L'avis d'un homme est utile... parfois.

— Recrutement d'une colocataire ? Marlène est donc partie ?

— Oui, hier. Elle nous a passé un coup de fil en disant qu'elle partait, tout simplement. C'est géant ! Avec Cathy on n'en pouvait plus. Elle était bipolaire cette fille et on ne s'en était absolument pas rendu compte au début. Elle avait des instants d'euphorie pendant lesquels elle parlait longuement, s'épanchait, déballant des tas de projets et secrets intimes, et puis une heure après c'était le grand silence, elle faisait du boudin ou ça partait en live... Insupportable !

— Et la nouvelle candidate c'est qui ? demanda Aristot.

— Eh bien, justement, on ne sait pas... On ne comprend même pas comment elle a su qu'on cherchait, puisqu'on ne cherchait pas encore... C'est l'énigme totale.

— Ok, j'arrive. À tout de suite mon panda d'amour.

— Répète ça et tu vas te prendre quelques méchants coups de bambou en arrivant, fit Suyin avant de raccrocher.

Suyin était une femme aussi brillante que jolie, élancée et

souple comme un roseau. D'origine chinoise, elle allait sur ses 26 ans et terminait un doctorat sur les plantes sauvages. C'était une boulimique de la connaissance. Il lui était arrivé, par exemple, d'apprendre une langue étrangère à la seule fin de lire un traité de médecine ancienne dans le texte d'origine. Elle finançait ses études grâce à des stages qu'elle organisait sur la cueillette de plantes comestibles et la façon de les cuisiner. Par ailleurs, une longue tradition familiale l'avait fait baigner dans les arts martiaux dès son plus jeune âge. Dans la foulée des enseignements de son père, Suyin était passée sans transition à l'Aïkido, discipline japonaise par excellence mais qui puisait ses sources en Chine, comme à peu près tout ce que l'on trouvait au pays du Soleil-Levant. Hautement gradée déjà dans cette pratique, elle passait de nombreuses heures sur les tatamis à donner des cours et à en recevoir elle-même.

Suyin avait choisi, par commodité mais aussi par goût, de partager un appartement avec d'autres étudiantes. Elle ne possédait ni voiture ni aucun bien matériel non indispensable. La liste des choses superflues était étonnamment longue chez elle, son regard étant empreint de la perception bouddhiste selon laquelle tout objet est un poison potentiel pour son possesseur. Aussi rejetait-elle tout lien de dépendance pouvant s'établir, à son insu, avec un objet en tant qu'extension mentale du corps susceptible de vous faire souffrir bêtement en cas de perte ou détérioration. L'infime pouvait rendre infirme. Plus on possédait à ses yeux, plus on consacrait de temps au dérisoire, moins on se préoccupait de soi et des autres... Toute chose n'avait-elle pas en elle l'ensemble des caractéristiques des *Tamagotchis*, ces animaux de compagnie virtuels que les enfants devaient impérativement choyer sous peine de les voir mourir... électroniquement parlant ? Il s'agissait d'un mécanisme des plus stupides. En achetant une « récompense » vous vous punissiez en réalité, en vous chargeant de toutes les préoccupations qui allaient avec et dépassaient l'intérêt même de l'obtenir. Suyin avait donc acquis quatre réflexes essentiels à cet égard : partager, prêter, emprunter, récupérer. De son point de vue, un acte d'achat individuel devait rester exceptionnel afin d'en diluer les inconvénients. C'était aussi sa réponse à l'obsolescence programmée du reste, cette duperie de masse organisée par l'industrie et qui consistait à raccourcir artificiellement la durée de vie des produits. Suyin mettait à disposition des colocataires, entre autres, un batteur à œufs et un moulin à café que ses grands-parents avaient achetés plus de cinquante ans auparavant, sans garantie…

Ce positionnement de Suyin face aux choses lui procurait en tout cas une liberté et énergie hors du commun. Elle tirait juste un peu d'utilité de ce qui n'avait pas de valeur intrinsèque et, pour le reste, appréciait la matière pour ce qu'elle était : du vide. Les conséquences étaient notables. Pour l'avoir déjà fait par le passé, elle se savait en capacité de quitter un lieu de vie sur un coup de tête, en abandonnant presque tout sur place hormis quelques vêtements et son *Ken*, un sabre en bois qu'elle maniait redoutablement.

Aristot portait aux nues cette femme aux cheveux d'un noir de jais intense, magnifiques, qui lui couraient jusque dans le milieu du dos. Il en était tombé éperdument amoureux il y avait bien longtemps déjà. Elle le lui rendait bien, étant également folle de lui. À deux, ils formaient comme une sphère indestructible. C'était un grand amour de jeunesse qui n'avait cessé de se renforcer au fil des années. La vie est parfois sotte et l'inexpérience de l'âge s'était liguée aux circonstances pour les séparer dans un premier temps. Après s'être connus au collège, c'est lors d'un congrès qu'ils s'étaient retrouvés par hasard, pour ne plus se quitter. L'un comme l'autre avaient réalisé, à ce moment-là, que rien n'était comparable à ce qu'ils avaient déjà vécu et ressenti ensemble. Éloigné d'elle, Aristot eût presque abouti à la conclusion lapidaire qu'il n'aimait pas les femmes. En réalité, son amour pour Suyin dépassait tout. Ils avaient retrouvé leurs sentiments intacts, simplement enfouis sous une terreur, non avouée, de s'être perdus pour toujours. Ils en furent bouleversés et convinrent qu'il n'y avait que les grands trésors pour résister ainsi au temps. Ils appartenaient l'un à l'autre. Pour eux, c'était une évidence, une de celles que beaucoup de gens n'ont malheureusement jamais la chance de connaître.

Aristot sonna à la porte et c'est un inconnu qui vint lui ouvrir. Cela arrivait de temps en temps, lorsqu'il y avait de la visite. Il s'apprêtait à se présenter à l'homme quand Suyin apparut avec son sourire radieux habituel.

— Tu peux le laisser entrer Thomas, dit Suyin, c'est bien l'un de mes quatre amants comme je l'avais supposé. Il est inutile de lui demander de présenter une pièce d'identité ou un quelconque laissez-passer...

— Je ne me serais tout de même pas trompé d'horaire ?! répondit Aristot avec une expression apeurée et faussement hésitante, l'autre est déjà parti n'est-ce pas ?!

— En fait, tu as de la chance, il n'est pas venu... fit Suyin sur un ton des plus naturels possibles. Sinon tu penses bien qu'il t'aurait fichu dehors... Tu es assez costaud, il est vrai, mais luiii... et puis il est blond... Je me demande parfois pourquoi je t'accepte encore dans mon lit, en plus des trois autres. Où est ta valeur ajoutée, dis-moi ? Ton avantage concurrentiel ? Hein ? Bon, allez, entre quand même... une dernière fois... j'ai une grosse envie d'un mec là justement... Mais après tu te barres d'accord ? ajouta Suyin d'un air soudain hostile et débordant de mépris, puis, faisant mine de s'apitoyer sur son propre sort : la compassion aura ma peau un jour, j'ai franchement autre chose à faire et espérer que de me laisser prendre sauvagement par un os-javelot-pastèque...

— On ne dit pas plutôt... australopithèque ? suggéra timidement Aristot.

— Oui, bon, pour moi la sensation sera identique... je sais à quoi m'attendre, je la connais déjà hein...

Le visiteur les regarda extrêmement gêné, ayant une peine visible à déterminer si c'était du lard ou du cochon. Puis il s'en retourna là d'où il venait, dans la chambre de Cathy.

— C'est qui celui-là ?

— La nouvelle conquête de Cathy. Comme elle les collectionne, je voulais passer un message au petit gars. Je ne suis pas certaine qu'il ait compris… Au moins, comme ça, il se sentira moins seul face à ce qui l'attend. Tu pourras toujours le consoler : « Oh pour moi c'est pareil tu sais… ».

— Je croyais que tu l'aimais bien ta colocataire ? fit Aristot.

— Oui, bien sûr, mais cela ne m'empêche pas pour autant de penser.

— Elle débarque quand la candidate ?

— D'une minute à l'autre, on ne lui a pas donné d'heure fixe. On boit quelque chose en attendant ? suggéra Suyin.

— Volontiers.

Suyin vivait dans une très grande pièce dont elle avait réparti l'espace en trois : budō, boulot, dodo, comme elle disait. Budō, c'était le terme générique japonais pour les arts martiaux. Dans cette partie-là, il y avait des tatamis au sol, un grand miroir sur toute la surface du mur et ses armes, placées devant un portrait de son maître. Dans un autre coin de la pièce se trouvait un *futon* que Suyin enroulait sur lui-même en journée. Face à lui, il y avait un bureau, bordé de paravents en papier de riz. Enfin, au milieu se trouvait un espace convivial avec une table basse et de larges coussins d'un blanc cassé tout autour. La bonne convenance voulait qu'on s'y assît en *seiza*, à genoux. Les rangements étaient encastrés dans les murs, hormis un magnifique meuble bas en acajou. On aurait pu décrire l'ensemble comme étant d'un style néo-spartiate japonisant. Sa famille chinoise se moquait gentiment d'elle à ce sujet.

Le tableau resterait toutefois incomplet si l'on ne parlait pas de ce qui se trouvait dans le dernier coin, placé, ce n'était pas une coïncidence, près de la grande fenêtre à deux battants. Là, Suyin avait érigé une cage spacieuse en bambou, dans laquelle un furet passait le plus clair de son existence à pioncer. L'animal, pourtant, y disposait de tout un attirail ludique qui aurait dû l'inciter à faire quelques exercices : tuyaux de couleur suffisamment larges pour qu'il puisse s'y faufiler malgré sa bedaine, balançoire, petites terrasses en bois, colonnes tapissées de tissu très résistant, jouets de toute sorte… Des deux habitants de la pièce, le furet était ainsi, vraisemblablement, celui le plus victime du consumérisme, encore que presque tous les artefacts eussent été récupérés sur des brocantes ou dans la nature. Suyin avait adopté l'animal après que l'une des colocataires précédentes l'eut abandonné sur place, prétextant devoir partir à l'étranger et qu'il n'avait pas tous ses vaccins. Elle le promenait souvent en ville, sur son épaule, et le planquait dans un petit sac à dos en toile lorsqu'elle pénétrait dans les commerces. De retour dans l'appartement, la bête restait confinée dans sa cage. Un furet pouvait occasionner des dégâts considérables, affectionnant de tester l'efficacité de ses dents sur tout ce qui lui passait sous les griffes, à commencer par les câbles électriques. Celui-là, Benji, surclassait tous ceux de son espèce dans ce domaine.

— Benji, tu pues ! fit Aristot en entrant dans la pièce.

— Ah bon ? Bizarre… je l'ai savonné pas plus tard qu'hier dans le lavabo... Tu verrais il adore ça, dit Suyin.

— Et tu le sèches comment ?

— Je le frotte avec une serviette puis l'enroule dedans sur le carrelage. Tu me croiras si tu veux mais il se sèche tout seul ensuite en se tortillant dedans

— Et après tu jettes la serviette j'imagine… ?

— Non même pas, tu exagères, répondit Suyin en riant.

— Tu me diras alors laquelle tu utilises pour lui ? fit Aristot d'une mine dégoûtée.

— Sérieux ?

— Oui...

Suyin alla préparer une tisane fortifiante dans la cuisine, qu'elle rapporta dans sa pièce après quelques minutes. Entre-temps, Aristot s'était installé confortablement sur les coussins.

— Tu as encore mis du gingembre dedans ?! demanda Aristot après avoir simplement trempé ses lèvres dedans.

— Oui, répondit Suyin d'un air plein de malice.

— Comme s'il me fallait un aphrodisiaque avec toi mon amour… remarqua Aristot.

— Mais peut-être que *moi* j'en ai besoin avec un mec aussi repoussant que *toi*, rétorqua Suyin avec un ricanement sublime.

Aristot fit mine de la claquer sur la joue, son geste s'acheva en une douce caresse. C'est à cet instant précis que l'on sonna à la porte d'entrée.

— J'en étais sûr, s'exclama Aristot, toujours au moment fatidique de conclure !

— Allons voir tout de même ce que nous réserve la providence. Je te laisserai peut-être encore ta chance après... répondit Suyin avec un clin d'œil.

En ouvrant la porte, ils s'attendaient à tout et à rien à la fois. Mais pas à ça. Ces instants où l'on découvre quelqu'un ont toujours ce petit quelque chose d'exaltant, voire de magique. En cela que la personne que vous rencontrez va peut-être chambouler votre existence, vous amener sur de nouvelles pistes de réflexion, qui sait, transformer du tout au tout votre réseau de relations ou encore vous élever à un état de conscience supérieur... Dans le cas présent, tout espoir s'effondra dès la levée de rideau. La fille qui apparut à leurs yeux devait avoir la vingtaine à peine. Si de beaux habits n'eurent couvert ses os, on l'eût classifiée sans une ombre d'hésitation parmi les anchois, tant elle était étirée et de maigre constitution. Elle portait une veste et une jupe plissée en laine, au motif à carreaux de couleur rouge. Ses chaussures étaient de type mamie classique. Un médaillon ancien, orné d'une pierre en grenat pyrope elle-même entourée d'une rangée de perles fines, pendait à une chainette en or. Un chemisier d'un blanc immaculé et au col lavallière tentait, sans grand succès, de détourner les regards de son cou décharné. Tout chez cette femme sentait la vieille fille, malgré son âge. Son mal-être emplissait la totalité de l'espace. Si aucun rendez-vous n'avait été convenu, on eût parié qu'elle s'était trompée d'étage, à tout le moins de porte.

— Bonjour, fit Suyin avec un sourire forcé.

— Bonjour, répondit la fragile carcasse de derrière ses gros verres de vue en cul-de-bouteille, qu'une monture en écaille cerclait avec difficulté.

— Vous venez pour... la colocation ?

— Oui, répondit la femme, une grimace en guise de sourire.

— Eh bien, entrez, je vous en prie, dit Suyin sur un ton trompeusement jovial. Au préalable, nous allons chercher l'autre colocataire pour l'entretien si vous le permettez.

Ils arrivèrent ainsi tous les trois au niveau de la chambre de Cathy. Suyin s'apprêtait à frapper à la porte quand elle se ravisa. Des gémissements d'une sonorité cristalline et sans équivoque venaient de se faire entendre.

— C'est quoi ? fit la fille interdite, quelqu'un est malade ?

— Non, non, tout va bien, répondit Suyin ulcérée. Si cela ne vous dérange pas, nous aurons la conversation avec Monsieur dans mes quartiers.

— Oui, très bien.

— Voilà mon espace privatif, fit Suyin en entrant dans la pièce.

— Puis-je vous proposer un peu de tisane ? demanda Aristot, au bord du fou rire.

— Ce n'est pas de refus, dit la fille avec un air pincé.

— Cela ne vous dérange pas si nous nous asseyons ici sur les coussins ? Une alternative serait de nous rendre dans la cuisine…

— Non, ça ira, c'est… parfait.

La visiteuse eut quelque mal à descendre vers le sol sans dévoiler l'anatomie de ses genoux cagneux. Elle tourna sur place, comme le font les chats, ses mains arides crispées sur le devant de sa jupe. Puis elle finit par atterrir sur un coussin, telle une marionnette dont on lâche brutalement les fils. Au moment de l'impact, des relents de viande avariée remontèrent vers les narines de ses hôtes.

— Je m'appelle Suyin, voici mon ami Aristot, comment vous appelez-vous ?

— … Lola, répondit avec retard la jouvencelle à l'allure spectrale, comme si elle eut dû réfléchir.

— Vous êtes étudiante ? interrogea Suyin.

— Oui.

— En quoi ? la questionna à son tour Aristot.

— En… en développement, fit la fille avec timidité.

— C'est quoi ça ?! Vous développez quoi ? demandèrent Suyin et Aristot façon bordée de canons.

— Des… produits.

— Ce sont des études d'ingénieur ? poursuivit Aristot.

— Non.

— Et ils servent à quoi ces produits ? continua Suyin.

— À … améliorer… la situation…

— De quoi ?

— Des choses…

— À faire progresser les bidules du monde avec des machins quoi ? suggéra Aristot.

— Oui… c'est ça, dit la créature qui semblait ne plus trop savoir où se mettre mais sans gêne excessive toutefois.

— Très intéressant, observa Suyin avec une pointe de sarcasme.

— Bien, nous ne réclamerons pas de vous un exposé sur la façon dont vous comptez rénover ou embellir la planète. Cela risquerait d'être un peu long et là n'est assurément pas notre sujet. Dites-nous plutôt comment vous avez su qu'une place se libérait dans cette colocation, dit Aristot en marquant chaque mot.

— J'ai fait la connaissance de Marlène hier sur le campus universitaire, répondit la fille comme si elle avait appris la phrase par cœur.

— Et… ? fit Suyin pensive.

— Elle était assise à la cafétéria avec un regard *si* mélancolique, un visage *si* défait, que je me suis approchée de sa table pour lui parler. On a bu un café ensemble et on a échangé sur les projets.

— Quels projets ?! fit Suyin avec étonnement.

— Les projets d'amélioration du monde…

— Ah oui, c'est vrai, je les avais déjà perdus de vue ceux-là, s'esclaffa Aristot, et donc ?

— Et… donc… elle en a finalement choisi un qui lui plaisait bien…

— Un… projet ?! s'enquit Suyin pour être certaine d'avoir

bien saisi.

— Oui.

— Mais pour faire quoi précisément bon sang ?!? demanda Aristot que cet échange aux accents loufoques avait fini par exciter et charger négativement, tel un électron.

— Partir en reconnaissance chez les ours polaires afin de quérir une solution pour eux, récita le squelette.

— Ils ont quoi comme problème ceux-là, mis à part celui de la banquise qui fond bien sûr ? questionna Suyin.

— Les glaces qui disparaissent…, répondit l'autre du tac au tac comme pour éluder le point.

— Mais Marlène n'a *aucune* compétence dans le domaine. Elle fait des études de kiné !!! s'exclama Suyin.

— En tout cas, elle était très contente de notre discussion ! Et elle a pris l'avion…

— L'avion ! Pour aller où et avec quel argent ? Elle est fauchée comme les blés, releva Suyin.

— Dans le Nunavut au Canada. Je lui ai offert son billet aller.

— Aller simple ? cria presque Aristot qui comprit instantanément que la visiteuse disait vrai cette fois.

— Oh ce n'est pas moi qui paye… laissa échapper la fille qui réalisa aussitôt en avoir trop dit. Je… dois partir maintenant, poursuivit-elle soudain avec un trouble visible, proche de la panique.

Suyin et Aristot n'eurent pas le temps de formuler un mensonge courtois du type « nous allons réfléchir », que l'apparition était déjà rendue sur le palier puis dévalait l'escalier. Avait-elle seulement refermé la porte derrière elle ?

— Eh bien…, c'était réel ça ou un ectoplasme ? dit Aristot qui n'avait pas bougé de son coussin.

— Non mais tu y crois toi ? Marlène est partie sans un sou ni aucune affaire. Tout est là, à côté… Elle a juste emporté son portable apparemment. Pour sauver les ours… fit Suyin, comme sous le choc.

— *Polaires*, compléta Aristot. Une nana bipolaire à la rencontre d'ours polaires... Vois l'aspect positif de la chose, cela devrait la guérir ! Dans tout mal il y a un bien.

— Comment fais-tu pour rire de tout ? demanda Suyin. Inquiétante cette Lola aussi quand tu y réfléchis… Elle joue un rôle tu vois… Mais pour le compte de qui ?

— Au moins, concernant Marlène vous n'aurez pas besoin de trouver un moyen de la dégoûter afin qu'elle parte… Et si maintenant on tentait de penser à autre chose ? La tisane commence à faire effet chez moi, fit Aristot en se rapprochant de Suyin avec une expression réussie de satyre.

Les bonnes convenances ne nous permettent pas de nous engager plus loin dans la description de ce qui suivit. Contentons-nous de dire que les préoccupations du couple s'envolèrent un peu. Plus tard, un grand cru chapardé dans la cave de Finn devait les transporter ailleurs et leur faire oublier au moins le plat de pâtes, collantes mais rassasiantes, que Suyin avait cuites, ou peut-être recuites...

17 LA B.A.T. MOBILE

— Un peu de café René ?

— C'est ta femme qui l'a fait ?

— Qui d'autre ? Le jour où je mettrai moi-même les pieds dans *ma* cuisine, ma poule n'aura plus de dents.

— Patrick…

— Oui ?

— On dit : « Quand les poules auront des dents ».

— Non je t'assure, je sais ce que je dis… Alors ? Du café ou pas ?

— Écoute, non merci. Tu es bien gentil mais on dirait toujours de la pisse d'âne mélangée à de la sueur de mule.

— Pas faux. Faudrait peut-être que je change…

— De marque de café ?

— Non, de mule (*ricanement d'âne*) !

— En attendant ce crachin ne me fait pas rire. On ne voit rien au travers du pare-brise. Tu trouves ça mieux de faire une planque dans une voiture toi ?

— C'est bien toi René qui leur a dit qu'on ne voyait strictement rien du haut de l'immeuble ?

— Oui, mais c'était seulement pour descendre de quelques étages…

— Au fait, tu as compris pourquoi le chef a parlé de cochons d'Inde niais ?

— Tu ne comprends rien toi hein ? Il a parlé de ces cochons d'Indignés.

— C'est quoi un Indigné ?

— Je ne sais pas…

— Et il nous demande de faire quoi exactement ?

— De trouver si ceux-là, dans le bar, ont un lien avec les Indignés, de noter tous les noms et de rapporter ce qu'ils disent. Une jeune collègue du Ministère avait placé un micro miniature quelque part mais ça a échoué. Au bout d'un quart d'heure déjà, il avait pris une douche de vin rouge et était fichu. Il paraît que les enregistrements étaient pitoyables aussi, comme si on était à la piscine. À trois mètres sous l'eau. Pas douée la nana, a dit le chef !

— Et comment veux-tu faire tout ça, mieux qu'un micro pourri, en restant le cul dans ce véhicule ?

— Mais c'est bien toi Patrick qui m'a dit que c'est ce que voulait le chef ?

— Non, il a simplement dit de prendre cette caisse-là. Pas d'y faire la planque !

— Tu n'aurais pas pu le préciser plus tôt ?

— Mais je ne pouvais pas le deviner. Je ne savais même pas ce qu'on devait faire exactement... Oh la vache... ! Regarde-moi celui-là René. Il n'a pas l'air frais...

— Elle est belle la France ! Tiens... il vient vers nous...

Un homme de petite taille, vêtu d'un pardessus râpé jusqu'à la corde et d'un pantalon de velours décoloré bien trop large pour lui, s'approchait d'un pas chancelant. Son corps semblait se déporter sur la gauche à chaque fois qu'il posait le pied de ce côté, sans qu'on pût en dire la cause. Était-ce en raison de ses bottines, défoncées par l'errance ou les ronces, et dont l'une était éventrée vers l'extérieur ? Était-ce par suite d'un bug inné ? D'un détraquement plus ou moins momentané de son esprit ? Quoi qu'il en fût, la perturbation contraignait l'homme à corriger sa trajectoire tous les deux ou trois pas. Il portait une moustache démesurément grande et ses cheveux gris, en broussaille, dépassaient d'une vieille casquette arborant une silhouette de dinosaure sur fond rouge délavé. On pouvait tout juste encore y lire l'inscription *Jurassic* en dessous. L'homme frappa à la vitre du véhicule banalisé d'un poing lourd, approximativement là où se trouvait le nez du conducteur. Cela produisit un son mat à l'intérieur. La pluie ayant cessé, le policier entrouvrit la portière.

— Salut les gars, moi je m'appelle Bernard, je suis de Conliège dans le Jura. Et vous alors ?

— Je..., fit le fonctionnaire interloqué. Je me nomme Patrick. Je viens de... Et puis zut enfin, pourquoi vous me demandez ça ?

— Je vous ai aperçus de loin. Ah, là, là, vous faites de la peine à voir. Vous vous êtes fait virer de chez vous par vos femmes c'est ça ?

— Comment vous savez que j'en ai plusieurs ?

— Non, vous êtes deux, alors je pensais une chacun... c'est déjà pas mal... Moi quand mon *mec* m'a fichu dehors, je dormais aussi dans une voiture, j'avais plus que ma thermos et une couvrante. Donc un peu comme vous là... Et toi là tu t'appelles comment ? demanda Bernard à l'autre homme, assis sur le siège du copilote.

L'habitacle se remplissait petit à petit d'une odeur âcre de vinasse.

— On se tutoie ?! Nous n'avons pas gardé les cochons ensemble ou bien ? Incroyable... bref, mon prénom c'est René.

— Non.

— Non quoi ?!

— Ma famille à moi n'a pas de cochons, uniquement des bovins.

— Et sur la casquette vous avez quoi, un bovin ? fit le policier qui s'appelait Patrick, un sourire mauvais aux lèvres.

— Oui, une très vieille race on m'a dit à moi.

— Du Jura ?

— Oui, c'est marqué dessus il paraît. Alors donc j'en suis fier moi !

— Il paraît ? Vous ne savez pas lire ?

— Nan. Alors c'est bien ça qui est écrit là hein ? demanda l'homme d'un air subitement inquiet.

— Oui, répondit René qui ne voulut pas décevoir le pauvre bougre.

— Ah bon. Donc tout va bien alors, dit Bernard. Et si on allait au bar là ? Plutôt que de rester ici au froid ? Vous verrez c'est drôlement bien…

Le traîne-misère resta planté là, attendant une réponse qui ne venait pas. Les yeux grands ouverts dans une expression de désarroi mêlé à une sourde agitation, il semblait hésiter à dire quelque chose de terriblement important pour lui.

— Vous… me paierez un coup là alors ? siffla-t-il enfin au travers du trou laissé par deux incisives manquantes.

18 TRILOBITE

De derrière son comptoir, Elena avait souvent le sentiment de jouer à la psy, sans en percevoir les honoraires malheureusement. Mais il y avait aussi du bon. À force d'être exposée aux sempiternelles lamentations des uns et des autres, sa sensibilité pour les choses humaines s'était accrue. Sans même y songer consciemment au début, elle avait fini par établir des liens entre les plaintes et les histoires personnelles puis par prendre goût à ce qu'elle entrevoyait petit à petit. Entre-temps, elle faisait parler ses clients pour valider des hypothèses, écarter les mauvaises pistes, spéculer sur leur avenir aussi, voire leurs chances de survie... Était-ce l'œuvre d'un vice tapi au fond de sa personnalité ? Quelle importance... Elle y prenait plaisir et seul cela comptait. L'idée la plus amusante pour elle dans ce contexte était celle de devoir soutenir des piliers de bar. N'était-ce pas absurde ? Celle de pouvoir leur prescrire à volonté des breuvages susceptibles de les scier ne lui était pas indifférente non plus mais des scrupules la retenaient encore. Certains jours elle se prêtait au jeu, d'autres elle fuyait les habitués indiscutablement trop toxiques. Dans les instants difficiles, sa méthode la plus efficace pour ne pas subir ces derniers était encore de s'affairer à ranger des bouteilles et des verres. Ou à faire semblant également parfois, selon la situation et les besoins.

À l'époque où elle avait ouvert le bar, elle n'avait pas imaginé une seconde à quel point cet exercice devrait être nécessaire, combien cela pourrait être saoulant ou ludique aussi, en fonction des personnes ou de l'ambiance. Pour savoir journellement quel comportement adopter, et se protéger le cas échéant, elle avait pris pour habitude de visualiser ce qu'elle appelait son « arbre intérieur », juste avant l'ouverture du troquet. Si le test lui révélait un arbre lumineux, ondulant à la brise dans un paysage serein, elle décidait d'aller au contact. Si, au contraire, elle y découvrait des feuilles acérées sur les bords ou encore des fruits trop amers, elle optait pour le repli. Ce soir-là, Elena ne pouvait le nier, les fruits de son arbre secret avaient atteint un point de maturité dangereux, celui précisément qu'ont des bananes négligemment oubliées sur la plage arrière d'une voiture, un jour de grande canicule. L'heure était donc plutôt à la dérobade et l'escampette.

L'un d'entre eux lui posait des difficultés toutes particulières. Il avait pour surnom Trilobite, qui désignait avant tout un arthropode marin disparu depuis 250 millions d'années. Comme chacun sait, la meute humaine n'a rien de doux quand elle s'y met. Les défauts de l'homme lui avaient valu de perdre jusqu'à son prénom quand on parlait de lui, qu'il fût absent ou non. Un cerveau riquiqui, un côté profondément arriéré, une crétineuse approche de la vie et enfin un manque absolu de verbe en avaient scellé le sort dès l'enfance. Curieusement, tout le monde affirmait bien l'aimer... tout en conservant de bonnes distances, cela allait de soi.

— Bonsoir Bernard, firent plusieurs familiers, comme à l'unisson, lorsque le personnage entra au *Pélican Bidonné*.

— Salut les copains, répondit le petit homme en claquant la porte d'un coup sec. Les vitres en tintèrent.

Bernard, alias Trilobite, se rendit directement au comptoir et s'assit sur l'un des tabourets libres dans un coin. Puis, les yeux rivés sur le zinc devant lui, il débuta presque aussitôt ses pleurnicheries, passant en revue une longue liste de doléances qu'il tenait et nourrissait sur les gens, les circonstances, le passé, le présent, le temps... C'était comme une incantation destinée à conjurer l'existence elle-même, un soliloque de victime qui se voulait aparté à voix basse mais dont, en réalité, tous étaient des témoins forcés dans un rayon de dix mètres.

Elena craqua au bout de cinq minutes à peine de cette

détestable complainte. Rompant avec sa règle d'or qui lui prescrivait la retenue, elle déchira le silence pour interpeler le gugusse affalé au comptoir près de la machine à cacahuètes :

— Ce n'est pas si grave ça, dans la vie il y a pire.
Il me semble parfois, que dans la vase tu coules,
De tes égarements, à en perdre la boule.
Mais dis-moi maintenant, que dois-je te servir ?

Pendant quelques secondes, Trilobite regarda Elena de son air inerte et faussement impavide. Il semblait en quête d'une réponse, à la façon de quelqu'un qui cherche le bouton de lumière dans une cave obscure. Il finit cependant par réagir :

— J'ai des copains qui veulent me payer un coup à moi. Alors donc ils ne vont pas tarder là…

Comme beaucoup de clients, et sans doute davantage que les autres, Trilobite ressentait un malaise important vis-à-vis d'Elena. Rien ne lui inspirait plus de terreur dans l'ensemble que les personnes qu'il avait des difficultés à comprendre. Elena, particulièrement insaisissable, en faisait clairement partie. Il avait quitté l'école très tôt puis, quelques années après, la ferme familiale dans laquelle il n'y avait de place que pour son frère aîné. Par la suite il avait franchi, sans vraie transition, les étapes qui vous conduisent de stages en petits boulots puis de gagne-pains en activités intermittentes, pour terminer par des occupations si éphémères que même le terme de précarité devient abusif. Depuis longtemps déjà, les hasards des rencontres dans la rue ou les cafés ne lui rapportaient plus aucun indice quant à un éventuel job auquel il aurait pu candidater. Il faut dire que même les patrons les plus patients et indulgents avaient toujours fini par le chasser au terme de quelques semaines seulement. Parvenu au fond du fond, au bout du bout de ses possibilités d'emploi, il finit par se rabattre sur l'un des deux métiers souvent considérés comme ceux de la dernière chance dans les cas aussi perdus que le sien : la coiffure. Tout au plus aurait-il pu également se tourner vers le service de recrutement des brigades antiémeutes mais le prix à payer dans cette hypothèse lui avait paru plus élevé encore et l'acte d'un désespoir trop absolu.

Bernard décida donc d'aller frapper à cette ultime porte et se rendit chez son coiffeur de quartier. Non sans réserve, celui-ci accepta de le prendre à son service comme apprenti en dépit de sa moustache pare-chocs qui en intriguait déjà plus d'un. Il était encore jeune à l'époque, tous les espoirs semblaient permis. Malheureusement, il n'était pas doué à l'excès, c'était un violent euphémisme de le dire. Ni dans le maniement des ciseaux ni dans l'emploi des couleurs et composés chimiques pour traitements capillaires, devenus produits dangereux dans ses mains. Il échoua à l'examen malgré l'extrême facilité de celui-ci et de multiples tentatives. À partir de là, l'insuccès creusa un sillon de plus en plus profond dans son existence. Il eut alors la mauvaise idée de se cramponner au fiasco et de réaliser des coupes à domicile et au noir, sans garantie de résultat et à la nuit tombée. Durant deux années, il se spécialisa sur des coupes extra courtes, cisaillant dans les cheveux de tous les infortunés croisant son chemin. Il ne coiffait que les hommes, jamais plus les femmes qui ne comprenaient rien à son art, se plaignaient même d'effroyables irrégularités quand elles n'allaient pas jusqu'à fabuler des trous béants. La dernière fois qu'il avait coiffé une femme, il s'était tellement offusqué de ses blâmes qu'il n'avait pu s'empêcher d'observer : « Avec une trogne de singe comme la vôtre, que voulez-vous que je fasse encore comme miracle ? ». Chez un homme, par contre, toutes les imperfections ne pouvaient-elles pas se transformer en formidable succès au sabot de deux millimètres ? Bernard, que personne n'appelait encore Trilobite à l'époque, avait au moins retenu cela et en portait une grande fierté. Il s'étonnait simplement que ses clients d'un soir ne fissent plus jamais appel à lui par la suite, malgré le prix modique de ses prestations et le fait qu'une seule coupe par an pût suffire. Rien ne semblait donc en mesure d'entamer son assurance, jusqu'à ce qu'un inspecteur du travail croisât son chemin…

De cette période dédiée à la coiffure, il ne resta en fin de compte à Bernard-Trilobite que sa moustache. Celle-ci dépassait, de loin, la largeur de son museau et lui permettait fort opportunément de masquer sa double absence de personnalité et d'intelligence. La protubérance n'en finissait pas de chercher à compenser ses manques. Lui restituer sa forme chaque matin, façon défenses de pachyderme qui serait rentré bêtement et de face dans un mur, lui prenait un temps fou. Mais le temps était le cadet de ses soucis. Il en avait à l'infini. Et des carences aussi...

Chômeur de longue bourrée comme il aimait à dire de lui-même avec un rictus ayant quelque chose d'irréel, Trilobite pratiquait la déambulation triangulaire entre les trois bars qui se trouvaient à moins de 500 mètres de son foyer d'accueil. Une ou deux décennies auparavant encore, il lui était arrivé de sortir de ce périmètre restreint, gravé dans son esprit à la manière des circuits imprimés, pour se rendre dans une agence pour l'emploi. L'organisme toutefois, dénommé Pile à plat dans l'intervalle par de nombreux détracteurs, semblait avoir été déchargé de tant d'énergie et de sens qu'on le disait ne plus établir de véritables liens... qu'entre demandeurs d'emplois. Était-ce du reste hasard ou pur marketing si l'administration avait changé de nom au moment même où des myriades d'entreprises filaient tout droit dans des pays sans système de protection sociale ? Entre-temps, le machin n'avait guère plus à proposer à ses visiteurs qu'une batterie de questions construites sur le modèle de celles posées aux enfants, visant à savoir ce qu'ils aimeraient bien faire plus tard... quand les entreprises industrielles reviendraient ou quand le tertiaire se serait développé à la place. Trilobite lui-même ne semblait pas assez idiot pour chercher encore le pôle positif de la pile et se projeter dans la fable qu'on tentait de lui instiller dans le cerveau. L'Union européenne était devenue le bastion imprenable de l'ultralibéralisme grâce à la prise de contrôle, par les puissances bancaires, de la Commission européenne qui n'était pas composée d'élus. La France, comme tous les autres pays sous le joug, ne pourrait plus rien faire contre tant qu'elle en serait membre. Mais quelle importance après tout ? Le chômage ne servait-il pas utilement à faire pression sur les salariés en poste ? Il aurait été bien absurde de le combattre... Ainsi stimulé par le système, Trilobite s'était progressivement déconnecté de la société, perdant la face en même temps que ses repères dans le temps. Dès le dimanche soir, l'énergumène était tout à fait capable de vous souhaiter un excellent week-end.

Soudain, Trilobite releva la tête. Patrick et René venaient de pousser la porte du bar. Ils avaient l'air hésitant, un peu comme deux gamins qui préparent un mauvais coup et se retrouvent subitement entourés d'adultes.

— Ce sont mes copains là ! beugla Trilobite avant de se jeter au devant d'eux.

Il faillit en oublier qu'il clopinait et manqua de s'étaler de tout son long sur le plancher. Parvenu à la hauteur des deux hommes, il trépigna nerveusement sur place. On eût dit un vieux farfadet exécutant la danse de Saint-Guy. Puis, après un rapide échange à voix basse avec les inconnus, il revint derechef au comptoir. Une surexcitation indicible déformait ses traits. Ses yeux, qui étaient ceux d'un rat, se noircirent encore davantage sous l'effet de l'euphorie. Il était proprement effrayant.

— Alors donc un demi s'il te plait ! ordonna Trilobite d'une voix forte à Elena.

— Un demi pour toi qui ne bois point à moitié ?

N'est-ce pas dans ta bouche un mot angoissant et laid ?

Et que boivent tes amis qui viennent d'arriver ?

Une bière ? Un verre de vin ? Un café ? Du lait ?

Silence radio. L'homme prit une expression hébétée. Elena venait, sans le vouloir pour une fois, de plonger l'affreux à moustache dans le mutisme. L'effet cependant ne fut que de courte durée et Trilobite repartit discuter avec ses « acolytes » à la table où ceux-ci venaient de s'asseoir. Elena décida de les laisser venir vers elle pour la commande. Tout en contrôlant la propreté de certains verres, elle commençait à s'inquiéter de ce que ses amis ne fussent pas encore là. Une rencontre était prévue à 20 heures avec les nouveaux afin que tous puissent faire connaissance les uns les autres autour d'un verre. Le groupe avait près d'une heure de retard et il devenait de plus en plus difficile de refouler les clients souhaitant prendre place à la grande table qu'elle réservait pour eux. C'est Suyin qui devait entrer la première.

— Bonsoir Elena, fit-elle.

— B… Bonsoir, répondit Elena tout bas, excitée comme une puce sans accepter de le paraître. Ar…Aristot n'est pas là ?

— Si, tu penses bien ! Il me suit partout comme un gentil petit chienchien, il gare la voiture. Tiens, tu vois, le voilà…

Aristot descendit les trois marches qui permettaient d'accéder au bistrot de la rue et salua quelques habitués au passage avant de se diriger vers le comptoir. Arrivèrent ensuite rapidement les autres personnes attendues. Elena invita la troupe à s'installer sans plus tarder puis, aussitôt les manteaux suspendus et sacs déposés ici et là, Aristot prit la parole d'un air mi-solennel, mi-ému :

— Je vous souhaite une chaleureuse bienvenue à tous. Je suis tellement heureux que nous puissions enfin faire connaissance de visu après avoir si longuement échangé sur Internet, sans jamais nous voir à quelques exceptions près. Deux années durant déjà pour certains d'entre vous, quelques semaines seulement pour les plus novices... Nous avons choisi, pour cette première rencontre, de ne pas définir d'ordre du jour. Il nous a paru important, en effet, que le cadre soit le plus convivial possible. Aussi, avant de commander les boissons, permettez-moi de faire les présentations d'usage en indiquant simplement les prénoms et, si c'est ok pour vous, également la profession et le pays d'origine. Cela vous convient comme ça ?

Personne ne s'y étant opposé, Aristot poursuivit en réalisant un tour de table.

— Je commencerai par Elena, debout derrière moi, qui nous accueille ce soir et va nous offrir une tournée dans un instant. Elena est une ancienne comédienne qui nous vient de Suède. À ma gauche se trouve Suyin, ma compagne, qui termine actuellement un doctorat en botanique et est de nationalité chinoise. À ses côtés il y a Finn, chef d'entreprises britannique.

Puis Karole, professeure d'histoire française, accompagnée de son mari américain Jeffrey qui est paléontologue. Après, au bout là-bas, il y a Oliver qui est médecin psychiatre d'origine allemande. Enfin, Cyntia à ma droite, qui est fleuriste et espagnole. Artiste peintre également. Pour ma part, je m'appelle Aristot et suis consultant dans le domaine de la télévision, sans emploi actuellement. Nous sommes un joyeux mélange comme vous pouvez le constater, et ce n'est qu'un début !

Tout à coup, ils entendirent une clameur à la table d'à côté. C'était Gargouille, une sommité du quartier, qui venait de tomber sur son alter ego, Trilobite. L'homme exhalait une odeur âcre rappelant simultanément la viande rance, les vinaigres bas de gamme et la fumée s'échappant des décharges. Les deux numéros se complétaient à merveille. Autant Trilobite pouvait déverser son mal-être à l'envi sur les femmes et les satanés pigeons qui pullulaient sur les trottoirs, autant Gargouille, lui, toujours bien luné, se plaisant à raconter des histoires plus abracadabrantes les unes que les autres. Le nouveau venu eut l'idée saugrenue de venir se glisser entre les deux fraiches connaissances de Trilobite qui firent la moue.

— Vous êtes qui ? demanda Gargouille aux inconnus, si fort que tous les clients du café purent l'entendre.

— Alors, Patrick là et René là, mes copains à moi, répondit Trilobite à leur place.

— Et ils font quoi ? reprit Gargouille, cette fois en se tournant vers Trilobite.

— Ah, alors là je ne sais pas… C'est vrai donc au fond, vous faites quoi ? fit Trilobite en s'adressant aux deux hommes.

— On… on écrit, répondit celui qui s'appelait Patrick.

— Des livres ?! interrogea Gargouille.

— O… Oui c'est ça, des livres, déclara René avec une expression insondable dans laquelle se mêlaient embarras et timidité.

La mine déconfite de l'individu jurait singulièrement avec sa physionomie de guerrier. Il semblait taillé dans le roc, avait le crâne presque entièrement rasé et portait un gilet de chasseur laissant apparaître des bras imposants et tatoués dans tous les sens.

— Moi aussi ! exulta Gargouille. Moi, poursuivit-il, j'ai passé dix ans de ma vie à corriger puis réécrire *Artamène ou le Grand Cyrus*. Douze heures par jour, même le week-end !

— Ah bon ? intervint Aristot qui tournait le dos à l'original et se dévissa presque la nuque pour s'adresser à lui. C'est le plus long roman de toute la littérature française ça... En outre du XVIIe siècle, ce n'est plus tout récent... Et alors ? Vous avez publié une refonte du texte ?

— Non, au terme de mon travail de révision j'avais remplacé la totalité du texte d'origine... Je n'ai pas laissé une seule virgule en place. L'ouvrage était rédigé de façon si pataude, l'ensemble si maladroitement agencé. Et j'ose là à peine évoquer les tares de l'intrigue, les personnages sans épaisseur, l'infidélité des descriptions... ! *Mon* ouvrage est finalement devenu un bestseller sous un autre titre, notoirement plus court et parlant. Ne me demandez pas lequel, je ne m'en souviens plus avec exactitude entre-temps. J'ai réalisé tellement d'autres belles choses depuis !

— Ah oui ? Quoi, par exemple ? questionna Aristot, le cou toujours inconfortablement vrillé sur le côté, qui connaissait la réputation du drôle.

— Je détiens le record de plongée en acné, répondit Gargouille.

— En apnée plutôt non ? le corrigea Aristot.

— Oui, c'est ça, fit l'homme qui semblait n'avoir pas même écouté.

Comme si aucune conversation n'eut été engagée, Gargouille se leva soudain pour se diriger vers les toilettes.

— Avec ce genre de loustics on ne sait plus si on doit rire ou pleurer... fit Aristot en se tournant à nouveau vers le groupe.

— Eh bien... vive l'alcool... releva Oliver, c'est un excellent fonds de commerce pour Elena.

— Pas de bol, fol, alcool, guignol, picole, mariole, lol, débita Elena.

— L'air de rien, Elena vient de vous résumer la vie du gaillard, dit Aristot en ricanant artificiellement comme pour sortir la femme d'une impasse.

Aristot ne pouvait s'empêcher de ressentir une gêne lorsque son amie s'exprimait ainsi en présence d'inconnus. Il continua :

— Gargouille est un ancien prof de maths qui a pété quelques fusibles un jour de grand chahut dans sa classe. Incroyable mais vrai, il est comme ça, saoul au naturel, même sans avoir rien bu...

— Alors elle est vraiment bonne ta bière là ! braillа tout à coup Trilobite du bout le plus éloigné de l'autre table.

— Et celui-là ? demanda Cyntia le plus discrètement possible.

— Trilobite ? Il vient du Jura, dit Suyin d'un air évasif, comme si l'explication se suffisait à elle-même.

— Et les deux autres avec eux ? poursuivit Oliver. C'est étrange, on dirait qu'ils sont ensemble... sans l'être vraiment.

— Exact, nota Jeffrey.

— Je n'en ai aucune idée, fit Aristot, on les croirait sortis d'un film...

— En tout cas, c'est fou ce que votre Gargouille me fait penser à nos politiciens un peu partout dans le monde, dit Oliver pour embrayer sur un autre sujet. En se plaçant de la sorte dans le feu des projecteurs, ils me semblent chercher à contrebalancer tous, ou presque, de lourds problèmes de personnalité. Peu importent alors les conneries et mensonges qu'ils ont à nous servir, même s'ils savent ou se doutent bien, aussi, que nous savons... Seule l'intensité de la lumière compte pour eux, pas leur crédibilité, pas les idées ni les projets de société qu'ils n'ont pas, de toute façon, pour les populations. Ceci est pour moi le signe par excellence qu'ils ont, pour la plupart, de graves déficits à compenser. Une personne équilibrée, elle, se tournera de manière naturelle vers des zones moins exposées, plus relaxantes et sécurisantes, d'autant plus si elle a conscience de n'avoir rien de tangible à proposer aux gens, que des phrases vides à énoncer... Qu'en pensez-vous ?

— C'est très logique, répondit Karole. Quels problèmes de personnalité vois-tu en particulier ? On peut se tutoyer n'est-ce pas ?

— Oui bien sûr, dit Oliver. Pour que quelqu'un recherche la lumière des spots à ce point, il suffit qu'il ait été dans l'ombre de façon prolongée ou à un moment crucial de son existence. Souvent il y a des deux et les problèmes sont anciens. Imagine un enfant que l'un au moins de ses parents rejette ou, tout simplement, ne prend pas en considération, *ne voit pas* littéralement... C'est le cas notamment lorsqu'une mère ou un père s'empêtre, patauge, se dilue même parfois, dans ses propres difficultés d'ordre psychologique et émotionnel. Que va faire le môme puis l'adulte qu'il deviendra plus tard s'il ne travaille pas sérieusement dessus avec le soutien de professionnels ?

— Tout pour qu'on le regarde, l'apprécie, l'admire, le vénère... selon la profondeur et le degré de la problématique, répondit Finn.

— Exactement. Et s'il n'y parvient pas ? demanda Oliver.

— C'est la catastrophe et il essaiera ensuite, par *tout moyen* et jusqu'à sa mort, d'accumuler les preuves qui démontrent ce dont il est furieusement en recherche ! s'exclama Finn qui semblait décidément bien connaître le sujet. Ça ne s'atténuera ou cessera effectivement que s'il a la volonté et la force de s'attaquer au truc... Ce n'est pas nécessairement évident !

— Eh oui ! Mais là je crains que l'on me reproche bientôt de chercher des patients, s'esclaffa Oliver.

— En tout cas, les banques et grands groupes font justement la part belle à ce type de personnalités dans les médias qu'ils contrôlent, c'est-à-dire la plupart, ajouta Aristot. Les politiciens en question sont dans la lumière à la place des vrais décideurs qui préfèrent se cacher, ce qui correspond opportunément aux besoins des uns comme des autres. Ces personnalités avides d'éclat, par ailleurs, ne courront jamais aucun risque de faire la moindre chose de travers du point de vue de l'oligarchie financière, qui les soustrairait aussitôt au feu des projecteurs. Dans une telle hypothèse, elles percevraient soudain leur vie entière comme fichue et s'écrouleraient comme des châteaux de cartes. Voilà le moteur essentiel de l'inaction au-delà des carottes : la peur d'être retiré du spectacle.

— Elena ! entendit-on meugler à la table d'à côté.

— O...Oui ?

— C'est quoi un Indigné ils demandent les deux-là... ? chercha à savoir Trilobite.

De toute évidence, les inconnus en sa compagnie ne s'attendaient sûrement pas à ce qu'il relayât leur question et ne savaient plus où se mettre. Le fameux Patrick rougit jusqu'à la pointe des oreilles pendant que son compère se tordait nerveusement les doigts à en rompre les jointures.

— C'est quelqu'un, répondit Aristot, qui pose ses fesses sur le pavé. Parfois, pour changer, il se met à courir ou reste debout dans la rue toute la nuit ; ça c'est quand il est vraiment très fâché. Il n'a pas d'autre plan ni même d'idées souvent... mais il parle pour en avoir un jour...

— Et nous alors là, on est des Indignés ? relança Trilobite.

— Est-ce qu'on court là ? Est-ce qu'on est assis par terre dans la rue ? Debout, dehors dans la nuit obscure ?

— Non...

— Donc ???

— On n'est pas des Indignés !

— Voilà, c'est ça !

— Et ils m'ont demandé vos noms là aussi...

À ces mots, les deux hommes s'apprêtèrent à quitter les lieux, complètement dépités.

— Attendez encore un peu Messieurs, les interpela Aristot. Ne partez pas avant que nous ayons détendu, un tant soit peu, cette atmosphère que je sens se crisper douloureusement. Bernard et Gargouille, vous nous chantez *la* chanson s'il vous plait ?

La scène était à mourir de rire. Sans se faire prier, Trilobite et Gargouille se levèrent de leur siège avec la plus grande solennité, inspirèrent un bon coup puis, au commandement de l'ancien prof, entonnèrent :

— Dansons la Carmagnole
Vive le son, vive le son
Dansons la Carmagnole
Vive le son du canon !

Trilobite affectionnait tout particulièrement ce chant. Sans doute parce qu'on y parlait de gnôle, qui plus était, bonne pour son karma. De boire un canon aussi d'après ce qu'il en comprenait vaguement.

— Elle est légale cette chanson ? demanda Patrick à René à voix basse, au moment de sortir.

— Bizarrement il me semble que oui... Ça ne te dit pas quelque chose ? demanda René en retour.

— Non... En tout cas on a réussi !

— Comment ça ?

— On sait au moins que ces gens-là ne sont pas des Indignés et pourquoi ! constata Patrick.

— Personnellement je trouve tes indices niais, dit René. Mais bon... on remontera ça au chef. C'est mieux que rien.

— Messieurs ! clama une voix féminine derrière eux, du fond du bar.

— Oui ? fit René.

— Vous avez oublié un carnet de notes sur une chaise... annonça Suyin à l'homme qui vint le récupérer.

— Bernard ! claironna Aristot à Trilobite quand les deux agents de police furent partis, je t'offre un verre de la boisson de ton choix, tu l'as amplement mérité...

Le curieux bonhomme lui retourna son sourire d'un air éberlué. Il n'en croyait visiblement pas ses oreilles.

— Une *Suze* pour moi alors ! Avec des glaçons à sucer ! hoqueta-t-il après une dizaine de secondes, temps dont il eut besoin pour dévorer des yeux les étagères lumineuses sur lesquelles reposaient les inestimables et scintillantes bouteilles du bar.

Après l'avoir sifflée d'un trait, il demanda à Suyin :

— Dis donc Suz...in, c'est qui Trilobite du Jura dont tu parlais là j'ai entendu ? C'est drôle ça alors comme nom...

19 KHA

— Charpentier, je suis fortement déçu des résultats de votre travail.

— Nous faisons avec les moyens réduits dont nous disposons, Monsieur le Directeur. Ne m'aviez-vous pas dit *vous-même* qu'il ne fallait pas puiser dans nos meilleures ressources pour cette mission ?

— *Jamais* je ne vous aurais dit une telle chose ! Il vous faudra acquérir rapidement quelque talent pour interpréter ce que l'on vous commande mon garçon. Pourquoi cette fille n'a-t-elle donc pas réussi à s'infiltrer à la tête de ce groupe ? D'où provient l'échec ?

— Sauf votre respect, Monsieur le Directeur, elle ne brille pas particulièrement pour ses compétences ni pour son discernement...

— Vous savez bien que c'est la fille d'un député... C'est à vous qu'il revient de la former convenablement et de la mettre à niveau. Vous en paierez le prix lourd si vous n'y parvenez pas. Quant à ce « rapport » de trois lignes, par ailleurs, qui nous a été remonté par les services de police, c'est proprement ridicule. S'il n'avait été bourré de fautes d'orthographe, je n'aurais sans doute pas même eu la curiosité ni le goût de le déchiffrer jusqu'au bout...

— Je rejoins tout à fait votre avis, Monsieur le Directeur. Réduire les critères d'identification d'un Indigné à sa faculté à courir, veiller ou encore poser son séant sur un trottoir sans le moindre amour propre, semble si candide, si simplificateur et sot...

— Infiniment débile vous voulez dire ! L'extrême bêtise de nos collègues de la police nous mène cependant à un constat inéquivoque : les Indignés n'ont jamais été en capacité de faire autre chose que ça ni de mettre en place une démarche concrète. Et ce n'est pas pour demain ! Il est vrai qu'investir de grandes places et les rues par beau temps, de jour comme de nuit, est à la portée de tout le monde. Même à moi il arrive d'y musarder une ou deux fois l'an avec mon assoupissante épouse. Passons maintenant à ces Intrépides, tels qu'ils se dénomment sur Internet. Savons-nous au moins s'il s'agit des mêmes qui se sont rencontrés récemment dans ce bar, cité dans le procès-verbal ?

— Cela n'a pas encore été démontré. Il semblerait, qu'après avoir déterminé l'horaire le plus favorable à l'aide d'un outil de planification, ils communiquent exclusivement par téléphone pour préciser les lieux des rencontres. Ce que nous pouvons affirmer avec certitude toutefois, est qu'ils viennent de se rencontrer, pour la première fois, à une dizaine d'endroits différents en France, en Espagne également, au Royaume-Uni, en Allemagne ainsi qu'aux États-Unis et à Taïwan. Tout cela à quelques heures d'intervalle seulement. À noter que l'ensemble de leurs publications sur le net sont traduites aussitôt dans les autres langues parlées dans ces pays. Ce sont cinq langues au total, permettant de toucher au moins la moitié de la planète...

— Comme vous y allez... Sachez en tout cas Charpentier que vous êtes très isolé dans vos prises de position. Personne d'autre que vous dans les services ne se cramponne autant à l'idée que ces gens seraient à prendre au sérieux...

— Les Américains en sont aussi totalement convaincus. N'auriez-vous pas reçu un coup de fil récemment ?

— Comment savez-vous cela, Charpentier ?!

— Il m'arrive de travailler pour les renseignements, Monsieur le Directeur.

— Je n'aime point votre ton et vous le savez. Est-ce donc vous qui avez manigancé ce tour ? Afin d'exercer une pression sur moi ?

— Aucunement, les Américains sont assez grands pour cela.

— Grands, je ne sais pas. Paranoïaques assurément.

— La paranoïa est un sous-produit direct des coups tordus. Et ils en sont les champions toutes catégories, même si nous ne nous défendons pas mal également sur ce terrain.

— Espèce de retors... Que savez-vous Charpentier ?

— Qu'ils perçoivent la démarche élaborée par ce groupe comme habilement pensée et structurée. Qu'elle pourrait, une fois engagée, fonctionner à la manière d'un cheval de Troie auquel rien ne pourrait plus résister. Que le fait, pour nous, de connaître le projet à l'avance n'y changerait absolument rien, sauf si nous intervenons *immédiatement*. Enfin, que n'importe qui ou presque dans la population peut l'enclencher.

— Quelles en seraient les conséquences les plus dommageables ?

— Les nouveaux élus ne seraient plus pilotables. Il deviendrait même impossible d'anticiper jusqu'à leur identité...

— Et quelle serait la solution selon nos alliés ?

— Tuer dans l'œuf le dispositif imaginé pendant qu'il en est encore temps. S'il venait à être connu dans des cercles plus larges, il serait trop tard...

— On sait ce qu'ils entendent par là. Tuer n'a pas de sens figuré aux États-Unis... Moi qui restais convaincu que cette deuxième lignée de fouteurs de merde n'avait pas plus de jugeote que les Indignés... Une dernière fois Charpentier : êtes-vous certain qu'il ne s'agit pas plutôt d'un jeu de rôles puéril entre « adultes » ? Ce sont de jeunes petits cons pour la plupart, n'est-ce pas ?

— Toutes nos sources le confirment de façon concordante, Monsieur le Directeur.

— Que ce sont de jeunes petits cons ?

— Non. Euh si... enfin... qu'ils ont un potentiel de nuisance colossal, à la fois pour nos hommes politiques et les institutions financières. Concernant leur âge moyen, nous n'avons pas encore agrégé toutes les informations. Il semble qu'au moins deux générations soient représentées et que les initiateurs soient plutôt jeunes en effet. Toutefois, il n'existe pas de meneurs à proprement parler. C'est ce qui nous empêche d'intervenir auprès de l'état-major du mouvement, comme nous pouvons le faire si facilement en temps ordinaire. L'aspect inédit du dossier réside aussi dans le partage d'une méthodologie d'approche par-delà les tendances et clivages politiques courants. Chaque membre représente une tête de l'hydre à lui tout seul...

— hmmm... eu égard aux mesures que nous pourrions être amenés à prendre, j'espère que vous ne vous trompez pas. Non, je reprends : j'espère, pour vous, Charpentier, que vous ne m'entourloupez pas, si vous voyez ce que je veux dire.

— ...

— Vous avez pris une initiative qui, certes, ne dépasse pas le cadre de vos fonctions mais qui me semble pour le moins prématurée... il n'y avait pas le feu à la boutique tout de même ! L'email que vous avez adressé en copie au cabinet du ministre, sans que nous en eussions débattu auparavant, c'était une chose, mais là... on est entré par la grande porte dans l'irréparable. Je ne sais pas si je pourrai vous couvrir encore longtemps...

— Mais je puis vous assurer, Monsieur le Directeur, que je n'ai pas pris l'initiative de contacter les Américains ! Il me semble simplement, ici, que la prudence s'impose en tant que maître mot. Le dilemme est bien que nous ne pouvons nous permettre de perdre un seul jour. Dans cette affaire, la prise d'option doit être immédiate. Les nouvelles technologies échappent, pour l'essentiel, à notre contrôle dans leur puissance de diffusion. Elles modifient l'ensemble du paradigme et de nos contraintes d'intervention. Si nous ne faisons rien, je suis certain que vous aurez des raisons de me le reprocher un jour. Et, vous me connaissez, je n'aime pas souffrir.

— Encore et toujours votre humour si détestable... Passons maintenant à votre... comment s'appelle-t-il déjà ?

— Kha...

— Oui c'est ça. Kha. Pourquoi un nom pareil ?

— Pour préserver son identité.

— Vous me prenez encore pour un con ?

— C'est une lettre tirée de l'alphabet Devanagari.

— Vous m'en direz tant… ça sort d'où ce machin ?

— C'est celui utilisé en Népali, au Népal si vous voulez.

— Ah oui… Bon. Mon cher Charpentier, n'essayez pas de m'en imposer, je vous prie, avec vos deux doctorats et votre bagage culturel de grand voyageur acquis aux frais de l'État. Le pays vous a financé vos études et vous rémunère grassement. Si vous n'avez jamais été méritant, soyez au moins reconnaissant aujourd'hui. C'est moi qui suis du bon côté du bureau et le patron ici. C'est également à moi qu'il reviendra prochainement de décider d'infléchir ou non votre trajectoire d'ingrat dans nos services. Et cela arrivera plus rapidement que vous le croyez à la moindre connerie portant préjudice aux intérêts de nos amis. N'allez pas imaginer une seconde que je sauterai à votre place si cela se produit un jour. Vous êtes là pour ça non (*rire gras et prolongé*) ?

— …

— Pourquoi, dites-moi, avons-nous besoin de recourir à quelqu'un de l'extérieur ?

— Pour deux raisons très simples, Monsieur le Directeur…

— Donc même moi je vais les comprendre, c'est ça que vous insinuez ?

— Il… me semble inutile de rappeler que nous avons un certain nombre de bras cassés dans nos équipes. Par ailleurs, nous avons d'ores et déjà projeté de faire éliminer cette personne le moment venu, une fois sa mission accomplie. Ainsi, il n'y aura plus après, ni traces subsistantes ni aucun témoin potentiellement compromettant. Les enjeux sont bien trop importants, comme vous l'avez fort justement souligné. Devoir supprimer un collègue n'est jamais une chose très motivante pour les autres. Tout se sait un jour ou se reconnait à la méthode de travail maison utilisée. Aussi, nous souhaiterions éviter de faire les choses en interne si cela vous convient.

— Et ce Kha, quelle méthode utilise-t-il ?

— Nous l'ignorons. Mais il est très efficace. Ce gars est une tombe pour les autres. Il a déjà 27 éliminations commandées et répertoriées à son actif.

— Est-il fiable ?

— C'est un demeuré sans la moindre autonomie de réflexion mais à l'antériorité sans l'ombre d'une tache. Il n'a aucun ami, aucune famille s'intéressant véritablement à lui. Il peut disparaître du jour au lendemain. Personne ne s'en formalisera.

— C'est très bien ça. Convoquez-le pour qu'on l'évalue de plus près. Pas de trace surtout. Détachez vos hommes.

— Euh… Je vous laisse… j'ai un appel sur ma ligne prioritaire.

20 BONHEUR ÉCOURTÉ

Le petit jour était prometteur. Au-dessus des brumes que les bois exhalaient au loin, quelques rares nuages effilés striaient le ciel. Le zoo était encore pris dans la torpeur du sommeil. S'il n'y avait eu cette odeur âcre et humide des fourrures endormies dans l'air, on eût cru se trouver dans un songe.

Il était éveillé depuis de longues heures déjà, à l'affût de tout bruit ou mouvement qui put paraître suspect. Une batte de baseball flambant neuve à portée de main, il se sentait fort, invincible. Il avait absolument tenu à ce que celle-ci soit en alliage d'acier d'un rouge éclatant. Ainsi, elle pouvait être vue de loin et repousser les intrus, sans qu'on eût besoin d'engager une conversation échauffée avec eux. Elle était réputée incassable aussi, il l'avait lu sur l'emballage, quelle que fût la solidité des épaules ou des crânes sur lesquels elle s'écraserait – ça, ce n'était pas sur le paquet, mais dans sa tête.

Soudain, il vit deux silhouettes surgir au loin dans la rue qui conduisait au centre-ville. Se rendaient-elles à la boulangerie à proximité qui ouvrait dès 5 heures 30 ? Il attendit, à demi dissimulé derrière le tronc d'un robuste chêne, le regard rivé sur les gêneurs à l'approche. Ils avaient dépassé les commerces maintenant. Nul doute qu'ils se dirigeaient vers le parc. Il s'agissait de deux hommes, vêtus de costumes sombres, avec une dégaine composite de soldats et mafieux à la fois. Portaient-ils des oreillettes ? C'était difficile à distinguer à une telle distance. Leur regard circulaire les révélait. Personne ne marchait ainsi en pleine rue dans la vie normale. Deux ou trois minutes s'écoulèrent.

— Sors de là, on t'a vu ! fit l'un des deux hommes, une fois qu'ils furent parvenus à une dizaine de pas de la grille.

— Qui... va là ? répondit une voix timorée de derrière l'arbre au moins bicentenaire.

— Allez, ne fais pas le con, on vient te chercher, dit le premier

— Et on a pas que ça à faire ! s'exclama le second. C'est plutôt paumé ici et euh... on a fait pas mal de route. Rien que pour toi.

— Pour... pourquoi vous portez des lunettes de soleil à cette heure-là ? chercha à savoir l'homme, toujours dissimulé, comme s'il forçait artificiellement ses cordes vocales pour lui donner plus de timbre.

— Tu en as des questions à la noix ! répondit l'un des deux individus qui s'était rapproché.

— Vous venez... me chercher... pour quoi faire ? demanda la voix qui, ostensiblement, perdait de plus en plus d'assurance. Cette fois, l'homme en hoquetait presque.

— Tu sais très bien pourquoi... dit le visiteur le plus près, tout en adressant un regard interrogateur à celui situé plus en retrait. Ce dernier plaça aussitôt sa main droite à proximité de son holster, prêt à se saisir de son arme de poing.

C'est à ce moment-là qu'apparut une autre silhouette, cette fois à l'intérieur du zoo. Encore floue celle-là, à peine visible. Elle se trouvait sous le couvert de sinistres bâtiments administratifs en béton. L'homme à la batte, habitué des lieux, la repéra immédiatement. Il sut aussi qu'on l'avait vu. L'ombre disparut dans les broussailles à la vitesse d'un éclair.

— Alors ? Tu te décides ou pas ? reprit l'un des deux individus.

— Euh... devons-nous repartir sans toi ? demanda le second.

— O... oui, s'entendirent-ils répondre de derrière le chêne, d'un ton maintenant chevrotant.

— C'est une blague ? fit celui placé le plus à l'avant.

— Euh... tu te... n'eut pas le temps de finir le second.

Une main de fer venait, par derrière, de le saisir par le menton à lui en décrocher la nuque, pendant qu'une autre lui subtilisait son arme.

L'homme situé le plus près de l'arbre se retourna vers son comparse puis, comme si la situation n'avait absolument rien d'inhabituel ni de dangereux, s'exclama :

— Salut Aldo… mais… c'est qui alors derrière ce fichu chêne ?

— On s'connait ? demanda le visage collé à celui de l'individu en difficulté qui, très professionnel, presque relax, ne bronchait pas.

— Bien évidemment ! Tu nous as sauvé la vie deux fois en opération.

— Ça pourrait vite changer si vous menacez mon collègue.

— Mais nous ne menaçons personne. C'est ce gars, là, qui se planque. On croyait que c'était toi. Nous sommes venus te chercher. Tu es convoqué à la centrale. Tu ne nous reconnais pas ?

— Nan. J'reconnais pas les gens. Ils m'intéressent pas, répondit Aldemor abruptement.

— Oui mais bon… Pourtant tu leur sauves la vie…

— J'fais mon job. D'autres fois c'est l'inverse… Alors on s'est connu quand dis-moi ?

— Tu veux vraiment vérifier notre identité c'est ça ?

— Ouais, logique.

— On a livré des armes et formé des gens ensemble. Une fois, il y a quatre couillons qui se sont fait sauter avec une charge, avant même qu'on ait le temps, toi et moi, de leur expliquer comment ça marchait. Pourtant, on les avait prévenus la veille. On a cru ensuite tous les deux qu'ils nous avaient mal compris, à cause de notre mauvais anglais. Je n'en dirai pas plus en présence de tiers au service…

Aldemor se souvenait, vaguement. Il n'avait pas pour habitude d'encombrer sa mémoire avec des choses et des « comiques » qui ne le captivaient pas, c'était peu dire.

— Gil ? fit Aldemor. Tu peux sortir de ta cachette.

Un homme chétif, vêtu d'une salopette vert pomme, de chaussures de chantier souillées de terre et d'une casquette rouge, apparut. Son visage semblait liquéfié par la peur.

— T'as rien à craindre !

— T'es sûr ?! Hein ?!

— Ouais.

— Hein ?!

— Ouais j'te dis !!! Ils sont pas plus fous qu'moi, déclara le colosse.

— Euh… nettement moins que toi tu veux dire, ricana le militaire qu'Aldemor venait de relâcher et qui dodelinait de la tête, d'un côté puis de l'autre, pour libérer celle-ci des tensions accumulées.

— Gil ? C'est ça ? s'assura l'autre soldat.

— Oui, répondit Gil timidement.

— Si tu tiens un jour à survivre en environnement hostile… un conseil… habille-toi avec des fringues moins voyantes. On t'a vu à un kilomètre déjà tout à l'heure.

Aldemor alla ouvrir l'imposant cadenas qui fermait les deux battants du portail principal situé à proximité. Les autres collègues n'allaient plus tarder et notamment Georgina, la caissière, qui arrivait toujours en premier. Il revint ensuite vers ses visiteurs, se planta devant eux et attendit patiemment qu'ils lui communiquent des informations complémentaires au sujet de la fameuse convocation. Il n'était pas pressé. Il n'avait jamais été pressé. L'impatience est pour le fou disait le vieil adage. C'était son principe de vie.

Les deux hommes, pour leur part, le regardaient avec une bienveillance mêlée d'une admiration évidente. Sans cette force de la nature qui se tenait devant eux, ils le savaient bien, ils n'auraient plus été de ce monde depuis bien longtemps. On le lisait aisément dans leurs yeux. Ils iraient décrocher la lune s'il le fallait pour lui. L'engagement, les uns envers les autres, de militaires qui avaient combattu ensemble était total. Comme ils n'avaient toujours pas soufflé mot au bout de quelques minutes, Aldemor partit en pensée sur une mauvaise piste. Que pouvait-on bien lui reprocher ? D'avoir malmené quelqu'un d'important un jour sans le savoir ? On ne faisait pas d'omelette sans casser quelques œufs... Entre-temps, il y avait même deux mots bien pratiques pour ça. On parlait de dommages collatéraux.

— J'ai fait quoi ? finit-il par demander, curieux d'en apprendre davantage. Oublié de rendre un slip avec mon paquetage ? On pense que j'ai gardé des grenades à plâtre ?

Les grenades à plâtre étaient utilisées au cours des exercices dans les armées. Presque inoffensives, mais pas sans risques, il arrivait que des soldats en conservent illégalement pour s'amuser à des fêtes entre copains. Piéger des toilettes, une porte, un placard... pouvait être absolument hilarant. Pour certains en tout cas.

— Non, rien de tout ça Aldo. La direction aurait simplement quelques menus services à te confier. Elle tient à t'exposer, de visu, de quoi il retourne. À toi ensuite d'accepter ou non les missions...

Aldemor avait l'habitude de ce langage épuré et presque académique pour parler de choses qui l'étaient beaucoup moins. Il ne lui vint pas même à l'esprit d'exiger plus de détails sur-le-champ. Ni d'invoquer le fait qu'il avait un contrat de travail à respecter. Ni, encore moins, de refuser de repartir avec ces hommes dans la minute. Non parce que cela lui était gentiment demandé mais parce qu'un ordre était un ordre. Ce n'était pas discutable ni négociable. Il faisait et ferait à jamais partie de sa vieille unité. Il alla donc ranger ses affaires, se changea sans s'être même décrassé, referma soigneusement son armoire personnelle puis remis la clef à son crochet habituel. Son service s'achevait de toute façon. Aldemor donna quelques dernières instructions à Gil en le priant de candidater à son poste auprès de Ghjuvanni, en se recommandant de lui surtout. Puis il partit flanqué des deux soldats, non sans avoir jeté un dernier coup d'œil, plein de tristesse, à l'adresse des moutons qui gambadaient déjà aux abords de la caisse.

21 KHACHOTTERIES

La centrale était un ensemble de bâtiments lugubres, construits à la va-vite un demi-siècle auparavant. Son architecte avait recherché le monumentalisme et le massif, fondant ses choix sur quelque vision d'école bien fumeuse. Ses occupants, pour leur part, avaient trouvé une horreur. Le béton, qui ne reçut jamais d'apprêt, était barbouillé de ce vert-bleu que connaissent les matériaux en état de décomposition. Trop proche de la surface, le maillage en fer s'était oxydé aussi, traçant d'interminables sillons de rouille de haut en bas. À l'intérieur de l'ouvrage, d'énormes fissures étaient apparues au fil des années. Certains, parmi les plus proches des responsabilités, invoquaient un affaissement spontané et imprévisible du sol. D'autres, moins solidaires, voyait la vraie cause du désastre dans la proximité avec le fleuve de la gigantesque plateforme pour hélicoptères, que l'on avait cru bon de planter dans le toit du bâtiment principal. Supportée par une structure métallique circulaire, écrasante, hypertrophiée, la zone d'atterrissage était proprement inutilisable, du fait de son exposition à des vents trop puissants que personne n'avait pris en compte au départ. L'argent économisé sur l'ouvrage avait été intégralement injecté, si ce n'était davantage encore, dans la réalisation d'un gadget inexploitable.

Il était prévu qu'Aldemor fût conduit directement dans l'antichambre du haut responsable qu'il devait rencontrer. Ses accompagnateurs prirent grand soin d'éviter qu'il parlât à quiconque en chemin. Une fois passé le sas de sécurité, on lui fit gravir un grand escalier jusqu'au 4e étage puis arpenter d'interminables couloirs avant de lui faire prendre place sur un banc en bois à l'aspect rustique, dans un bureau délesté de tout superflu. Les deux agents, telles des mécaniques bien huilées, s'assirent aussitôt à ses côtés. Si Aldemor n'avait pas eu les mains libres et paru capable de broyer ces hommes d'une simple étreinte de ses bras puissants, on eût pu dire qu'il s'agissait d'un prévenu flanqué de deux policiers, dans l'attente de passer devant un juge. Quelques minutes s'écoulèrent dans un silence de plomb. Puis une assistante, au visage ténébreux et à la tenue des plus classiques, apparut, comme sortie de nulle part, pour l'accueillir.

— Monsieur Torchebœufs va vous recevoir, fit celle-ci glaciale à l'adresse d'Aldemor, sans le saluer.

La femme pressa ensuite Aldemor de la suivre avec une intonation grinçante de porte de prison. Le colosse se redressa aussitôt et lui emboîta le pas, laissant son escorte sagement assise derrière lui. Elle le fit pénétrer dans un bureau spacieux et richement aménagé. Les meubles étaient de style Louis-Philippe. Quelques tableaux, trop rapprochés les uns des autres pour laisser supposer que le bon goût et autre chose que le hasard fussent à l'œuvre, mettaient en scène un joyeux méli-mélo de promenades en barque, danseuses en tutu, chasses à cour et autres divertissements. Aldemor se plaça, au garde-à-vous, au milieu de la pièce dans laquelle se trouvaient trois hommes. Le premier, à l'apparence d'un kobold boursouflé et mal luné, était engoncé dans un fauteuil de cuir – dont on se demandait comment il allait bien pouvoir en ressortir – derrière un immense bureau qui le faisait apparaître encore plus petit que nature. Le second tournait le dos à Aldemor et était assis sur l'un des sièges devant le bureau. Il semblait attendre que le premier finît de consulter un volumineux dossier qu'il avait en main et sur lequel on pouvait lire aisément trois grosses lettres capitales : KHA. Le troisième enfin était, sans l'ombre d'un doute, un cerbère lambda qu'un ordre avait placé à 20 cm de la cloison sur la droite, entre quelques femmes au bain dans une rivière et une représentation pastorale avec autant de vaches.

— Repos ! ordonna le petit bout d'homme de dessus son siège qui, de toute évidence, était équipé d'un rehausseur. À cet instant encore, il n'avait toujours pas relevé la tête.

— Vous n'avez pas pris de douche depuis combien de temps ? poursuivit l'homme, cette fois en détachant son regard du document entre ses mains pour pouvoir fixer Aldemor de ses petits yeux morts.

— Hier M'sieur, répondit ce dernier, imperturbable.

— On dit « *Mon*sieur le Directeur », fit l'homme. Vous sentez la bête fauve. Vous faites quoi en ce moment ?

— Je balaie dans un zoo la nuit, M'sieur le Directeur, répondit l'armoire à glace.

— J'imagine que, de nuit, c'est beaucoup plus pratique pour voir les canettes et les mouchoirs par terre… n'est-ce pas ?

— Si on m'l'a demandé, M'sieur le Directeur, c'est que ce doit être exact.

— Écoutez-moi… Kha…

— Aldemor d'Âvre, M'sieur le Directeur.

— Plaît-il ?

— Mon nom n'est pas Kha, M'sieur le Directeur, mais Aldemor d'Âvre.

La demi-portion parut interloquée et fixa l'homme assis devant lui d'un air mi-intrigué, mi-sévère.

— Personne ne vous a rendu attentif à votre nom de code jusqu'à présent… Kha ?

— Nan, M'sieur le Directeur.

— Bien, sachez désormais que vous vous appelez Kha chez nous. Pourquoi avez-vous quitté les Mouettes de mer ? Nous avons besoin de saisir, un tant soit peu, la cohérence qui se dissimule si habilement dans votre plan de carrière.

— Pour m'occuper d'animaux, M'sieur le Directeur, ça a toujours été mon rêve.

— Alors pourquoi ne pas avoir choisi de le faire d'entrée de jeu ? Pourquoi, dans ces conditions, être entré chez les Mouettes de mer à l'époque ?

— Pour m'occuper de mouettes, M'sieur le Directeur,

répondit Aldemor.

— Vous… vous pensiez que… les Mouettes de mer étaient… de vraies mouettes ? continua le petit homme, jetant un regard indiciblement toxique sur son visiteur.

— Ouais, M'sieur le Directeur.

— Comme je peux le constater, cela ne vous a point empêché de faire du très bon travail au fil des ans. Excepté pour certains… détails disons, vos notes sont excellentes. Les photos de vos… réalisations témoignent d'un sens inné de la perfection, même si parfois il est vrai, vous n'y allez pas de main morte. Les résultats sont probants dans tous les Kha, si vous me permettez ce jeu de mots distrayant (*ricanement forcé*).

— J'obéis aux ordres, M'sieur le Directeur, remarqua simplement Aldemor.

— Et c'est très bien ainsi. D'autant que ce sont les miens ou qu'ils sont réputés comme tels. Passons sans transition au sujet qui nous préoccupe. Savez-vous conserver les secrets ?

— Nous sommes les Mouettes muettes,

Agir en silence, tuer les lopettes, déclama Aldemor comme un enfant réciterait sa leçon.

— Ah, je ne la connaissais pas encore celle-là. C'est plutôt… joli. Continuerez-vous à servir la nation à l'avenir ? poursuivit l'homme sur un ton affecté.

— Ouais, dit Aldemor sans la moindre hésitation.

— Même si les créatures que vous auriez à liquider ne sont pas des mouettes, et encore moins des soldats, telles les Mouettes de mer, mais… des civils ?

— Surtout si y a pas de vraies mouettes à abattre, M'sieur le Directeur.

— Bien, très bien, fit le haut responsable. Sachez, pour votre gouverne, que nous envisageons une opération tout à fait atypique, inédite même. Il y aurait au moins une cinquantaine de cibles. Notre contrainte première serait qu'un seul et même agent s'y attelle. De quoi vous rendre presque fortuné, Kha, dans la mesure où nos commandes vous seraient passées hors contrat d'engagement classique. La seconde exigence est que vous ne devriez laisser absolument aucune trace derrière vous. Les proches des disparus devraient demeurer dans le clair-obscur et rester libres d'imaginer une absence provisoire. Voyez-vous, dans l'ensemble, la différence d'avec les affaires dont vous avez été chargé jusqu'à ce jour ?

— Ouais, M'sieur le Directeur. Avant j'emportais que la tête et les mains. C'coup-ci j'dois pas laisser le corps sur place. J'dois tout prendre et nettoyer avant de m'barrer.

— Devriez, devriez plutôt. Attention Kha ! Ne parlons pas encore au présent. Je tiens à souligner, qu'à cette heure, rien n'a été décidé de façon ferme et définitive. Nous attendons le feu vert de nos commanditaires et souhaitions simplement nous assurer, en amont, de votre dévouement inconditionnel. Puis-je déduire de votre enthousiasme que vous seriez partant ?

— Ouais, M'sieur le Directeur.

— Parfait. Nous vous tiendrons informé rapidement. Vous pouvez sortir. Et prenez une bonne douche au sous-sol avant de quitter les lieux ! Charpentier, faites-lui délivrer une savonnette, je vous prie.

L'homme qui se dénommait Charpentier adressa un coup de tête à l'homme de faction, qui comprit aussitôt que ce serait à lui de dégoter un peu de gel-douche. C'est donc en sa compagnie qu'Aldemor sortit, non sans avoir fait les salutations militaires avec une rigueur toute cérémonielle.

— À nous, mon cher Charpentier... reprit le directeur. Le pseudonyme que vous avez attribué à ce type est cousu main. C'est un Kha... Aucun sens critique, con comme un balai, un débile ce type en somme... Il comprend tout juste l'essentiel. J'ose espérer toutefois qu'il n'a pas le moindre lien de parenté avec le Colonel Ancelin d'Âvre ?

— Il s'agit... de son fils, Monsieur le Directeur.

— De son ... ?!? Nous étions pourtant tombés d'accord sur ce point. Si cette opération devait être menée, nous devrions éliminer Kha à son terme pour ne laisser aucun témoin gênant ! Vous l'avez suggéré vous-même.

— C'est parfaitement exact. Je ne connais cependant

personne de plus qualifié que lui. Et puis… Kha d'Âvre serait un nom si bien porté le moment venu…

— … Vous me paierez votre sale humour à la première occasion, Charpentier ! Soyez-en convaincu.

22 BRANLE-BAS DE COUPS BAS

— Le président de notre Fédération au niveau européen est dans tous ses états.

— Dans tous les États, voulez-vous certainement dire (*ricanement sophistiqué*)...

— Votre humour me semble déplacé face à une telle situation, Monsieur Torchebœufs.

— Veuillez me le pardonner, Monsieur Van Graf. L'un de mes subordonnés exerce, de toute évidence, une mauvaise influence sur moi.

— Je n'irai pas par quatre chemins. Nous souhaitons que vous mettiez un terme à ce complot.

— C'est vous qui parlez de complot maintenant ?

— Ces Intrépides sont bien des comploteurs n'est-ce pas ?

— Sommes-nous bien d'accord, Monsieur Van Graf, sur le fait que ces termes ne doivent pas sortir de cette pièce ? Nous avons passé un temps infini à briefer les journalistes sur ce point. Entre-temps, nous les avons si bien dressés qu'ils ne réfléchissent plus, pour autant qu'un journaliste ait encore un iota de réflexion personnelle quand on le paie. L'automatisme recherché est parfaitement assimilé chez la plupart : toute personne parlant de complot est immolée sur-le-champ. Le Docteur Pavlov était un débutant à côté de nous. Imaginez maintenant ce qui pourrait advenir si nous commencions à en parler nous-mêmes... Il n'est pas envisageable que notre tactique se retourne contre nous un jour, après tout ce que nous avons dépensé en énergie et moyens.

— Vous avez tout à fait raison, Monsieur Torchebœufs. Loin

de moi l'idée d'évoquer cette affaire dans la presse et sur les écrans, bien au contraire. Quand nous parlons d'y mettre un terme, il s'agit bien dans notre esprit d'en finir, une fois pour toutes, avec ces semeurs de troubles potentiellement nuisibles pour notre business.

— N'auriez-vous pas besoin d'un délai de réflexion supplémentaire ?

— Non, aucunement. Il me semblait avoir été clair lors de notre dernier entretien déjà. Ces gens ont bien compris que rien n'était plus utile, pour l'activité de nos établissements, que des États de plus en plus affaiblis, la décrépitude renchérissant le crédit. Bien compris aussi que la plupart des hauts dirigeants politiques travaillent dans notre intérêt, en permettant l'alourdissement de l'endettement des États au lieu de reprendre simplement le contrôle sur nous. La compréhension de ce qui se passe, sans les preuves, n'apporte pas grand-chose me direz-vous ? Vous auriez raison. Mais là n'est pas notre préoccupation. Ces Intrépides ont pour projet de s'attaquer directement à nous, en court-circuitant le monde politique qu'ils considèrent comme une quantité négligeable. Pardonnez-moi de le présenter ainsi mais, contrairement aux naïfs, ces gens n'ont pas la moindre intention de s'en prendre aux marionnettes ni même de dévoiler les fils qui les relient aux doigts. Je dirais même qu'ils s'en fichent éperdument. NOUS sommes leur cible affichée et unique.

— J'entends bien, Monsieur Van Graf.

— Dans ce cas, agissez sans tarder davantage Torchebœufs. Ou il pourrait vous en coûter…

23 UNE INSOMNIE ASSOMMANTE

Finn se réveilla sans qu'il sût véritablement ce qui l'avait tiré de son sommeil. Il lui arrivait régulièrement de penser, en pleine nuit, à quelque chose d'important qu'il avait omis de faire la veille. Cette fois ce n'était pas le cas. Rien ne le préoccupait. Jusque-là, il avait dormi comme une souche et vraisemblablement ronflé à en couper dix stères de bois. Il lança un coup d'œil rapide sur son réveil qui affichait 2 heures 39. Andrea devait être repartie depuis plus d'une heure déjà.

De nature hyperactive, Finn était un lève-tôt mais pas au point d'aller vaquer à ses occupations à une heure pareille. Il referma les yeux et enfouit son visage dans un coussin bien moelleux. Après quelques minutes, il se retourna, puis se retourna encore. Le boléro des insomniaques venait de débuter pour lui, casse-pieds, répétitif, interminable.

Était-ce un bruit dans la cour qui l'avait réveillé ? Son jeune chat peut-être, à qui il prenait de faire des cabrioles ? Ce ne pouvait être les perroquets d'Elena qui étaient désormais au 4e chez Aristot. Tout semblait si étrangement calme. Finn eut l'idée d'aller mettre de la musique à fond dans tout l'appartement pendant quelques instants, afin de calmer ses nerfs. De lancer son moulin à café aussi, pour se boire une bonne tasse chaude et réconfortante. Il y renonça. Tout bien réfléchi, en effet, la machine faisait autant de bruit qu'une tour d'assaut du Moyen Âge qu'on aurait poussée sur des cailloux. Il n'avait jamais vu un tel ouvrage, encore moins en mouvement, mais c'est ainsi qu'il l'imaginait. Pourquoi pensait-il à ce genre de choses à une heure pareille ? Il était résolument trop tôt pour s'infliger le boucan du monstre phonique. Il décida néanmoins de s'extraire à son lit pour aller se verser un jus d'orange et déambuler un peu, ici et là.

Finn se rendit au 5ᵉ étage pour prendre connaissance de l'avancement des travaux. De l'escalier en colimaçon qui était projeté pour relier son appartement à celui d'Aristot, il n'y avait pour l'instant qu'une large ouverture dans le sol et quelques planches posées le long d'un mur. Tout était paisible en contrebas. Finn se souvint que, la veille au soir, Aristot était parti rejoindre Suyin pendant que, lui, était allé chercher Andrea à l'*El Diablo*. C'était décidément une belle coquine, cette fille. Ils avaient passé un excellent moment ensemble, même s'il regrettait que cela fût si bref. Finn s'assit à califourchon sur une chaise, à proximité du trou béant, et prit appui sur le dossier avec ses coudes. Puis, plongeant son regard dans le vide obscur devant lui, il laissa libre cours à ses pensées. La scène de liesse de la veille lui revenait sans cesse à l'esprit. Une crise de fou rire, infiniment bienfaisante, les avaient secoués tous les trois dans la rue, à la sortie d'un débat politique. Une fois par mois, depuis environ un an et demi, les trois amis se rendaient à un débat organisé par un parti ou un autre. Leurs objectifs étaient clairs : analyser les rouages du parti observé et identifier comment les têtes parvenaient à bloquer toutes les initiatives des militants de base. Pour le découvrir, le jeu consistait à se répartir dans la salle et à poser les questions les plus pertinentes et déstabilisantes possibles. Pour faire court, les trois complices y allaient principalement pour se marrer.

L'exercice demandait toutefois un certain entraînement et quelques précautions. Il n'était pas donné à tout le monde de pouvoir y rire dès les premières fois. Ces rencontres ne devenaient drôles, en effet, qu'à certaines conditions. Tout d'abord, il fallait s'y rendre à plusieurs, afin de pouvoir s'entraider et réaliser un débriefing après coup. Ensuite, être doté d'une forte capacité à prendre de la distance par rapport à ce qu'on y voyait et entendait à la fois. C'était particulièrement utile face à des responsables de parti qui se tenaient, de façon si ostentatoire, en haute estime malgré une incompréhension technique flagrante des sujets. Cet aspect brouillait considérablement les pistes au début. Enfin, savoir poser les bonnes questions. Beaucoup de choses infiniment amusantes découlent d'un déphasage entre discours et réalité. En l'occurrence, le décalage était un gouffre susceptible de vous inspirer une nausée profonde si vous ne preniez garde au vertige. Il fallait donc demeurer un spectateur distant ou courir le risque de vomir sur votre voisin immédiat. C'est ce que Finn se répétait de nombreuses fois avant de pénétrer dans les salles. Ainsi, il pouvait être certain de conserver son calme et, ce qui était agréable aussi, son dernier repas.

La question qui taraudait le plus Finn était ce qui pouvait motiver suffisamment des gens pour assister à des réunions dont ils ne tireraient jamais rien de concret pour leur vie quotidienne. Ou était-ce, tout bêtement, le fait de se retrouver avec leurs pareils qui fondait leur présence ? Nombre de partis se concentraient étrangement sur un seul thème principal. Les ouvriers, l'argent, la chasse, la liberté dans le numérique... faisaient partie des visions monochromatiques et de petite lorgnette des réalités. L'humain ne discernait-il son environnement global finalement pas mieux qu'une vache ou un poulpe ? Était-ce de la paresse mentale ? Un manque de curiosité ? L'objectif d'un parti ne devait-il pas être de définir un projet de société complet qui rende celle-ci enfin supportable par tous ?

« Quelle ânerie... », se disait Finn. Tant qu'on y était, on pouvait tout aussi bien créer des partis dédiés au confort des chaussures, à la répression du charlatanisme en météorologie, au tri des cailloux, à la protection des artichauts, à l'hygiène des ramoneurs... Finn était homme à exagérer toujours un peu mais il faut dire que, sur ce point précis, il n'avait pas entièrement tort. Tout petit déjà, les trous de serrure l'avaient grandement perturbé. Pas seulement parce que ses parents avaient coutume de l'enfermer dans les ténèbres d'un cagibi pour le punir. Le champ de vision qu'ils offraient était d'un ridicule insondable.

3 heures 24. Finn entendit, par le trou, une suite de bruits bizarres provenant de l'étage du dessous, une sorte de craquement léger suivi d'un heurt contre ce qui devait être une armoire ou un bahut, puis du verre qui s'écrase au sol. Impossible de mettre cela uniquement sur le compte de l'écho que produisait la jonction récente des espaces entre les étages et qui amplifiait tous les sons. Son chat était vraisemblablement parti en exploration là-dessous. Qu'est-ce que ces animaux pouvaient être curieux ! Il serait toujours temps de le récupérer au petit jour. Rien ne pressait. Finn s'absorba à nouveau dans ses pensées.

À la problématique, au sein de ces partis, de l'entêtement sur des thématiques isolées s'ajoutait celle de la polarisation fréquente sur des questionnements existentiels très éloignés du terrain. Suyin, Aristot et Finn se savaient déjà repérés, ici et là, en tant qu'agitateurs, par le simple fait qu'ils ramenaient systématiquement le débat à des actions concrètes qui pourraient être conduites. L'inertie des partis, voulue par les hauts responsables, faisait qu'ils n'attiraient plus que des personnes prépondéramment intéressées par les causeries et les palabres. Les enseignants, par exemple, y étaient légion. Finn les repérait aussitôt à cette moue de mépris qu'ils pouvaient vous décocher pour une futilité. Il avait alors l'étrange sensation de replonger quelques secondes dans un passé lointain, lorsqu'il était élève. À l'époque déjà, il résistait à leur manie de chercher la petite bête partout où elle pouvait se terrer. La quête du Graav ne menait jamais à l'action, la gangrenait, l'anéantissait même. Les enseignants, sauf exceptions bien entendu, en étaient pour lui la preuve par neuf. Pourquoi ces gens ne parvenaient-ils donc jamais à s'extirper réellement de cette hauteur qu'ils adoptaient vis-à-vis des supposés moins-sachant ? Même lorsqu'ils se retrouvaient au contact de la plus grosse partie du monde réel, celui des adultes travaillant avec d'autres adultes ? La maîtrise, souvent largement imaginée et rarement remise en question, de la matière qu'ils professaient, les menaient à l'illusoire extrapolation comme quoi, tels des êtres éthérés et omniscients, ils survolaient tout le reste. Simple déformation professionnelle ou, plutôt, syndrome de dominance ?

« Merde ! Les perroquets ! ». Finn venait soudain de se souvenir de leur présence à l'étage du dessous. Celle-ci ne pouvait avoir échappé à son vorace de chat. N'ayant pas la clef de l'appartement d'Aristot, il allait devoir descendre par la cavité devant lui. L'ultime question était comment. Finn n'était pas un coutumier de l'escalade. D'aucun sport à franchement parler. Grassouillet comme il était, il ne pouvait non plus envisager de sauter par l'ouverture. Comment serait-il remonté aussi ? Appeler Aristot à cette heure était exclu. C'est là qu'il se souvint d'un escabeau qui devait se trouver derrière une porte au 6e étage.

Au bout de quelques minutes, il revint avec lui sous le bras, soufflant comme un bœuf. Après une pause bien méritée qui lui permit de respirer un bon coup, il pointa la torche qu'il avait également apportée sur l'espace en contrebas. Le champ était libre. Il ne pourrait rien casser ou détériorer en descendant doucement l'escabeau, ce qu'il fit. Parvenu en bas, il ressortit sa torche de la poche de son peignoir et la promena de façon circulaire autour de lui. Rien. C'est seulement à cet instant qu'il eut l'idée d'appeler le chat. Pourquoi n'y avait-il pas songé avant ?

— Azincourt ? Azincourt ? fit-il à la ronde. Tu es où, bon sang ?

Aristot devait avoir éteint les chauffages. La fraîcheur donnait une tonalité sépulcrale à l'obscurité. Il faisait sombre dans les pièces malgré la lune qui, au-dehors, berçait de son halo bleuté tout ce qui lui était accessible. Pourquoi Aristot avait-il donc tiré tous les rideaux ? Un réveil affichait maintenant 3 heures 58. Quelle nuit ! Finn pensait déjà à l'état dans lequel il se trouverait en journée et à tout ce qu'il devrait pourtant terminer jusqu'au soir. Il marqua un temps d'arrêt dans le couloir pour écouter. Toujours rien. Finn reprit sa lente progression et pénétra dans une nouvelle pièce. Là, il découvrit enfin la cage des gris du Gabon. Celle-ci était recouverte d'un large pan de toile pour la nuit. Les oiseaux semblaient profondément endormis. Rien ne paraissait les avoir inquiétés. Du faisceau de sa torche, il balaya l'espace autour et vit ce qui devait être la cause du bruit qu'il avait perçu. Des tulipes gisaient dans une flaque d'eau sur le sol carrelé, au milieu des débris de ce qui avait dû être un vase en porcelaine.

— Azincourt ? cria Finn cette fois à s'en décrocher la glotte.

Au bout de quelques secondes, il entendit un miaulement dans la direction d'où il venait. Il retourna donc sur ses pas, jusqu'au niveau du trou dans le plafond. Levant la torche au-dessus de lui, il vit enfin la tête du chat roux tigré qui dépassait de l'ouverture.

— Tu étais donc resté là-haut, sale bourricot ! s'écria Finn, triomphal. Mais la joie de retrouver son chat fut aussitôt assombrie par un sentiment d'angoisse. Mais alors, poursuivit-il à voix haute, qu'est-ce qu…

Il n'eut pas sitôt le temps de terminer sa phrase, qu'il ressentit subitement une douleur intense dans la nuque à en foudroyer ses neurones. En une fraction de seconde, tous ses sens avaient été court-circuités. Puis plus rien.

24 FISSURE DANS LE NÉANT

Finn reprit très lentement connaissance, tel un opéré qui aurait subi une anesthésie générale prolongée. Il ne distinguait presque rien dans la pénombre et rassembla toute l'énergie qui lui restait pour faire le point sur la situation. Il perçut tout d'abord un courant d'air froid qui s'écrasait implacablement sur sa nuque. Celle-ci le faisait souffrir atrocement. Il était allongé sur le côté. Une forte odeur d'urine empestait l'air ambiant, chargé également de cette odeur typique qu'ont les murs salpêtrés et moisis. Son corps reposait à même le sol, sur ce qui devait être une chape de béton. Il grelottait, ne portant toujours que son peignoir sur lui. L'une de ses pantoufles était encore accrochée à son pied mais il n'en fallait plus beaucoup pour qu'elle tombe. L'autre semblait avoir disparu. Jusque-là, il n'eut pas même la force de bouger ne serait-ce qu'un doigt. Il s'entendit encore pousser une plainte puis se rendormit.

Quelques heures semblaient s'être écoulées quand Finn se réveilla à nouveau. Entre-temps, quelques rayons de soleil perçaient à travers un soupirail bardé d'épais barreaux en fer forgé. Le long du mur en face de lui, se trouvaient de vieux outils de jardinage, une brouette et quelques sacs de fertilisant ou de terreau. De là où il était, il ne parvenait pas à lire les inscriptions figurant dessus. En pivotant légèrement la tête vers la gauche, au prix d'une vive douleur, il aperçut une lourde porte en métal, bordée d'étagères faites de simples planches, sur lesquelles étaient disposés des pots de confiture. Où se trouvait-il ? Quel mauvais tour lui jouait-on ? La panique s'empara de lui. Était-ce des rançonneurs ? Sans aucun doute. On en voulait nécessairement à son argent. Mais quelle importance ? L'argent n'avait, après tout, de valeur que pour ce qu'on en faisait. Pris isolément, il puait. À cette pensée, Finn réalisa tout à coup qu'un remugle de déjections s'était ajouté, pendant qu'il dormait, aux odeurs fétides initiales. Se pouvait-il que... ? Recouvrant tous ses sens petit à petit, il finit par constater que son peignoir était trempé et que son bassin reposait sur une matière flasque. Il n'y avait plus de doute possible sur l'origine. Comment pouvait-on en arriver là ? Qui osait donc lui faire subir pareil traitement ?

Pas certain de pouvoir se relever d'un trait sans éprouver de terribles élancements dans le cou, il tenta de bouger une jambe latéralement puis l'autre. Mis à part un engourdissement notable de ses membres inférieurs, il ne constata rien d'irréparable dans l'ensemble. Il s'apprêtait à faire la même chose avec les bras quand il sentit, pour la première fois, qu'un objet entravait son poignet droit. Finn le souleva avec peine et réalisa aussitôt qu'il s'agissait d'un bracelet en acier, relié derrière lui par une lourde chaîne à ce qui devait être un anneau dans le mur. Piqué par la curiosité, il lui fallut un bon quart d'heure pour réussir à se retourner sur le flanc opposé. Il put alors voir que l'autre bout de la chaîne était fixé à un énorme poêle à bois de cuisine. Ce dernier était en fonte et devait dater du début du XXe siècle. Pour le déplacer, il aurait fallu un tracteur. Son désespoir était à son comble quand il perçut un miaulement. C'était Azincourt, son chat, qui venait de pousser la porte, sans la moindre difficulté apparente.

— Qu'est-ce que tu fiches là, Azincourt ? demanda Finn d'une voix affaiblie mais qui laissait poindre une certaine lueur d'espoir.

Le chat se dirigea droit vers lui puis s'arrêta net pour, sembla-t-il, renifler l'air environnant.

— Oui, c'est bien moi, Azincourt, ne t'inquiète pas, tout va pour le mieux. Il n'y a pas de caisse à Finn ici, c'est tout.

L'animal fit le tour de la pièce puis alla s'étendre près du visage de son maître, qui était toujours allongé sur le sol.

Ensuite, pour jouer, il lui prit le nez entre le bout de ses pattes. Finn se mit à lui parler comme il le faisait toujours, comme s'il se fut agi d'un humain.

— Tu vois, Azincourt, un jour comme aujourd'hui c'est un peu comme une fissure dans le néant. Tu es tranquille chez toi et puis, d'un coup, tout bascule dans le vide sans que tu saches pourquoi. Quelque chose se brise, se disloque, un gouffre apparaît et t'attire dans les profondeurs, inexorablement, cruellement…

À cet instant, une ampoule de très faible intensité s'alluma au-dessus de sa tête. Elle devait faire, tout au plus, une vingtaine de watt. Un homme monstrueux surgit dans la pièce, la traversa sans dire un mot pour aller se saisir d'une chaise pliable, posée contre le mur sous le soupirail. Il revint lentement vers Finn avec elle. Il s'assit à environ un mètre de lui, croisa les bras et resta planté là, en silence, pendant ce qui parut à Finn comme une éternité. La lumière pâle qui tombait mollement du plafond, faisait ressortir une affreuse balafre qui distordait complètement le visage de l'homme du côté gauche.

— Pourquoi Azincourt ? demanda celui-ci enfin.

Finn n'en crut pas ses oreilles. Quelle importance pouvait bien avoir le nom de son chat pour cette brute épaisse ?

— Je suis… britannique. Ce n'est point grave me plais-je à espérer, n'est-il pas ?

Le colosse ne répondit pas.

— Vous… n'aimez pas les… Anglais ? C'est pour ça que je suis ici ? tenta Finn.

— Et les perroquets ils s'appellent comment ?

— Euh… Pardon ?

— Les… oiseaux, ils s'appellent comment ? fit l'homme, comme si son prisonnier ignorait que les perroquets étaient des oiseaux.

— Ils… sont là aussi ? s'étonna Finn.

— Ouais, juste au-dessus. Leur nom ?!

— Water Loo et… Trafalgar… Mais je vous assure que ce n'est pas moi qui les ai appelés comme ça ! ajouta Finn aussitôt, comme pour s'excuser. C'est une amie... éloignée. Du reste, c'est elle aussi qui m'a suggéré le nom pour mon chat qui est né après... C'est de l'humour vous savez. Bon, je sais, ça commence peut-être à faire beaucoup pour vous... termina Finn qui avait bien remarqué que le visage de l'homme s'était rembruni.

— Pourquoi ces noms ? insista le géant qui ne semblait pas être homme à lâcher prise facilement.

— Water Loo, c'est la femelle. C'était simplement Loo au départ et comme elle adore l'eau, on a ajouté Water devant. Trafalgar, lui, adore Loo, enfin... l'eau aussi. Et comme... tout ça s'est passé sur l'eau... le nom coulait de source. Non, enfin... je ne voulais pas dire couler... Bref... Pour Azincourt c'est très différent. D'après le vétérinaire, il en a un court. Un zizi court. Un petit, quoi. Je ne sais pas si j'ai été clair... C'est peut-être un peu confus ?

Son geôlier paraissait l'avoir écouté avec la plus grande attention. Il avait l'air maintenant plongé dans ses pensées. Finn n'osa pas l'interrompre pendant les premières minutes puis se décida à briser enfin le silence pour lui poser la question qui le taraudait :

— Vous êtes... le copain... d'Andrea, c'est ça ?

— C'est qui Andrea ?

— Oh, une femme qui travaille dans un restaurant, répondit Finn sur un ton soudain détaché, presque rassuré, puis il enchaîna : pourquoi suis-je ici alors ?

— Parce que j'ai ordre d'vous tuer, répondit l'homme.

25 CYNTIA

Une jeune femme élégante et svelte, le teint mat des espagnols de Cordoue, une chevelure soyeuse tombant sur des tenues feignant la sobriété, voilà comment on pouvait dépeindre Cyntia en quelques mots. Elle tenait un commerce de fleuriste depuis qu'elle était arrivée en France, un an auparavant, à la poursuite d'une passion de plus en plus improbable qui l'accaparait, la dévorait même. L'élu de son cœur n'avait de cesse de fuir vers l'avant, insaisissable comme un vent habitué à flirter avec les grands espaces, à ne rencontrer aucune résistance aussi.

Les fleurs, c'était son gagne-pain. Le moins désagréable qu'elle ait pu trouver, en attendant de se forger un nom au-dessus de la mêlée des artistes peintres. Dans l'arrière-boutique étaient entassées des dizaines de toiles, vierges ou non, plutôt de grande taille dans l'ensemble. Deux ou trois œuvres terminées attendaient encore l'application d'un vernis sur leur chevalet. Nombreuses étaient celles qui n'avaient pas encore de châssis. Cyntia peignait sans relâche. Sitôt un tableau achevé, elle passait au projet suivant dont elle avait griffonné auparavant tous les détails sur une simple feuille à dessin. L'artiste avait ainsi, constamment, plusieurs semaines d'avance dans ses réflexions sur les productions à venir. Il serait toujours temps d'en faire une promotion sérieuse ultérieurement, pensait-elle. Là n'était pas sa priorité dans l'immédiat.

Ses toiles avaient une stupéfiante proximité de style avec celles d'Edward Hopper. Si l'on transposait l'ambiance de ces dernières à l'Espagne des années 1950-1960, on y retrouvait de fortes similitudes, un réalisme souvent déroutant, des contrastes de luminosité à vif, la solitude méditative des personnages mis en scène surtout. Cyntia s'évadait dans un univers parallèle qu'elle modelait à l'infini, mettant à profit les plus infimes ruptures temporelles et situationnelles qui se présentaient à son œil interne.

Ce soir, elle allait pouvoir présenter quelques unes de ses peintures à la clientèle du *Pélican Bidonné*. Elena lui avait proposé de les exposer dans son modeste établissement, à l'occasion d'une réunion-débat qui devait s'y tenir. Aristot devait l'aider à les y suspendre. Cyntia avait aussitôt accepté, ravie de cette possibilité inédite de se faire connaître un peu. La seule chose qui la préoccupait, était la présence possible de certains joyeux drilles, trop agités selon elle, susceptibles de détériorer irrémédiablement son travail. Pour cela, elle avait passé le matin même un coup de fil à son assureur afin de vérifier que les éventuels dégâts pourraient être couverts. L'entretien ne l'avait pas complètement tranquillisée. Le téléphone justement sonna à cette pensée.

— Ah, c'est toi, fit Cyntia doucement après avoir reconnu la voix.

…

— Pour quelle raison ?

…

— Et c'est précisément aujourd'hui que tu choisis pour me l'annoncer ?

…

— C'est ton dernier mot ?

…

Cyntia raccrocha, le souffle coupé, les lèvres sèches. L'homme qu'elle aimait tendrement venait de la plaquer en un temps, deux mouvements et trois phrases qui ne voulaient rien dire. Plus de quatre années perdues à rechercher sa présence, à briguer son regard par tous les moyens disponibles. Sans doute s'était-il senti assiégé tel un seigneur qui préférait encore rester libre d'aller se taper toutes les paysannes du coin. Qu'allait-elle donc faire maintenant ? Elle n'avait pas d'amis véritables dans cette ville, pas d'espoirs ni perspectives, aucune intention d'y demeurer longtemps non plus. La cité manquait bien trop d'air et de lumière à son goût. Et puis, le naturel faisait tant défaut à la plupart des parisiens, que la moindre conversation avec eux lui semblait un calvaire. Son flot de paroles, habituellement si irrésistible, avait fini par s'éteindre au contact du futile et des apparences. Une digue ensablée n'aurait pas produit un effet différent sur elle.

Son regard tomba sur *Femme, falaise, malaise*, l'une des rares toiles qu'elle avait fixée au mur dans son atelier de fortune. Elle devait faire un peu plus de 2 mètres de haut sur environ 90 centimètres de large. Ce format, hors normes, lui avait permis d'y représenter une jeune femme qui, par imprudence ou folle inconscience du risque, se tenait debout au bord d'une falaise. Elle était vêtue d'un tailleur pantalon gris, à la coupe ample, qui dissimulait partiellement ses escarpins, d'un chemisier blanc et d'un léger foulard de couleur rouge qui flottait furieusement au vent. Son regard se perdait vers l'immensité de l'espace en contrebas, semblant flâner entre des rochers tranchants que bordaient une infinité de galets et la mer un peu plus loin. Quelque chose d'indistinct dans l'océan paraissait en alerte, prêt à donner l'assaut. Entre le haut et la base de l'œuvre, on relevait aussi des contrastes de luminosité particulièrement frappants. Le soleil était couchant mais dardait encore la falaise de feux aveuglants qui scintillaient dans les yeux de la femme, à les faire se plisser. La mer, déjà sombre, était parsemée d'une écume dont la blancheur résistait de plus en plus difficilement aux ténèbres approchant. Les traits tirés du personnage se faisaient le miroir d'âpres tourments que dissimulaient avec peine les éléments à l'entour. On sentait qu'une sorte de dénouement était proche.

Cyntia se demanda quoi faire. Apporter ses peintures au *Pélican Bidonné* comme elle l'avait annoncé ? Ou reculer devant l'inévitable, devant ce bourricot d'homme qui ne manquerait pas d'être présent lors de la réunion-débat prévue ? Dans son existence, jusqu'à ce jour, elle avait souvent joué avec le découragement, côtoyé les affres du désespoir, frôlé la déroute, pour finalement faire preuve d'une résilience à toute épreuve. Non, elle se rendrait là-bas, malgré aussi toutes ces discussions interminables qui l'enquiquinaient plus que de mesure. Les Intrépides n'étaient pas du tout son truc. Elle n'avait rejoint ce groupe de réflexion que dans un seul objectif, se rapprocher autrement de celui dont elle convoitait les attentions, afin d'éclipser le rôle de banale amante qui lui était imposé. Au moins, était-elle consciente d'avoir perdu une partie de son âme en s'adonnant à ce petit jeu qui se retournait maintenant contre elle. C'est ce qui arrivait, tôt ou tard, lorsqu'on simulait un intérêt pour quelque chose dont on se fichait pas mal en réalité. On ne l'y reprendrait pas de sitôt.

Elle réalisa tout à coup qu'Aristot devait l'attendre déjà. Malheureusement, elle ne disposait pas de son numéro de portable pour pouvoir le prévenir de son retard. Le connaissant, il ne lui en tiendrait pas rigueur et trouverait de quoi s'occuper dans l'intervalle. Cyntia emballa ses tableaux du mieux qu'elle put, en les enveloppant tout d'abord dans du film à bulles puis en les plaçant dans des cartons capitonnés de papier froissé. Sa camionnette de fleuriste était fort heureusement garée à proximité, ce qui lui fit gagner un peu de temps. Une demi-heure plus tard, elle rejoignait Aristot qui l'aida aussitôt à déterminer les emplacements les plus judicieux. Il ne leur fallut pas moins de deux heures, cet après-midi-là, pour accrocher les œuvres en toute sécurité. Malgré les difficultés à surmonter, Cyntia se montra intraitable lorsqu'il s'agit de positionner *Femme, falaise, malaise*. Aristot dut, de bon gré il faut dire, se plier à son exigence de placer l'œuvre face au pupitre qu'ils avaient improvisé, pour les intervenants, avec une table et deux énormes cartons masqués par un couvre-lit d'un joli rouge grenat.

26 RÉUNION-DÉBAT

Cyntia trépignait. La soirée s'annonçait prometteuse. Une foule de curieux s'était jointe au noyau dur du groupe pour découvrir ce qui pouvait bien se passer là de si important pour les uns, de simplement distrayant pour les autres. À peine entré, le premier intervenant se dirigea tout droit vers le pupitre, d'un pas sûr, visiblement de bonne humeur. Après avoir déposé son porte-documents sur le côté, il redressa le buste, couvrit le public d'un regard bienveillant puis, se figea subitement. Quelque chose semblait le dérouter au sens propre du terme. Après quelques secondes qui parurent une éternité, sa mine assombrie retrouva un peu d'éclat et l'homme prit la parole.

— Bonsoir à tous ! Nous allons commencer sans plus tarder. Mettez-vous à l'aise. Nous tenons à ce que cette soirée se déroule, avant tout, sous forme d'échanges. Si vous avez des questions, des remarques à faire, je vous inviterai à faire les signes d'usage. Si vous avez des commandes, allez les passer directement au bar où Elena vous attend de pied ferme. Nous vous prions simplement de respecter le calme de façon à ce que nous soyons, horrible mot, le plus productifs possible. Je suis comme vous, j'en ai plus que par-dessus la tête de toutes ces notions de rentabilité, de valeur ajoutée, d'efficience etc. qui ont pris totalement le pas sur la vraie vie. Néanmoins, nous sommes absolument convaincus que notre projet va transformer beaucoup de choses et qu'il nous faudra canaliser notre impatience, comme notre fougue, du mieux que nous pourrons. Cela signifie que nous devons, un tant soit peu, tendre vers une certaine efficacité, tout en y prenant, bien entendu, beaucoup de plaisir. Je commencerai par une question. Quelle est votre réaction première quand on vous parle de… attention, veuillez fermer les yeux… ça vient… *politique*, dit l'orateur en élevant la voix.

Des « Ouh ! », « Sortez-le ! », « Dehors ! » et clameurs de toutes sortes se firent entendre dans la salle.

— Voilà… fit l'intervenant. Vous vous trouvez exactement là où le pouvoir a souhaité vous placer, par sa stratégie de décrédibilisation, de ridiculisation même, de la politique. Ne croyez surtout pas que ce soit un hasard. Personne, parmi les puissants, n'a envie qu'il vous prenne l'envie d'en faire. On vous présente donc, en continu, des pantins qui tiennent des propos délirants, font n'importe quoi, ne respectent pas leurs promesses ou se rendent coupables de délits divers, de fraudes fiscales, par exemple. Et vous, du coup, vous en pensez quoi ?

— Que jamais nous ne souhaiterions être comme eux et que la politique, ça ne sent pas bon ! répondit quelqu'un près de l'entrée.

— C'est exactement ça. De cette façon, ils peuvent se livrer en paix à leurs combines en haut lieu. Sans vouloir maintenant faire figure d'intellectuel, ce n'est pas mon but, loin de là, connaissez-vous le principe de la catharsis au théâtre ou au cinéma ?

— C'est le fait de s'évader un peu de ses problèmes en s'identifiant à l'un ou l'autre personnage, répondit Oliver qui se tenait assis sur une table, isolé dans un coin.

— Oui ! C'est un médecin psychiatre qui gagne un merveilleux porte-manteau en hévéa massif ! Mais n'ayez crainte, ne fuyez pas, il ne recherche pas de patients ce soir, assura l'homme avec un sourire lui fendant le visage. Et quel est maintenant, selon vous, l'effet recherché par les grands du monde économique et de la finance qui détiennent le vrai pouvoir ? Rigoureusement l'inverse. Aucune identification ne doit être possible avec les politiciens qui les servent, d'une part. Vous n'en voudriez pour rien au monde ! D'autre part, il est fondamental pour eux que vous restiez le nez planté dans vos problèmes quotidiens. Ils vous en rajoutent même à qui mieux mieux, avec le chômage, la baisse de vos revenus, l'augmentation de votre charge de travail, des guerres que vous n'avez pas demandées et dont vous subissez les conséquences, et tutti quanti. Aucun risque ainsi pour eux que vous ayez l'idée ou le temps, un jour, de prendre la place des politiciens. De toute façon, sans méthode construite vous n'y arriveriez jamais, tant le système est verrouillé, auto-bloqué. Et là nous sommes au cœur de notre projet, vous et moi allons faire justement ce qu'ils redoutent par-dessus tout : leur piquer leur place ! Vous avez peur de leur ressembler ? C'est tout à fait compréhensible mais vous ne leur ressemblerez pas ! Parce que, tout simplement, vous n'êtes pas comme eux et ne pourrez pas non plus le devenir !

Un tonnerre d'applaudissements suivit.

— Mince ! Je réalise à l'instant que je ne me suis pas même présenté. Notre travail nous absorbe tant et si bien, chez les Intrépides, que nous avons une tendance naturelle à nous effacer derrière lui. Nous sommes un peu comme des fourmis, les individus se placent en retrait par rapport au groupe et aux objectifs à atteindre. C'est ce qui fera notre succès, vous comprendrez plus tard que c'est une des clefs du dispositif imaginé. Mon nom est Riwan Merien. C'est breton. Elena ? Crois-tu que je peux avoir l'audace de préciser ma profession ? Tu n'as pas distribué de tomates ou d'œufs j'espère ?

— No..., non répondit celle-ci de derrière le comptoir, avec un tremblement dans la voix.

— Je dirige une société d'investissement.

Des murmures parcoururent le troquet.

— Je le savais... ça vous fait mal au cœur hein ? Cela jette toujours un froid, observa Riwan en ricanant. Le moment est venu en tout cas pour moi, de quitter ce pupitre pour faire disparaître cette affreuse barrière, si artificielle, qui nous sépare. Savez-vous pourquoi je déteste me tenir derrière ce genre de machins ? Parce que je crains, qu'un jour, on me lance à la tête « tu pues, pitre ! ». Bon, je sais, ce n'est pas très drôle...

Quelques rires épars se firent tout de même entendre. Riwan se déplaça alors vers le milieu de l'espace et grimpa sur une solide table en bois de chêne. De là, debout, il déclara :

— Tu ne m'en voudras pas Elena si je salis un peu ton mobilier ? C'est promis, je passerai un bon coup de chiffon tout à l'heure.

Puis, s'adressant à nouveau à la petite assemblée répartie autour de lui :

— Voilà, d'ici il vous sera plus aisé de me lapider si l'envie vous en prend. Trêve de plaisanterie, ma société travaille dans le domaine de l'investissement éthique et socialement responsable. J'en profite pour annoncer que je forme et recrute actuellement, le domaine est en pleine expansion. Donc si des personnes parmi vous sont intéressées, on peut en reparler après. Je continue sur notre thématique. Savez-vous quelle est la part de l'économie mondiale qui appartient aux banques et sociétés financières ?

Au milieu du brouhaha général, quelques suggestions furent émises, gravitant en moyenne autour des 10 - 20 %.

— De talentueux chercheurs suisses de l'Université Technique de Zurich ont réalisé une étude de la concentration du pouvoir économique. Ce sont près de 50 % qui se retrouvent concentrés entre les mains de ce qui est, à l'échelle mondiale, une poignée de sociétés. Et ce chiffre est sans doute dépassé entre-temps ! Question suivante, vous allez voir, tout s'emboîte : quel est leur objectif principal ?

— Chercher ? proposa, sur un ton supérieur, une femme blonde au visage rougeaud et dont les yeux étaient éteints de toute émotion.

— Non Sonia, répondit Riwan. Là, je ne parlais pas des chercheurs eux-mêmes, mais bien des sociétés qui contrôlent notre économie.

— Ah… fit la femme en relevant le menton suffisamment haut pour pouvoir conserver sa dignité.

Sonia Dellenorsch était directrice d'école dans l'enseignement supérieur. Personne n'aurait su dire exactement depuis quand elle faisait des apparitions dans le groupe, tant elle était insignifiante dans ses relations avec les autres. C'est par la saillance de son mépris, bien avant de connaître son prénom, que tous étaient parvenus à l'identifier progressivement. Son visage réussissait l'étonnante performance d'être rond et carré à la fois. Rond par les joues et la singularité de sa bouille. Carré par un front immodérément masculin qui débouchait tardivement sur une tignasse de cheveux blonds. Un serre-tête imposant évitait opportunément aux mouches de se prendre trop souvent les pattes dedans. Sonia était une Je-sais-tout qui s'exprimait de préférence dans les nombreux domaines qu'elle ne connaissait ni de près ni de loin, c'est-à-dire presque tous. Savait-elle même pourquoi elle était là ? Impossible de le dire. Sonia était un boulet, avec lequel la plupart tentaient de composer comme ils le pouvaient. Certains, toutefois, las de subir sa morgue acide, s'étaient résolus à ne plus lui faire aucune concession. Les plus agacés avaient même imaginé un jeu, le *Boulet rouge*, qui consistait à la faire s'empourprer encore plus que de nature. Il ne leur avait pas échappé, en effet, que la moindre perturbation portait la figure de Sonia à un teint proche de l'incandescence. Mais Riwan ne faisait pas partie des personnes prêtes à lutiner cette femme qui, à vrai dire, lui inspirait plutôt la pitié. Il préféra donc attendre patiemment d'autres réponses.

— Ça paraît évident, gagner de l'argent, dit un homme à proximité de la table sur laquelle Riwan se tenait toujours.

— Et comment gagne-t-on le plus en termes de pourcentage ? Du point de vue d'une multinationale ou d'une banque, j'entends bien. N'essayez surtout pas de faire pareil vous-même, en tant que contribuable lambda, insista Riwan.

— En échappant à l'impôt, hurla presque Aristot de là où il se trouvait, pas loin du comptoir.

— Merci mon ami ! Eh oui, l'évasion fiscale est le moyen le plus efficace aujourd'hui de se remplir les poches. Et je ne vous parle pas ici de fraudes du fait d'individus isolés qui sont quantité presque négligeable face à ce que font les grands opérateurs. C'est la raison pour laquelle on porte régulièrement le focus, dans les médias, sur des petites affaires ici et là. On détourne ainsi l'attention du public de ce qui est véritablement important.

— Et qu'est-ce qui est *véritablement* important ? demanda Gargouille qui stupéfia tout le monde par son intérêt soudain pour un débat, *tout* ce que j'ai pu réaliser jusqu'à ce jour n'est-il pas vital *dans son intégralité* pour l'humanité et son futur ?

— Si, bien entendu noble Gargouille, répondit Riwan, caustique, qui connaissait bien le personnage. Mais accessoirement, pour la thématique qui nous occupe ce soir, il s'agit de l'évasion fiscale organisée par les États eux-mêmes. Que l'on pourrait assimiler à un rameur crevant le fond de sa propre barque à coups de hache. Nous en avons les preuves entre-temps. Pensez à l'affaire *LuxLeaks*. Très peu de gens savent de quoi il s'agit vraiment, parce que l'on préfère vous parler de choses beaucoup plus banales comme les *Panama Leaks*. Avec les *Panama Leaks* on apprend que des gens ont fraudé. Bon, est-ce vraiment si renversant entre nous ? C'est de la gnognote. Ni plus ni moins un trompe-l'œil, comme tant d'autres, qui a pour vocation de capter votre attention, de vous égarer. On occupe vos esprits avec des enjeux de bonhommes. Comme lors des élections, soit dit en passant. Avec *LuxLeaks*, on est à cent milles lieues de là. C'est de la fraude à très grande échelle. On y apprend quoi ? Que les États se sabordent eux-mêmes au profit des multinationales et des banques, et qu'ils récompensent de surcroît les coupables. On a nommé un type président de la Commission européenne alors que c'est le même qui a permis, en tant que premier ministre du Luxembourg, que de très grands groupes échappent à l'impôt dans tous les autres pays de l'Union européenne. Ce sont des centaines de milliards d'euros qui manquent à présent dans les caisses et le chenapan a fait l'objet d'une jolie promotion pour son zèle, preuve de la reconnaissance, à première vue insensée, de tous les gouvernements des États membres à son égard. Je dis bien « à première vue » car la chose devient rapidement compréhensible dès que l'on intègre le fait que les gouvernements ne travaillent pas en réalité pour les États mais pour les banques et multinationales, qui elles aussi appartiennent aux banques. Dites-moi maintenant, quelle est la conséquence effroyable de tout cela ?

— L'argent fait défaut pour les services publics, les écoles, les hôpitaux... et les États doivent ensuite emprunter aux banques qui se gavent ainsi, en plus, par l'autre bout, répondit Suyin d'un air complètement blasé. C'est dingue... Le remboursement des intérêts en France est devenu le premier poste budgétaire. Environ 50 milliards d'euros annuellement je crois.

— Absolument, tonna Riwan, vous entendez ça ? Les grandes sociétés financières gagnent sur les deux tableaux, tout d'abord par l'évasion fiscale organisée par les gouvernements fantoches puis par l'appauvrissement des États et l'endettement que cela génère. La boucle est ainsi bouclée. Rappelons que l'État en réalité, ce sont ceux qui paient correctement l'impôt : nous, rassemblés dans cette salle, et, parmi les entreprises, les petites et moyennes essentiellement. Notre rôle se limite aujourd'hui à élire les collabos des banques et à nous faire globotomiser profond. C'est du Robin des bois mais à l'envers : tout pour la bobine des rois. Les conneries, à nous de le décider, c'est fini ! Tout le monde est d'accord là-dessus ?

Personne ne remarqua à cet instant une jeune femme qui sortit du bar en pleurs. Parvenue dans la demi-obscurité qui régnait près de l'entrée, elle enveloppa ses longs cheveux noirs dans un large foulard rouge avant de plonger dans le vide opaque de la rue.

— Bon, on l'a assez entendu celui-là, n'est-ce pas ? fit une femme qui révélait une belle énergie au premier coup d'œil.

Des huées amusées accueillirent son intervention. Elle souriait, rayonnante, les poings fermement appuyés sur les hanches. Elle devait approcher la quarantaine, portait une jupe mi-longue en coton beige et un joli bustier bleu cobalt façon country. Des bottes indiennes à franges achevaient de lui donner des allures de cowgirl sortie tout droit de son ranch à Bennington au Kansas.

Yannick HARZER

— Je vous présente Ondine, dit Riwan. Avant de donner la parole à cette femme pétulante, je souhaiterais rappeler que notre plan d'action est décrit sur notre blog, dont vous avez l'adresse inscrite au rouge à lèvres sur le miroir ici, à gauche. Je me demande d'ailleurs bien qui utilise une matière aussi gluante, pâteuse, et voyante pour se grimer. Celui qui le découvre avant la fin de la soirée gagne les bottes d'Ondine.

— Voyez un peu pourquoi, pendant longtemps, nous n'avons échangé que sur Internet ? Si ce n'est pas misère d'être traitée ainsi, s'exclama Ondine avec une expression faussement choquée, que trahissait son regard malicieux.

Elle poursuivit :

— Riwan a raison de le rappeler. Rendez-vous sur notre blog pour voir la démarche. Rien n'est figé, bien entendu, vous pouvez l'alimenter de vos suggestions et propositions d'amélioration si vous en avez. Et puis surtout, peu importe votre couleur politique, lancez-vous. Nous passons à la phase offensive désormais. Utilisons, propageons le modèle dans le système, il se dupliquera tout seul, vous verrez.

— Sur la table, sur la table, sur la table ! s'égosilla Aristot, qui fut aussitôt relayé par cinq ou six autres représentants de la gente masculine.

— Ah, je vois que j'ai affaire à des petits coquins, nota Ondine. Eh bien, non, la cowgirl va rester sur le plancher des vaches et ne vous fera pas les *Folies Bergère* ce soir. Ce troquet n'est, du reste, pas franchement le lieu idéal pour les moutons.

— Quel rapport ? demanda Jeffrey, qui n'avait pas été le dernier à vociférer avec les autres.

— Oh ces Américains… Il faut tout leur expliquer. Bergère, moutons… ça y est ? Tu as compris ?

— Oui, fit Jeffrey en pouffant.

— Ouf ! fit Ondine qui s'était finalement positionnée près du pupitre, un coude appuyé dessus. Je commencerai mon intervention de ce soir par une proposition et une petite histoire. Laquelle préférez-vous entendre en premier ?

— La proposition, la proposition ! tonitrua Aristot en

174

frappant le zinc du comptoir des deux poings.

— Toi, j'imagine bien à quel type de propositions tu songes... Prends garde, ta Suyin va finir par t'en coller une, si tu tentes d'approcher d'autres femmes de trop près. Je l'ai déjà vue à l'œuvre et ça ne rigole pas vraiment...

— Quand ça ? s'enquit Suyin en relevant le nez de son verre, l'air surprise. Elle était assise un peu plus loin, à une table sur le côté.

— Et, en plus, elle ne s'en souvient pas la pauvre petite... Les deux brutes qui avaient commencé à se battre ici et que tu as éjectées manu militari l'an dernier...

— Ah oui c'est vrai... c'est loin ça... fit simplement Suyin.

— Oui et je pense que les deux gars en question aussi sont très loin maintenant et ne risquent pas de rappliquer aussi vite, répondit Ondine en se marrant. J'en viens à ma proposition : dans les conditions d'exercice du pouvoir décrites précédemment par Riwan, nous pouvons difficilement parler encore de république française. Que diriez-vous si nous parlions désormais sur le blog du royaume de Firnance et de ses princes de papier ?

— Pas mal du tout, commenta Karole. Mais il faudrait également changer les noms de la plupart des pays dans ce cas, ajouta-t-elle.

— Évidemment, dit Ondine.

— Et à quoi ça pourrait bien servir ? demanda une femme.

— Simplement à interpeler les gens et à faire en sorte qu'ils se posent des questions. C'est déjà énorme quand on voit à quel point tout le monde est blasé. En l'occurrence, la république n'est plus et la finance dirige tout. Les noms sont extrêmement importants. On en reparlera tout à l'heure. On passe au vote ? Qui est pour ?

Une large majorité leva la main et l'idée fut adoptée.

— La petite histoire maintenant. J'aurais juste besoin d'un volontaire pour avoir un prénom. Qui est partant ?

— Moi, là, s'exclama Trilobite, l'index lancé vers le plafond.

— Tri... Euh... fit Ondine gênée. C'est comment ton...

prénom déjà ?

— Alors là tu devrais le savoir, je suis ici *tous* les jours. Bernard ! répondit Trilobite en allongeant singulièrement le naaard.

— Ok... Il était une fois un homme qui s'appelait Bernard – en entendant son prénom, Trilobite sourit aux anges. Bernard courut, un jour, faire du porte-à-porte dans les rues de son village afin d'emprunter de l'argent à tous les habitants. En fin d'après-midi, il avait recueilli ainsi une somme tout à fait exorbitante. Il passa un début de soirée des plus excellents, en appréciant des mets raffinés au restaurant trois étoiles de la ville voisine. Puis, après avoir gratifié les serveurs d'un pourboire fort élevé, il fila illico presto dans un casino. Et là, que fit-il ? Il perdit tout son argent en trois heures, montre en main – la mine illuminée de Trilobite se décomposa brutalement. Le lendemain, à la première heure, notre Bernard se rendit au siège du gouvernement. Arrivé au sas d'entrée, il fut accueilli par deux vigiles, à qui il relata sa situation, combien il s'était follement amusé au casino, sans prendre la moindre précaution, gagnant au début des sommes énormes, largement supérieures à leurs petits salaires de m... isère, avec de l'argent qui n'était même pas le sien. Bernard leur expliqua également que, quelques heures après malheureusement, et sans qu'il puisse aucunement se l'expliquer, il avait absolument tout perdu. Les agents de sécurité, bouche bée, lui laissèrent le temps de leur conter encore qu'il allait perdre sa maison, qui était hypothéquée, et que, selon toute vraisemblance, il ne pourrait pas partir en vacances cette année, loin sur cette île paradisiaque qu'il avait repérée dans un catalogue. À moins que le gouvernement fasse quelque chose de généreux pour lui... Ce pourquoi il était là.

— Mais je n'ai jamais fait ça, moi !!!! cria Trilobite de derrière sa moustache excessive qui ressemblait à s'y méprendre à un pare-buffle.

— Ce n'est qu'une histoire Bernard, pas la réalité, ne t'inquiète pas, tenta de le rassurer Ondine, un peu comme on cherche à apaiser un gamin angoissé.

Elle lui fit aussitôt une malicieuse contreproposition :

— Et si maintenant on appelait notre personnage, non plus Bernard mais... au hasard... Trilobite, par exemple, cela t'irait-il mieux... Bernard ?

— Oui... répondit celui-ci, au bord des larmes.

— Ok, on fait comme ça, poursuivons notre histoire : Trilobite chercha ensuite à convaincre les vigiles qu'ils devaient, impérativement, le laisser entrer et parler à un responsable. Le gouvernement ne disposait-il pas, grâce au pouvoir absolu qu'il exerçait sur les contribuables, de la faculté d'imaginer un dispositif spécial qui permettrait de le soutenir dans ses malheurs ? Trilobite leur narra, à ce titre, combien son voyage avait été long et éreintant. Il avait été contraint, faute d'argent pour le plein d'essence, de prendre le métro en faisant un changement pénible, sans parler des odeurs pestilentielles et du monde incroyable qu'il y avait là-dedans... « Ah bon ?!? » avait-il fait à l'adresse des agents de sécurité. « Vous, vous prenez ce machin tous les jours ? ». Les deux hommes ne savaient pas trop, à ce moment-là, s'ils devaient refouler notre Trilobite à l'extérieur ou plutôt contacter ces fameux services de santé spécialisés qui font un usage si performant de chemises équipées de manches sans fin et de solides boutons dans le dos. Au lieu de cela, ils ne firent rien. Le visiteur, il faut dire, les distrayait aussi de leur quotidien peu enviable. Trilobite ajouta que, en plus de l'aide qu'on ne manquerait certainement pas de lui fournir, il avait, cela tombait sous le sens, quelques exigences supplémentaires.

— Alors il parle drôlement bien là quand même, Trilobite, s'écria soudain Trilobite.

— Euh... Écoute, tu ne peux pas tout avoir. Veux-tu qu'on change ? Qu'on l'appelle à nouveau Bernard ? demanda gentiment Ondine.

Trilobite hocha vigoureusement la tête de droite à gauche.

— Les vigiles mi-amusés, mi-troublés, lui demandèrent de quelles revendications il pouvait bien s'agir. Là-dessus, Trilobite leur répondit que, d'une part, l'État devrait continuer à le soutenir à l'avenir, comme il avait la ferme intention de se rendre chaque jour de son existence au casino, et que, d'autre part, il était hors de question qu'on lui demande des garanties en échange. Trilobite argua de plus que cela ne poserait assurément aucune difficulté, l'argent des aides dont il allait pouvoir bénéficier n'étant pas, non plus, celui des gouvernants. Il fit très bien de le noter, s'agissant effectivement de celui de la population et des entreprises du pays qui n'avaient pas la taille suffisante pour échapper au fisc. Trilobite omit, cela va sans dire, de mentionner que cet argent était aussi celui des deux andouilles qui lui obstruaient présentement le passage. Il termina en ajoutant que les contribuables qui allaient lui permettre de sortir de l'impasse, étaient partiellement ceux-là mêmes qui lui avaient confié leur argent. Quoi de plus naturel et logique, dans une telle situation, qu'un prêteur sauve sa mise en continuant à prêter ? Trilobite, que caractérisait un savoir vivre suffisant pour ne pas transgresser les bonnes convenances, prit la pose, arbora un minois des plus avenants et assura les deux hommes de sa reconnaissance éternelle s'ils le laissaient enfin entrer. « Et si on ne te laisse pas entrer ? » demandèrent enfin les agents de sécurité au farfelu. La réponse de Trilobite ne se fit pas attendre et fut la suivante : « Je vomis et pisse partout ! ».

Ondine stoppa net, curieuse de voir l'effet que son histoire rocambolesque avait provoqué dans la salle. Un silence de plomb s'écrasa sur le public.

— Cela vous inspire quoi ? lâcha Ondine après une bonne minute de mutisme.

Ceux et celles dans le bar qui avaient saisi la parabole, choisirent de se taire, afin de laisser les autres cogiter.

— Ça me met fort mal à l'aise, releva un homme d'un certain âge assis sur le devant, à deux mètres à peine d'Ondine.

— Et j'en suis sincèrement désolée, répondit l'intervenante. Mais voyez, il n'y a rien de plus percutant que des histoires comme celle-là, pour faire ressortir l'incongruité d'une situation et la nausée qui l'accompagne. Une fable peut déclencher des vagues dans notre esprit et nous pousser, malgré nous, à la réflexion. Ondes, Ondine. Mon goût pour ces choses ne vient pas de nulle part.

— Mais où voulez-vous en venir à la fin ? la questionna le même homme, qui avait des cheveux longs d'un blanc éclatant, noués par un catogan. Son impatience semblait le mettre durement à l'épreuve.

— À la réalité, tout simplement. Oubliez maintenant les vigiles et remplacez le protagoniste principal de l'histoire par les banques. Vous vous retrouvez, à peu de choses près, avec ce qui s'est produit en 2008 et avec la situation à hauts risques qui perdure aujourd'hui et qui n'existerait pas sans la complicité des gouvernants. Les sociétés financières ont joué massivement avec de l'argent qui n'était pas le leur puis, un beau matin, on les a retrouvées toutes penaudes, échouées à la porte des gouvernements. Ce qu'elles ont alors réclamé et obtenu était identique, en tout point, à ce que notre personnage requête dans l'histoire. Ou rackette comme vous voudrez. Ce deal, qui n'en est pas un comme il n'y a pas de contrepartie, constitue un niveau de criminalité tout à fait inégalé jusqu'à présent. On a dit qu'il fallait absolument sauver les banques car tout, sinon, menaçait de s'écrouler ? Très bien. Dans ce cas, la seule chose raisonnable et envisageable était, pour les États, de racheter chacune d'elles pour un sou symbolique avant de les renflouer avec notre argent comme ils l'ont fait. Ainsi, on aurait pu au moins contrôler que cela ne se reproduise plus ! souligna Ondine avec une expression outrée.

— Il faut noter aussi, intervint Aristot, qu'aucune réglementation digne de ce nom n'est entrée en vigueur, entre-temps, pour faire obstacle aux fauteuses de troubles que sont les banques. On punit les voleurs de pommes pourtant. Les directeurs des établissements spoliés auraient dû être mis à l'ombre pour de longues années. Qu'observe-t-on au lieu de cela ? Que les grands addicts de la spéculation sont restés en poste et qu'aucun garde-fou n'a été mis en place pour les empêcher de réitérer leurs forfaits à l'avenir. Le plus indécent et pervers, là-dedans, est que les aides accordées fragilisent considérablement les États qui doivent ensuite, comme on l'a vu, s'endetter auprès de ceux-là mêmes qui en ont bénéficié.

— La situation est aussi totalement inédite dans l'histoire de l'homme, releva Karole. Nos politiciens eux-mêmes se font ainsi les acteurs du dépouillement des États alors que leur rôle devrait être précisément de les protéger. C'est, ni plus ni moins, de la haute trahison et ce n'est absolument pas un hasard si ce crime a été supprimé de la Constitution française en 2007 pour les présidents de la république.

— Tout se passe actuellement en tout cas, comme si les États n'aimaient plus l'argent tout à coup, remarqua Ondine. Comme chacun sait, l'argent c'est le nerf de la guerre et tout le monde l'aime. Moi aussi je l'aime ! ajouta-t-elle avec une expression langoureuse. Vous aussi, n'est-ce pas ?

« Ouiiiiiiiiiiii ! » répondit la salle d'une même voix et avec cette sorte d'exaltation enfantine que l'on rencontre au *Théâtre de Guignol.*

— Bien, fit Ondine. Nous approchons de la fin officielle du débat. Pour clore, j'aimerais vous poser une ultime devinette. Comment appelle-t-on, dans les médias, ce dont nous avons parlé ce soir ?

— *La Guerre des étoiles*, suggéra Gargouille, qui paraissait déjà au bord du coma éthylique.

— Non, répondit Ondine avec un début de fou rire.

— Grand banditisme, proposa le vieil homme.

— Pour être grand, c'est du grand. Mais je reprécise bien : c'est un terme utilisé sérieusement dans les médias pour désigner, de façon hautement simpliste et surtout trompeuse, toute la problématique exposée.

— Allez, je vous aide, dit Oliver avec son sympathique accent allemand, très chantant. Il y a des crises cardiaques, crises de foie, crises d'épilepsie, crises d'asthme, crises d'angoisse, crises de tétanie, crises de tachycardie, crises…

— Crise ! hurla Trilobite sur un coup de l'intuition.

— Bravo Trilobite ! s'exclama Ondine, aussitôt consciente d'avoir commis la bourde qu'elle avait pourtant réussi à contourner toute la soirée.

Trilobite la regarda d'un drôle d'air. Ondine décida de passer outre :

— Effectivement c'est le mot avec lequel on nous bassine à tout va. J'entendais, hier encore, quelqu'un qui disait que le système allait s'effondrer parce qu'il était en crise. Mais ce qu'on dénomme la crise ne nous est pas tombé du ciel façon soucoupe volante ! La crise EST le système et le système EST la crise, martela Ondine. Arrêter la crise reviendrait à bloquer le système et inversement. Soyez convaincus que les banquiers ne tueront pas la poule aux œufs d'or de sitôt... Sauf accident de parcours bien sûr. Bon, il est temps pour moi maintenant d'aller boire un coup. Je vous remercie pour votre attention !

Une salve d'applaudissements suivit, que Riwan interrompit après quelques secondes en levant les bras.

— S'il vous plait, nous n'avons pas tout à fait terminé. Quelqu'un a-t-il trouvé, entre-temps, la femme à l'incroyable rouge à lèvres ?

— Je vous préviens, je ne cède pas mes bottes, ponctua Ondine, son sourire inaltérable aux lèvres. Je propose que le gagnant emporte plutôt avec lui ce portrait si hideux, fixé au plafond dans les toilettes des femmes. Sous réserve, bien sûr, qu'Elena donne son feu vert.

Elena, qui faisait milles choses à la fois derrière son comptoir, opina du chef, d'un air qui voulait tout dire. Elle semblait se moquer de cette photo comme de sa première layette. De toute évidence, elle ne savait plus trop où donner de la tête, essuyant des verres pendant qu'elle en remplissait d'autres, peu à peu, de bière à la pression, réceptionnant les commandes qui déferlaient, tout en éditant les additions et procédant aux encaissements.

— J'ai vu, tout à l'heure, une femme sortir avec un rouge à lèvres de cette couleur mais ne connais pas son nom, se signala une adolescente qui se tenait debout près de la porte d'entrée.

— Ce devait être... Cyntia, lâcha Ondine, ostensiblement embarrassée.

« Quel con ! » pensa Suyin, se faisant la réflexion que Riwan n'avait pas même reconnu l'écriture ni le rouge de Cyntia.

27 JUNFENG

Aristot était désemparé. La même question lui revenait sans cesse à l'esprit. Où pouvait bien être passé Finn ? Lui qui, d'ordinaire, vivait essentiellement entre ses quatre murs et ne sortait qu'en cas de besoin urgent ou de lubie soudaine ? Après une nuit passée chez Suyin, Aristot était retourné chez lui en début d'après-midi, vers 14 heures 15. Ce jour-là, il devait accueillir les ouvriers chargés de monter l'escalier en spirale prévu entre les deux appartements. Juché sur un escabeau, il s'était cramponné au bord de l'ouverture déjà aménagée et était parvenu, après quelques tentatives ratées, à se hisser jusqu'à l'étage supérieur.

Il n'avait trouvé nulle trace de vie dans l'appartement de son ami. Même son chat était resté introuvable. Bouleversé, il avait parcouru une seconde fois toutes les pièces au pas de course, passant en revue le moindre recoin. Les espaces, inhabituellement silencieux, sentaient le renfermé. Un jus d'orange encore à moitié plein languissait sur la table ovale de la cuisine. Par superstition, plus que par paresse, Aristot avait envisagé un instant de laisser le verre temporairement là où il était. Puis, constatant qu'une couche d'on ne sait quoi se formait déjà à la surface, il avait fini par jeter son contenu dans l'évier, d'un geste brusque et survolté. C'était à n'y rien comprendre. Finn, soigneux à l'excès pour tout ce qui avait trait à son habitat, ne laissait jamais rien traîner lorsqu'il partait quelque part. Il buvait du jus d'orange de préférence et presque exclusivement au lever. Aristot en avait donc déduit qu'il devait avoir quitté son appartement en début de matinée. Des restes infâmes de boulettes de viande trainaient également dans la gamelle du chat. Cela ne se produisait pour ainsi dire jamais. L'Anglais maniaque qu'était Finn, avait pour habitude de la nettoyer au moins trois fois par jour, si bien qu'on y voyait presque toujours apparaître une image de poisson guilleret au fond, dont il ne restait pourtant que la tête et les arrêtes.

Tout indiquait par ailleurs que Finn avait quitté les lieux, non seulement avec précipitation, mais en n'emportant pas ou très peu d'affaires. Aristot connaissait bien ses bagages et savait précisément dans quel placard il les stockait. Tous étaient à leur place, empilés méticuleusement les uns sur les autres, des plus volumineux, en bas, aux plus légers sur la dernière étagère. Son lit était défait et les rideaux de sa chambre tirés, une liseuse encore allumée. On pouvait finalement s'interroger s'il n'était pas même parti en pleine nuit. Pour faire quoi ?

Pas un mot laissé sur un *post-it*, pas un signe de vie entre-temps, pas le moindre indice… Aristot avait multiplié les coups de fils. Ses collaborateurs n'en savaient pas davantage. Les voisins n'avaient rien entendu ni remarqué de suspect. Partout, son absence provoquait l'étonnement et l'inquiétude. De Finn dépendaient tant de salariés, tant de business. Les femmes et les hommes autour de lui comptaient quotidiennement sur ses avis précieux, son sens inné des affaires, son adresse aussi à démêler les situations les plus alambiquées.

Quand il était retourné chez lui pour ouvrir la porte aux artisans, Aristot avait eu la mauvaise surprise de constater que les perroquets avaient également disparu avec leur cage. Les graines et granulés avaient été emportés, ce qui ne laissait aucun doute possible quant au fait que l'absence de Finn n'était pas totalement imprévue et pourrait même se prolonger. Toutefois, Aristot saisissait mal pourquoi son ami ne lui avait pas, tout bonnement, laissé la garde de ces oiseaux qui n'étaient pas les siens et qu'il supportait si peu. Il prit néanmoins le parti de se rassurer, se disant, qu'au moins, rien d'accidentel ne pouvait lui être arrivé et que les animaux étaient en sécurité avec lui. Il fallait bien que, d'une manière ou d'une autre, il se rattache à une forme d'espoir. Un détail supplémentaire avait troublé Aristot cependant : l'une des deux portes fenêtres qui donnaient sur un balcon, côté cour, était ouverte. Or, il vérifiait toujours, avant de quitter l'appartement, que celles-ci soient convenablement fermées en cas d'intempéries. Il avait jeté un bref coup d'œil par-dessus le parapet, avant de se ressaisir et de se blâmer pour cette stupide intuition. Qui aurait bien pu être assez dingue pour passer par là ? Et dans quel but ?

Aristot avait tenté de déclarer la disparition à la police mais il était beaucoup trop tôt pour le faire, selon elle. Il n'y avait pas de trace de violence et tout portait à croire qu'il n'était pas parti sous la contrainte. Aucun ravisseur ne s'était jamais encombré d'animaux de compagnie. Sur ce point, on ne pouvait pas leur donner complètement tort. Devait-on contacter sa famille ? Finn la gardait à bonne distance et devait avoir ses raisons. Il y avait fort à parier aussi qu'Aristot s'attirerait des ennuis en établissant un contact avec elle. Par ailleurs, il ne lui connaissait pas d'ami proche autre que ceux qu'ils avaient en commun. Trop de gens gravitaient autour de lui pour sa fortune personnelle. Cela l'avait rendu particulièrement méfiant et sélectif dans son approche des autres. Que faire quand on ne savait pas même par quel bout commencer ? Une petite voix lui disait en même temps que, plus il attendrait pour agir concrètement, plus l'affaire tournerait à l'imbroglio inextricable.

Décidément, songea Aristot, tout ne se passait pas pour le mieux ces derniers temps. C'était un truisme de le dire. On pouvait descendre une pente en bien moins de temps qu'il n'en fallait pour la remonter. Un sentiment le pénétrait que le chemin qu'il dévalait vers le bas depuis peu, était bien trop raide et interminable pour être celui qu'il avait gravi dans toute son existence. Dans ce cas, comment était-il possible de chuter si durablement sans ascension préalable au moins équivalente ? Il y avait là de quoi alimenter un vrai débat philosophique. C'est à ce type de réflexions, en apparence tout à fait inutiles, qu'Aristot s'adonnait parfois pour se remonter le moral. Ne fallait-il pas toucher vraiment le fond pour pouvoir se propulser à nouveau vers le haut ? Le plus abruti des maîtres-nageurs, celui qui poussait les petits ne sachant pas nager dans l'eau du grand bain, savait ça. Pour Aristot, rien ne valait ce qu'il appelait la foliesophie pour se remettre en selle. Le truc consistait à prendre de la distance par rapport à sa propre réalité. La sienne, celle qu'elle n'était pas, celle qu'elle aurait pu être... Il épiait ainsi ses propres émotions, les inspectait, les soupesait pour les laisser finalement passer devant lui comme sur un grand écran. La douleur, la joie, les frissons, l'ivresse, les ébranlements de toute sorte, étaient comme des images qui s'éloignaient au fil des secondes, se succédant les unes aux autres, jamais pareilles. Souvent, cet exercice lui suffisait amplement pour pouvoir relancer la machine.

Ce jour-là toutefois, était un de ceux où la fameuse technique s'avérait inopérante, futile même. La disparition de Finn avait laissé Aristot complètement abattu et désarmé. D'instinct, il y voyait un mauvais présage, une forme indistincte d'alerte qu'il lui fallait maintenant décoder de toute urgence, oui, un message. Mais pourquoi se sentait-il si incapable de réfléchir ? Pire, de prendre une quelconque décision ? Il éprouvait même de la peine à rassembler l'énergie nécessaire pour se faire cuire du riz ou quelque chose du genre. Depuis de longues minutes déjà, il attendait devant la cuisinière, le séant vissé sur un tabouret instable qui produisait des bruits métalliques à chaque fois que l'on bougeait dessus. Davantage mu par l'agacement suscité que par une réelle envie, Aristot prit enfin suffisamment sur lui pour se saisir d'une casserole et la remplir d'eau. En un tour de main, la plaque chauffante était lancée. De tels jours infects, un repas des plus banals pouvait prendre des atours d'épreuve et durer jusqu'à plusieurs heures. Il n'y avait nulle intention cérémonielle dans tout cela, juste un besoin que ressentait Aristot de tout arrêter, au mieux ralentir. Quelle maudite journée !

Son repas terminé, il resta là encore de longs instants, le visage crispé, les coudes enfoncés dans une nappe épaisse aux motifs rouge flamboyant sur fond jaune, le regard absorbé par des centaines de petits dragons qui tiraient autant de langues fourchues par ce qu'il imagina être de la pure provocation. Levant la tête, perdu dans ses pensées, Aristot aperçut les toits alentour à travers le store vénitien de la cuisine. Il se dit qu'il devrait bien enfin se passer quelque chose dans sa vie… à un moment donné… Puis son regard vide échoua sur un calendrier chinois que Junfeng, le père de Suyin, lui avait offert. Il était fixé avec deux aimants sur le haut de son réfrigérateur. Ce diable de Chinois lui envahissait littéralement son espace vital songea-t-il avec attendrissement et amusement. En attendant, son magasin était un des lieux au monde où il se sentait le plus à l'aise et en sécurité.

« Et puis merde ! » jeta Aristot à la face du silence. Ces trois mots, prononcés pourtant du bout des lèvres, ne réussirent pas moins à crever suffisamment l'espace pour lui donner le laps de temps nécessaire à sa fuite. Se levant brusquement, à en faire basculer le tabouret qui fit un bruit mat en chutant sur le sol, il agrippa ses clefs et son téléphone portable, les engouffra profondément dans les poches de sa veste puis bondit hors de l'appartement. Sur le palier, trois étages plus bas, il faillit renverser une vieille dame qui remontait lentement chez elle avec ses courses. Pour se dédouaner, il aida celle-ci à porter son fardeau jusque devant sa porte puis, après un mot aimable, redescendit les marches quatre par quatre pour gagner la rue. Une petite promenade lui ferait le plus grand bien. Destination *Au Comptoir du Yunnan*, le commerce de Junfeng. Suyin avait insisté sur le fait qu'elle s'y trouverait dès le début de l'après-midi. Pour la connaître mieux que toute autre personne au monde, le message était plus que subliminal.

Sans réfléchir une seconde à l'itinéraire à parcourir, il traversa à pied les différents quartiers qui le séparaient de son objectif pour se retrouver, presque mécaniquement, devant la boutique de produits asiatiques. C'était un local à la configuration très curieuse, qui faisait penser à ces mondes imaginaires où une simple armoire donnait sur un véritable univers parallèle. Une devanture très modeste, percée d'une porte munie d'un rideau de fer, permettait de pénétrer dans un espace imposant qui s'étirait, tout en longueur, jusqu'à la rue située de l'autre côté du bloc d'immeubles. L'accès situé à l'arrière était une issue de secours fermée normalement au public. Junfeng l'utilisait essentiellement pour les livraisons et l'accueil de ses proches lors des fêtes familiales. L'espace de vente s'étendait sur une bonne soixantaine de mètres de long sur dix de large, se terminait par une porte souple à ouverture rapide donnant sur le hall de stockage, qui lui-même débouchait sur un hangar. Junfeng en exploitait la surface au maximum, n'abandonnant pas le moindre centimètre carré au hasard et laissant les rayonnages s'élancer souvent jusqu'au plafond. Les allées étant, de surcroît, plutôt étroites, il se dégageait de l'ensemble une impression de forte surcharge.

Si Aristot appréciait tant cette boutique, au-delà du fait qu'elle était l'antre de son amour, c'était pour sa qualité de labyrinthe hors du temps, dans lequel on pouvait plonger librement et presque s'oublier. Il y avait un bémol toutefois : il ne supportait que difficilement les remugles d'encens que les parents de la jeune femme s'évertuaient à y diffuser, sans retenue connue, à longueur de journée. Les effluves empuantissaient le voisinage, provoquant des maux de crâne insoutenables chez les personnes insuffisamment endurcies et qui s'attardaient trop à proximité. Mais peu importait finalement, il adorait ces gens par-dessus tout. Pour leur joie de vivre, leur modestie et cette touchante simplicité qui émanait de leurs paroles comme de leurs gestes. Aristot les enviait pour ça, lui qui n'avait pas encore réussi à porter un regard limpide et coulant sur le monde, lui qui trouvait toute chose si extrêmement complexe. Aussitôt la porte du magasin franchie, il avait la sensation de débarquer sur une autre planète où tout devenait possible, de nouvelles formes d'étonnement, des sensations et émotions aux accents inédits, un rafraîchissement chaleureux... une vie différente en somme.

Pour les connaisseurs, le magasin était une mine d'or dans laquelle ils pouvaient passer un temps infini à y chercher et puiser des ressources rares. Pour tous les autres, c'était un enfer, un capharnaüm dantesque susceptible de les engloutir vivants pour ne jamais les laisser ressortir. Ainsi, nombre de clients préféraient encore demander les produits à la caisse, plutôt que de s'enfoncer dans les galeries assez mal éclairées du lieu, au risque d'y passer la semaine. Ne s'y aventuraient donc, dans la majorité des cas, que les habitués sachant précisément quoi chercher et où le trouver, et, c'était la seconde condition, maîtrisant la langue dans laquelle l'emballage du *Graal* traqué était rédigé. En somme, il n'y avait de vrai salut, dans cette boutique, que pour des asiatiques la connaissant déjà. Aristot, qui l'arpentait depuis des lustres, était à peu près la seule exception à la règle. Pour avoir donné très régulièrement des coups de main à Junfeng, l'aidant notamment à déballer puis disposer les produits livrés sur les rayons, il avait acquis une solide maîtrise des contenus et des emplacements dédiés pour chacun d'entre eux. C'est, en tout cas, à force de parcourir ainsi kilomètre sur kilomètre, que les deux hommes étaient probablement devenus parmi les plus svelte du quartier.

— A-rris-tot, beng-ve-nou! lui lança, phonétiquement, Junfeng du fond du magasin quand il y pénétra.

Pour Aristot, c'était une énigme insoluble. Comment l'homme, où qu'il se trouvât à cet instant, réussissait-il à savoir instantanément qui venait d'entrer? À moins que la clochette, qui était fixée à la porte, fût dotée d'une faculté de reconnaissance faciale et d'un langage secret à la fois, il n'y avait pas d'explication rationnelle possible.

— Bonjour Junfeng, cria presque Aristot, de peur de ne pas être entendu de si loin.

Aristot entreprit la longue marche vers l'arrière-boutique, contournant des sacs de riz gluant et de fécule de pommes de terre posés à même le sol, frôlant des étagères sur lesquelles reposaient des assiettes et bols joliment décorés en porcelaine, passant à côté de rayons emplis de gâteaux à la pâte de soja, auxquels il parvint à résister vaillamment, pour terminer, juste après un virage à angle droit, nez à nez avec Junfeng.

— Bonjour Junfeng, j'espère que je ne te dérange pas.

— Mong fu-turr gen-drre ne dei-rranj-pa, répondit le commerçant avec un grand sourire – pour plus de facilité, il sera renoncé à la transcription phonétique dans tout ce qui suit.

— Tu vas bien ? demanda Aristot.

— Oui. Toi, par contre, tu as l'air plutôt préoccupé, remarqua Junfeng.

— Effectivement. Un de nos amis a disparu. Finn. Tu sais, celui qui m'a raconté avoir imité un éléphant avec un bâton d'encens en bouche ici un jour.

— Ah oui, je vois très bien. Mais s'il a fini par tout casser dans un magasin chinois avec ses singeries, ce n'est pas très étonnant qu'on n'en retrouve pas la trace, dit Junfeng en éclatant de rire.

Même Aristot s'amusa de son commentaire. Quand Junfeng s'exprimait, c'était comme un cri joyeux, une note de musique éclatant dans l'espace, un encouragement à affronter les affres de la vie les plus cruelles avec détermination et la tête haute. Junfeng était un homme radieux et épanoui, affable et tout en modestie. Il était de taille assez petite mais d'aspect robuste. Il travaillait tous les jours de la semaine avec un grand naturel, sans jamais donner, le moins du monde, l'impression de peiner. Tout lui semblait facile et évident. Le revers de la médaille toutefois, chez lui, c'est qu'on ne savait jamais quand quelque chose allait mal. Il ne laissait jamais rien filtrer vers l'extérieur.

C'est à ce moment-là seulement, qu'Aristot réalisa que Junfeng venait, pour la première fois, de l'appeler « mon gendre ». Jamais l'homme n'avait fait, jusqu'à ce jour, une allusion aussi claire à un possible – et nécessaire ? – mariage avec sa fille. Personne n'en avait jamais parlé par ailleurs, à commencer par Suyin et lui-même. Aristot se sentit soudain rougir jusqu'aux oreilles, ne sachant que dire, s'abandonnant à l'énorme fierté qui montait en lui d'être ainsi accueilli dans cette famille, avant même que le lien ne soit officialisé. Junfeng interpréta sans doute mal l'expression de son visage et tenta de lui redonner un peu d'espoir :

— J'ai peut-être une solution pour ton ami.

— Laquelle ? demanda Aristot, interloqué

— Demain, c'est le Nouvel an chinois comme tu sais. C'est un moment très important pour les vœux. Nous allons donc, tous, souhaiter que votre ami, à Suyin et à toi, revienne rapidement.

— Ah, fit Aristot, ne sachant que répondre d'approprié.

Il regretta aussitôt d'avoir pu trahir sa pensée au travers de ce « Ah » si bref, qui pouvait en dire si long comme « tu n'as vraiment rien de moins nigaud et lourdingue à proposer ? ».

— C'est une excellente idée ! se rattrapa-t-il. Cela devrait suffire amplement. Je vais suspendre mes recherches.

Il y avait des jours où il valait encore mieux la fermer complètement. Après avoir échangé quelques banalités chaleureuses supplémentaires avec Junfeng, Aristot lui livra l'épopée dans le moindre détail, comment il avait découvert l'appartement de Finn vide, les difficultés que son absence générait partout, ce que ses maigres compétences de détective lui avaient permis de conclure.

— N'aie aucune inquiétude. Des animaux l'accompagnent, il est donc sous leur protection, nota Junfeng avec une expression de certitude indéracinable.

— Tu dois avoir raison, ajouta simplement Aristot, devenu prudent.

— Ce soir, nous avons notre repas du Nouvel an en famille. Tu seras présent bien sûr ?

— Oui, naturellement, c'était prévu, mentit Aristot qui, à la vérité, avait omis de se noter la date. Pourquoi avait-elle aussi l'agaçante propriété de changer tous les ans ?

— Parfait ! Nous avons tout l'après-midi pour les derniers préparatifs. Les convives arrivent vers 18 heures. Ma femme est en cuisine au 1er étage depuis tôt ce matin, avec le petit frère.

Aristot en déduisit que Suyin n'était pas encore sur place. Elle avait un frère plus jeune qu'elle de quatre ans. Junfeng se dirigea vers le hall de stockage. Aristot savait ce qui lui restait à faire. D'ordinaire il aidait fort volontiers l'homme, avec joie même. Mais ce jour-là était différent, un de ces jours où l'apathie envahissait les profondeurs de son être, un peu comme l'eau glacée de l'océan submergeant les soutes d'un navire en train de sombrer. La mort dans l'âme, il se traîna jusque dans le hangar. Comme il l'avait deviné, Junfeng devait encore décharger la camionnette qu'il utilisait régulièrement pour s'approvisionner.

Le commerçant réceptionna un appel à ce moment-là et Aristot eut le droit de commencer aussitôt, seul. Avant cela, il alla se connecter sur une radio en ligne de Nagoya qui diffusait de la musique japonaise frisant l'hystérie mais aux accents particulièrement entraînants. Il en aurait rudement besoin. Toutes les mini-enceintes du magasin, habilement placées pour couvrir tout l'espace de façon homogène, se mirent subitement en marche. Après tout, la musique la plus anodine produisait des effets positifs plus sûrement et rapidement que les meilleurs exercices de foliesophie.

Aristot prit tout d'abord la mesure du travail à effectuer. Le véhicule était rempli à bloc. Il resta planté là quelques secondes, les mains calées sur les hanches, le visage défait, puis entreprit d'en extraire, un à un, les cartons et sacs d'approvisionnement qui s'y trouvaient. Dans une seconde étape, il faudrait les emporter dans les entrailles du local de stockage. Le téléphone portable toujours en main, l'air particulièrement amusé, Junfeng accompagna Aristot du regard encore vingt bonnes minutes, observant ses gestes inhabituellement maladroits qui révélaient une carence totale de motivation. Il finit par clore ce qui devait être un entretien d'affaires avec l'un de ses fournisseurs chinois, puis s'en vint prêter main forte à Aristot. Les produits se succédèrent interminablement. La farine suivit la chapelure qui avait déjà pris le relais des nouilles et des légumes secs. Tout à coup, Aristot remarqua que quelque chose clochait. Il y avait des traces poudreuses et blanches sur le tapis de sol de la camionnette.

C'est l'instant précis qu'elle choisit pour apparaître. Une souris fila soudain entre ses jambes et bondit hors de la camionnette à la vitesse de l'éclair. Junfeng poussa un hurlement de rage en l'apercevant.

— Je croyais avoir tout contrôlé de fond en comble à la livraison, fit-il.

— On va la retrouver, dit Aristot qui ne savait pas, pour le coup, à quel point c'est lui maintenant qui pouvait paraître naïf.

— Pas ici, ajouta Junfeng d'un air anéanti qu'on aurait cru impossible chez lui. La dernière fois que j'ai eu une souris, il y a deux ans, elle a réussi à se camoufler pendant à peu près six mois, grignotant de tout un peu partout. Seuls les pièges fonctionnent. On n'a retrouvé son squelette, coincé dans une tapette, qu'au moment du grand nettoyage de fin d'année. C'est très mauvais pour le commerce.

— Et le chat ? demanda Aristot en désignant du doigt un chartreux grassouillet qui se prélassait dans le rayon de soleil que lui offrait une petite lucarne.

Ses yeux intensément jaunes lui donnaient des airs de hibou des marais pas pressé de bouger.

— Chuài ? C'est un veau. Il n'a même pas réagi !

— Garde la souris dans ce cas... suggéra Aristot.

— Comment ça ? demanda Junfeng ébahi.

— C'est de bon augure pour toi. Des animaux t'accompagnent, tu es donc sous leur protection. C'est toi qui me l'as dit, il y a une heure à peine. Déjà oublié ?

Junfeng éclata de rire, d'un de ces rires qui scellaient une amitié en profondeur. C'était bon de se sentir faire partie du même clan. C'est ce qui conférait, de façon inaltérable, toute leur intensité aux relations entre les hommes. Aristot réalisa qu'il avait oublié presque tous ses soucis en un tour de main, n'étant plus subitement ni le chômeur dont personne n'avait besoin, ni l'être réduit à son rôle dérisoire de consommateur courtisé, ni l'individualité exiguë dans laquelle la société en déliquescence tentait, à dessein, de l'enfermer. Il était celui qui recherchait un ami et en aidait un autre. Il était membre d'un tout qui le rendait puissant. C'est fou ce que quelques paroles simples, sans oublier une armada de sacs et cartons à déplacer, pouvaient transformer dans la vie d'un homme.

Trois heures après, Aristot achevait d'ajuster les courroies permettant de retenir les marchandises sur les étagères cossues de l'arrière boutique. Son travail enfin terminé, le cœur joyeux, il s'apprêtait à descendre de l'échelle coulissante sur laquelle il était perché, quand il aperçut plus loin Junfeng épandre le contenu d'un paquet de chips à la crevette dans une grande coupelle. Il n'en supportait absolument plus l'odeur, depuis que son futur beau-père lui en avait généreusement offert une vingtaine de grands sachets un jour, en récompense de son aide. Il n'avait jamais eu le cran d'ouvrir son cœur — ou plutôt ses hauts-de-cœur — et de lui confesser son dégoût profond vis-à-vis de ce qu'il appelait désormais « ces machins-là ». Coup de chance, son téléphone portable sonna. Peu importait qui l'appelait si cela pouvait retarder ainsi le moment du supplice d'au moins quelques minutes. Sauvé par le gong… C'était Suyin.

— Salut ma fleur, tu es où ? demanda Aristot.

— Quoi comme fleur ? Pissenlit, silène enflée, joubarde ou hellébore fétide ? interrogea Suyin.

— Jobarde enflée et fétide.

— Petit sal… Et puis je n'ai pas dit jobarde mais joubarde, tu vois.

— Donc tu es où ? insista Aristot.

— Dans le magasin de mon père… Et… toi ? demanda Suyin sur un ton qui laissait entendre qu'elle savait pertinemment qu'il était là aussi.

— Tu plaisantes ?

— Non, répondit Suyin.

— Je savais bien que tu étais là ! Tu me l'avais dit aussi hier. Mais pourquoi ton père a-t-il fait comme si tu étais absente ? Je l'ai aidé à décharger et rentrer toutes ses marchandises. Ah… je comprends maintenant… C'était un coup monté. Vous êtes de vraies crapules.

— C'est géant, on t'a bien eu encore cette fois ! s'exclama Suyin en riant de bon cœur. Et tu ne penses tout de même pas que j'allais me montrer ici avant que vous ayez complètement terminé ? Moi, une femme si frêle, douillette et attendrissante ?

Me verrais-tu donc soulever des charges si lourdes et nombreuses ? Et puis je viens seulement d'arriver. Je te jure que c'est vrai.

— Tu ne devais pas au moins aider ta mère à préparer des plats pour le repas ce soir ? demanda Aristot.

— Tiens, te connaissant, j'étais pourtant certaine que tu ne t'en souviendrais pas de celui-là. Tu sais ce que ça représente comme boulot ce genre de réceptions pour cinquante personnes ? Il n'y a que ma mère pour ne pas s'en lasser. Ce n'est pas davantage qu'une simple distraction pour elle. Non, nous avions convenu que, cette année, c'est mon frère qui s'y collerait. Et si je n'avais pas trouvé un prétexte pour ne pas être là, nous n'aurions eu aucune chance. Tu sais ce que veut dire son prénom, Ning, en chinois ? demanda Suyin.

— Pas vraiment…

— Paix, repos, tranquillité. Si ce n'est pas tout un programme de vie… Tu le connais. Il se mouche tout le temps, ce qui attendrit les gens autour de lui, et si on le laissait faire, il se lèverait chaque jour à 14 heures.

— Un peu comme moi en ce moment, observa Aristot.

— C'est normal en cette fin d'hiver. Mon père m'a dit au téléphone, tout à l'heure, que tu faisais une mine de déterré. Il t'a pris en pitié et a proposé de te laisser partir. J'ai refusé…

— Tu as… C'est donc toi qui l'as appelé vers 14 heures ?

— Oui, répondit Suyin.

— N'aurais-tu pas pu au moins abréger un peu la conversation ? J'ai travaillé comme un baudet pendant que lui souriait béatement.

— Non justement. Il te décrivait dans tes efforts et cela m'a follement amusée.

— Je rêve… Bon, si tu es vraiment là, Suyin, on ne va peut-être pas passer la soirée au téléphone ? Viens faire la bise de bienvenue à ton homme, suggéra Aristot qui s'impatientait.

— À toi de me trouver.

— Ah non... Ça ne va pas recommencer…

— Si. Un petit cache-cache pour te détendre un peu avant

l'apéritif. Si tu perds, même tarif que d'habitude, une claque sur le popotin, dit encore Suyin qui raccrocha aussi sec.

Aristot n'avait encore jamais gagné à ce jeu. Cela avait commencé dans les gares lorsque, dans une ville ou une autre, il attendait sa douce. Combien de fois, les yeux rivés sur le quai par lequel elle devait arriver, s'était-il laissé prendre ? Une fois, c'est bien après que tous les voyageurs du train furent passés devant lui, qu'il prit conscience d'une silhouette aimée qui se tenait à ses côtés et regardait, imperturbable, le même point au loin que lui. Aristot ne comptait plus les heures écoulées dans l'attente, perdues à faire le guet et consulter cent fois son portable, alors même que Suyin était déjà sur place et se contentait de l'observer, par amour. La valeur du temps en Orient n'était pas celle de l'Occident et sa compagne, bien que née en Europe, conservait un lien puissant avec elle.

Puis le jeu, transposé à l'intimité de l'environnement familial et du magasin, avait adopté de nouvelles formes. Suyin avait, maintes fois, épouvanté Aristot, à la faveur d'un coin d'ombre ou pas, qu'il sût ou non qu'elle fut dans les parages, surgissant soudain comme de nulle part devant, derrière ou même, un jour, au-dessus de lui. Ses parents avaient leur appartement juste au-dessus de la boutique. Deux petits escaliers très serrés, situés sur les côtés, permettaient de faire la navette entre les deux. Suyin se faisait un malin plaisir de ne jamais utiliser le même pour descendre au magasin et y surprendre son petit ami. Celui-ci en avait fini par supposer qu'il existait un troisième accès inconnu de lui. À plusieurs reprises déjà, Aristot avait tenté de se dissimuler lui-même derrière quelque pile de produits divers en bout de gondole ou dans l'obscurité d'un angle afin de la repérer et l'effrayer, en vain. C'était invariablement elle qui le débusquait au final. Elle l'avait déniché jusque dans un énorme carton qu'il avait investi un soir dans l'espace de stockage. Le minuscule trou qu'il y avait percé pour la surprendre n'avaient été d'aucune utilité. La demi-heure éprouvante qu'il y avait passée, engoncé dans cet espace trop confiné aux odeurs infectes de poisson trépassé, non plus. D'où avait-elle jailli ? Les rabats du carton s'étaient ouverts tout à coup et un strident « mon amour ! » lui avait éclaté les oreilles. Cette fille avait tout d'un chat, Chuài mis à part.

Cette fois, Aristot décida de ne rien faire et d'attendre simplement que l'inéluctable se produise. D'un air blasé, il descendit simplement de l'échelle sur laquelle il était encore juché puis se dirigea vers la porte en matière synthétique flexible qui donnait sur le magasin. Au moment de l'actionner toutefois, il repéra un deuxième récipient posé près de celui qui contenait les fameuses chips – ou chips pas fameuses selon le point de vue critique. Junfeng avait dû l'y déposer pendant qu'il téléphonait avec Suyin. Aristot choisit d'aller voir ce qu'il contenait et découvrit, avec bonheur, qu'il s'agissait de gâteaux à la crème de soja et à la banane, ses préférés. Il aurait pu en manger à en crever. Après s'être saisi de la coupelle, Aristot se défit de son flegme et alla aussitôt s'asseoir sur une caisse en bois clair, suffisamment éloignée des maudites chips et offrant une vue imprenable sur l'accès à la boutique. De là, il la verrait nécessairement arriver, se dit-il.

Trois gâteaux plus tard, les yeux perdus dans la contemplation des idéogrammes sur un emballage, Aristot n'eut pas le temps de relever la tête que Junfeng apparut avec une vitesse fulgurante devant lui, grimaçant et gesticulant comme un gibbon, et qu'il sentit par derrière une délicate main se poser sur le haut de sa fesse droite.

28 CAPTIVITÉ

Cela faisait quatre jours maintenant que Finn était relié, par une chaîne, à un fourneau à bois. Il songea que, jamais, il n'avait eu de compagnon si serein, imperturbable et merveilleusement à l'écoute. Sa fidélité semblait également d'une solidité à toute épreuve. L'humour ne préservait pas les Anglais du fait d'être des Anglais mais, au moins, il les aidait dans toutes les situations que d'autres auraient tenues pour invivables. Leurs cités en étaient les meilleurs témoins. Finn avait toujours son peignoir comme seul vêtement sur lui. L'inconfort n'était pas ce qui provoquait le plus d'inquiétude chez lui mais plutôt l'insalubrité. Depuis qu'il avait été débarqué en ce lieu, il ne s'était pas réellement décrassé et encore moins assis sur des toilettes normales. Il baignait dans la fange et des restes de souillures. Son tortionnaire s'était simplement contenté, jusque-là, de déposer un rouleau d'essuie-tout près de lui et de venir régulièrement l'asperger, ainsi que le sol sur lequel il reposait, au jet d'eau. Sans dire un seul mot.

Il faisait passablement froid dans la pièce qui devait être au sous-sol. Finn avait eu le plus grand mal à y sécher son peignoir à capuche, après sa première douche d'eau glacée. Depuis, il priait le colosse de lui laisser au moins le temps de l'ôter au préalable. Pour l'éloigner le plus possible du jet, il le retournait puis le faisait remonter par la manche le long de la chaîne. Entre-temps, le coton éponge était à peu près sec. La température basse s'était coalisée avec le manque de nourriture pour l'affaiblir considérablement. Un paquet de gâteaux et un fruit, accommodés alternativement d'une salade verte en sachet ou de carottes râpées, telle était sa maigre ration quotidienne. Un broc, qui devait bien dater de la fin du XIXe siècle, lui apportait en revanche une quantité d'eau largement suffisante. Jamais il n'en avait encore bu autant. Combien de calories avait-il brûlées en quelques jours ? Il était difficile de l'estimer chez lui, tant il était ventripotent et d'apparence adipeuse.

Finn se dégourdissait les jambes en arpentant interminablement les deux ou trois mètres carrés de sol qui lui étaient accessibles. Après quelques heures passées à retracer dans sa tête le plan de sa ville natale puis, disposant d'un temps infini, de quelques quartiers londoniens, il eut de la visite.

— Ravi Sir... de vous voir, dit-il à l'inconnu sans nom, qu'il feignait de ne pas craindre.

L'homme, insensible à l'humour comme à la désinvolture, ne répondit pas.

— Puis-je vous poser une question ? tenta Finn.

— Ouais.

— Ne serait-il pas nécessaire de vérifier au moins mon identité ? Peut-être y a-t-il erreur sur ma personne ?

— Vous êtes Finn Coldwyn, né à Braintree et vous êtes sur ma liste. J'la connais à fond.

— Votre... liste ? Il est donc prévu qu'il y ait d'autres victimes ?

— On a dit *une* question.

— Exact... Bonne mémoire... Ça risque de devenir compliqué si vous devez nous attacher tous... à ce poêle... et la pièce n'est pas très grande.

— Pas si j'vous tue avant.

— Ah oui... c'est vrai... Ce que vous dites là est très logique après tout. Mais mettez-vous un peu à ma place. Réalisez-vous ce que ça peut faire d'apprendre que quelqu'un en veut maladivement à votre peau, sans que vous ayez la moindre idée du motif ? Ma maman me demandait de lui faire des bisous, je les ai faits. Je m'étais mis dans la tête qu'il fallait être bon à l'école, j'ai été excellent. Plus tard j'ai maintenu et créé des centaines d'emplois pour tenter de rattraper, à mon niveau, le travail de sape de l'Union européenne. Et puis j'ai payé normalement mes impôts, qui sont inévitables pour la majorité d'entre nous... Savez-vous, à ce titre, qu'il n'y a que deux choses que l'on dit certaines en ce bas monde ? Je ne parle pas de cette cave, bien sûr.

— Les mouettes et la mer, répondit l'homme au visage taciturne.

— Ah ! Je consens à le reconnaître, elle n'est pas mal non plus celle-là... L'impôt et... la mort, dit-on d'ordinaire, même si, pour le premier, ce n'est plus vrai pour tout le monde. Mais revenons à nos moutons si vous le voulez bien. Puis-je vous poser une seconde question ?

— Ouais, dit l'homme qui s'était assis entre-temps sur un seau renversé dans le coin opposé, ses épaules impressionnantes appuyées contre le mur, loin des pestilences.

— Essex ? interrogea Finn.

— Hein ?!

— Je n'aime pas poser des questions trop directes sur certains sujets. C'est ma région d'origine. Est-ce sexe, est-ce le sexe quoi... ? Quelqu'un d'important m'en veut-il à ce point, parce que j'aurais fait l'amour à sa femme ? demanda Finn, malheureux de tout devoir expliquer en clair à cet arriéré. Le livret de famille n'est, entre nous, pas franchement ce que je scrute en premier quand je baratine une femme, ajouta-t-il.

— J'sais pas. Ça voudrait dire que tout l'monde couche avec tout l'monde…

— La liste est si longue que ça ?!? s'exclama Finn, désemparé.

— Assez, répondit l'homme qui semblait soudain perdu dans un nuage de doutes. Il en oublia qu'on en était déjà à la troisième question.

— Ecoutez, je ne vous connais pas mais vois bien que vous êtes embarrassé par tout ça. Peut-être y a-t-il une autre solution ? Je pourrais disparaître sans que ça le soit complètement.

— Comment ça ?

— En restant planqué quelque part. Ce serait dans mon

propre intérêt, de toute façon, de ne plus me montrer. Vous auriez officiellement honoré votre contrat et la situation serait gagnante pour toutes les parties.

— Et j'fais quoi de tous les autres ? demanda l'individu, penaud, en sortant une liste de la poche intérieure de sa lourde et épaisse veste en cuir.

Finn fut médusé par l'attitude soudaine de son ravisseur. Il avait l'air d'un enfant tenant une liste de courses confiée par sa mère et dont il ne comprenait pas le quart. Qui avait-il réellement en face de lui ? Un vrai tueur ? Un monstre étranger à toute émotion ? Un psychopathe absorbé dans un rôle qui l'avait enchanté au cinéma et qu'il était maintenant en train de reproduire en vrai, à ses dépens ? Un demeuré à qui son entourage avait décidé de jouer un mauvais tour en lui confiant une mission imaginaire ? Dans ce cas d'où sortait cette liste ? Horrifié, Finn constata qu'elle devait bien couvrir trois pages, recto verso, sur deux colonnes. Combien y avait-il exactement de noms dessus, avec les adresses ? Finn crut brièvement voir apparaître le nom de Cyntia mais il estima aussitôt, qu'à cette distance, il était tout à fait impossible de distinguer quoi que ce fût. Et puis l'image de cette femme aussi, lui tournait dans la tête. Il en conclut que son cerveau lui avait joué un nouveau tour.

— Ce n'est, certes, pas très confortable mais nous pourrions nous tenir à plusieurs dans cette pièce, qu'en pensez-vous ? Nous ne gênerions personne et nous ferions tout petits, suggéra Finn qui n'avait pas la moindre idée du lieu où il se trouvait.

À en juger par les bruits qu'il parvenait à percevoir de l'extérieur depuis son arrivée, il s'agissait vraisemblablement d'une bâtisse située en dehors de la ville et loin de tout axe routier. L'homme ne répondit pas.

— Qui réside ici ? demanda Finn qui n'obtint pas davantage de réponse.

À cet instant, l'entrepreneur se reprocha d'avoir entamé le dialogue avec cet individu qui, tout compte fait, ne pouvait être qu'un dingue. Peut-être ce dernier n'attendait-il que ça ? Que ses victimes le prennent au sérieux, se figurent qu'il éprouvait un quelconque remord et se construisent finalement de faux espoirs, afin de mieux les supplicier psychiquement après ? Quel idiot avait-il fait ! Etait-ce la première phase de ce qu'on appelait le syndrome de Stockholm ? Finn commençait-il à éprouver une certaine sympathie pour son geôlier ? Il fut ramené brutalement à la réalité par l'écuelle en acier inoxydable qui lui servait d'assiette, et dans laquelle il buta avec le pied en se déplaçant. Elle fit un bruit métallique insoutenable en raclant sur le béton, lui rappelant son sort. À quel toutou, mort depuis belle lurette, avait-elle appartenu ? Encore devait-il s'estimer heureux que le nom du chien crevé ne fût pas inscrit dessus.

— Vous avez remarqué ? demanda le géant tout à coup.

— Remarqué quoi ? répliqua Finn, hagard et abandonné à ses pensées nauséeuses.

— J'vous ai filé une gamelle anti-fourmis.

— Ah… elle émet des ultra-sons horribles qui leur fracassent les antennes ? Il y a un produit à la surface qui leur irrite le rectum si elles s'y assoient pour faire une pause ?

— Nan, les bords touchent pas par terre, ça empêche les saletés d'grimper, répondit l'homme avec une gravité et acuité surréalistes.

C'en était trop pour Finn qui s'effondra plus qu'il se rassit sur le sol. À la fatigue se mêlait un sentiment de profond désespoir et la certitude d'être livré, corps et âme, à une personnalité irréversiblement désaxée. Dans sa vie, il était déjà tombé sur des gens givrés, et pas seulement dans les milieux dits politiques, mais jamais encore il n'avait été confronté à un hurluberlu si honnêtement fou.

Soudain, la chose humaine le fixa droit dans les yeux. Finn crut entendre le glas de sa dernière heure sonner mais elle se contenta simplement de se pincer le nez et d'ajouter :

— Vous allez prendre une vraie douche. Après on nettoie et range ici. Mais pas d'tentative de fuite c'est clair ?

— Oui, bien sûr, je ne suis pas stupide, remarqua Finn qui, aussitôt détaché, remua le bras et le poignet dans tous les sens pour les désankyloser.

Ses maigres hypothèses se vérifièrent l'une après l'autre. Il avait bien séjourné dans une cave. Ils gravirent un large escalier en pierre dont les murs, à la patine séculaire, étaient peints à la chaux. Une lourde porte en chêne en fermait l'accès au rez-de-chaussée. Le colosse l'ouvrit d'un tour de clef conservée dans sa poche de pantalon. Finn hésita-t-il à poursuivre, ne serait-ce qu'une fraction de seconde ? Toujours est-il qu'il sentit une pogne massive se poser sur son épaule, qui le propulsa aussitôt et sans ménagement dans le couloir sur lequel la porte débouchait. Celui-ci était recouvert d'un dallage à damier bleu et blanc en pierre calcaire. Des portraits ténébreux de notables disparus se succédaient sur l'un des côtés, livrés à eux-mêmes, abandonnés à une lutte inégale avec des myriades d'araignées. Juste avant d'accéder à la salle d'eau, Finn put apercevoir un fragment de ce qui devait être un parc, par une grande fenêtre dans une pièce.

Il fut poussé avec si peu de délicatesse dans la douche qu'il faillit déraper sur le sol mouillé. L'homme tira derrière lui le rideau dont le textile semblait avoir été déchiqueté par des becs de corbeaux. Finn trouva un pain de savon sur un reposoir ainsi qu'un flacon de shampoing au sol. Heureux comme une loutre sevrée de bain pendant six mois, il entreprit immédiatement de rincer son corps des privations subies et de la crasse qui s'y était confortablement installée. L'eau passa de la température de la Manche en mars à celle d'une piscine publique rouvrant ses portes un 2 janvier. C'était limite mais déjà tellement appréciable.

— Lavez aussi votre... comment on appelle ce truc pour femmes ?

— Un... peignoir, répondit Finn. Mais les hommes en portent aussi, ajouta-t-il comme pour s'en excuser.

— Pas moi, fit le géant qui s'était positionné dans l'entrebâillement de la porte et semblait surveiller quelque chose à l'extérieur avec insistance.

— Vous ne trouvez pas votre taille... ? demanda Finn qui ne

pouvait, décidément, jamais réfréner son humour, quelle que fût la circonstance.

N'entendant soudainement plus rien, Finn fit passer le jet d'eau presque tiède sur ses paupières pour en expulser les traces de savon, puis fit glisser le rideau suffisamment pour pouvoir jeter un coup d'œil dehors. Il n'y avait plus personne. Le cerveau de Finn bouillonna tout à coup. Etait-ce un test pour le mettre à l'épreuve ? Et que pouvait-il faire, nu comme un ver ? S'enfuir en courant, sans chaussures ? Son propre poids lui aurait massacré les pieds plus sûrement qu'un marteau-pilon. Au lieu de cela, il choisit d'empoigner la première serviette venue et de se sécher sommairement avec. Remarquant une fraction de seconde trop tard que celle-ci cocotait le parfum *cheap* d'ours incontinent, il la jeta le plus loin possible sur le carrelage, dégoûté. De la vase vanillée éclaboussée d'urine n'eût pas senti différemment. Il en prit une autre, à l'odeur moins putride, pour se l'enrouler autour de la taille. Après quelques instants, il dégagea d'une main la fine couche de buée qui couvrait un miroir ancien, piqué de tâches noirâtres. Il y découvrit son visage pas rasé, aux traits tirés, ravagé par l'inquiétude. Ses cheveux épais, plaqués de part et d'autre, donnaient à sa tête ronde une allure de ballon qu'on aurait recouvert d'une serpillère à franges. Dépité, il sortit de la salle de bain et s'adossa contre le mur, bien décidé à démontrer à son gardien qu'il n'avait aucune intention de s'échapper. Après d'interminables minutes passées ainsi, les bras croisés et le regard dirigé vers le portrait d'une femme vêtue de noir et à l'expression mortuaire, l'homme jaillit tel un bolide à l'autre extrémité du couloir, puis stoppa net son élan en apercevant son prisonnier. Avait-il redouté ne plus le revoir ?

— Je vous attendais, nota Finn d'un ton faussement détaché.

— Oh, fesse de bulot !!! Y a des saloperies d'rats partout, fit l'homme en se rapprochant.

— J'avais cru comprendre que vous aimiez les animaux ?

— Ouais j'les adore. Mais ceux-là, j'les déteste. Ils s'attaquent à tout. Même aux oiseaux. Et aux cadavres des camarades pas bien enterrés aussi…

— Ah… s'étonna Finn.

Mieux valait toutefois ne pas creuser le sujet. Il se demanda juste de quels camarades le type pouvait bien parler. Un délire de plus ? À ce stade, rien encore ne l'avait convaincu que le gars ne fut pas un dérangé doublé d'un affabulateur. Et à quoi bon vouloir entendre des histoires susceptibles de lui torpiller la nuit à venir ? Elle serait déjà suffisamment pénible comme ça. Moins il en saurait des misères de cet homme, ou de sa folie, mieux il s'en porterait. Finn ne ressentait nul besoin de vivre le sort pitoyable de ceux qui, semblait-il, avaient fait le choix, ou non, de le côtoyer dans ses péripéties et errances…

— Bon… On y va ? suggéra son hôte.

— Oui, se prit à répondre Finn sur le ton de l'évidence, ignorant pourtant tout de la destination.

Finn crut défaillir quand ils reprirent le chemin de la cave. Titubant de frayeur en redescendant l'escalier, il se souvint tout à coup des mots de son bourreau qui avait parlé de nettoyage. Une fois en bas, l'homme lui cala un seau d'eau et un balai dans les mains, le priant de tout nettoyer à fond dans la pièce, puis il regagna le rez-de-chaussée. Pendant que Finn s'évertuait à débarrasser le sol des miasmes accumulés ces derniers jours, il fit plusieurs allers-retours, apportant en vrac un matelas, une couette et des draps, des vêtements de rechange, un petit réfrigérateur, un réchaud avec sa petite bonbonne de gaz, une table basse, une lampe de chevet et une petite radio portative. Finn eut même droit cette fois à un chauffage d'appoint électrique, une assiette et des couverts.

Souvenir récent mais pas moins terrible et traumatisant, la brute lui remit aussi l'extrémité du tuyau d'arrosage qu'il avait utilisé pour l'asperger. Ce dernier était, de toute évidence, relié à un robinet ouvert à proximité. Sous la pression, un minuscule filet d'eau s'échappait en continu du pistolet. De nombreux packs d'eau et de lait s'entassèrent à côté de provisions en tous genres : conserves de légumes et de viande, céréales, fruits secs, pâtes, riz, gâteaux, café… Le réfrigérateur était plein aussi. Il y avait là de quoi tenir un siège pendant des semaines, ce qui ne fut pas pour rassurer Finn, l'ébranla même. Il n'avait plus aucun repère mais au moins, il vivait. Dans une demeure dont il ne connaissait que deux pièces, à un endroit qu'il ne pouvait situer dans l'espace, un jour dont il avait oublié jusqu'à la date et la position dans la semaine.

— Qui habite ici ? se hasarda Finn.

— Toi, répondit l'homme en le saisissant soudain violemment par le bras pour le rattacher.

— Non, pas ce poignet, il me fait très mal, le gauche s'il vous plait ! cria presque le malheureux séquestré.

— J'ai mis une chaîne plus longue. Y a une prise derrière le tas d'palettes là-bas. J'vais chercher Tatie, entendit-il l'individu lui dire, indistinctement, tel un bruit insolite, une hallucination acoustique qu'on s'imagine percevoir au beau milieu d'une tempête.

— Comment ? Quoi ? Qui ça ? demanda Finn d'une voix éteinte, sans être absolument certain qu'un son fût réellement sorti de sa bouche.

Sans doute une folle, elle aussi, en compagnie de laquelle il aura séjourné des années en hôpital psychiatrique, songea Finn. Puis, pris d'une soudaine et irrésistible panique, il hurla derrière l'homme qu'il entendit gravir l'escalier quatre à quatre :

— Et si, pour une raison ou une autre, vous ne reveniez jamais ici ?!?!

29 POINT SUR LA SITUATION

— Bonjour mon cher Torchebœufs.

— Bonjour Monsieur Van Graf. Comment va Bruxelles ?

— Pour le mieux. Le lobbying et les affaires y prospèrent comme jamais et à l'abri des regards indiscrets. Le temps y est maussade, comme vous savez, mais nous n'y changerons rien. Il est encore plus inconcevable de détourner les nuages que de déplacer une administration pharaonique comme la Commission européenne.

— Tant que le pharaon se porte bien, il serait indigne pour ses serviteurs de se plaindre. Ils ne peuvent que s'en réjouir. Que puis-je pour vous ?

— Je souhaitais faire un point succinct avec vous. Il m'est demandé de dresser un premier bilan. Oralement, cela va de soi.

— Promis, je ne vous enverrai jamais d'emails Monsieur Van Graf.

— J'y compte bien. Alors ?

— Un.

— Un quoi ?

— Un jusqu'à présent.

— Un seul ?

— Oui.

— Vous plaisantez j'espère ?

— La précipitation est inéluctablement source d'erreurs. Nous avons mis quelque temps à réunir toutes les coordonnées. Par ailleurs, il nous a semblé utile, avant de démarrer, d'opérer des choix précis en matière de ciblage, procédure et organisation. L'ordre de passage, comme nous le dénommerons, a aussi toute son importance afin de provoquer le moins de remous possible.

— Mais un seul tout de même... À ce rythme-là, nous en avons pour un an. D'ici là, ils se seront centuplés.

— Nous vous le promettons, Monsieur Van Graf, nous allons accélérer le pas. Des Intrépides nous ferons une nécropole.

— La solution la plus adéquate, Torchebœufs, ne serait-elle pas encore d'ajouter un os par-ci, un crâne par-là, sur les piles déjà existantes dans vos étonnantes catacombes ? Qui relèverait la différence entre du neuf et de l'ancien ? Parvenu à ce stade émouvant de l'existence, un homme ou une femme tient dans un sac à dos n'est-ce pas ?

— Vous feriez un excellent agent dans notre service, le savez-vous ? Dois-je vous proposer un contrat en bonne et due forme ? fit l'homme du Ministère d'un ton mi-sérieux, mi-enjoué.

— Ce serait encore la meilleure solution pour vous, de me mettre à l'écart, sous votre aile, et d'avoir la paix, répondit le responsable à la Fédération. Pour votre malheur, je suis au regret de décliner votre offre Torchebœufs. Je resterai près du vrai pouvoir.

— Dommage...

— Je vous crois sur parole ! À bientôt mon ami.

30 TATIE

Trois jours supplémentaires devaient s'être écoulés. Finn écoutait un programme musical retraçant les années folles à la radio, quand il entendit un crissement de pneus sur du gravier dehors. Des voix résonnèrent plus haut. Il reconnut celle de son ravisseur ainsi que celle d'une femme qui semblait plus âgée. La porte de la cave s'ouvrit.

— Attention Tatie, les marches sont hautes et creusées à certains endroits, entendit-il l'homme dire avec une bienveillance qu'il ne lui connaissait pas.

Après deux bonnes minutes, apparut le géant avec, accrochée à son bras, une dame qui devait avoir dans les 75 ans.

— Tatie, j'te présente Finn, Finn j'te présente Tatie.

— Enchanté dit aussitôt Finn à la femme dont le visage resplendissait d'un sourire étonnant.

— Moi de même, répondit-elle, Aldo m'a beaucoup parlé de vous. Il vous admire énormément, précisa-t-elle.

Finn, décontenancé, songea à ce qui aurait bien pu lui advenir si cela n'avait pas été le cas.

— Tatie va bien s'occuper d'toi, déclara le dénommé Aldo. Et puis regarde un peu c'que je t'ai dégoté ! ajouta-t-il victorieux en lui tendant deux gros anneaux en fer forgé munis de fermoirs et reliés entre eux par une imposante chaîne qui, à elle seule, devait peser dans les cinq kilos.

L'expression de l'homme était celle de quelqu'un qui offre la Lune à son prochain.

— Ce n'est pas d'une esthétique fracassante mais certainement hautement fonctionnel. Cependant, peut-être un peu lourd pour mes poignets, ne trouvez-vous pas ? commenta Finn.

— C'est pour les chevilles, corrigea son geôlier. Avec ça aux pieds, quand j'serai pas là, tu pourras pas faire le mariole et aller loin... Y a des étangs et marais sur des kilomètres à la ronde ici.

— Heureux de l'apprendre. Mais au moins pourrai-je bouger un peu et sortir enfin de cette pièce, dut reconnaître Finn, reprenant légèrement confiance sans se sentir à l'aise pour autant.

— Et tu ne pourrais pas libérer ton ami quand tu es là ? Sans lui mettre ce machin ? suggéra Tatie.

« De mieux en mieux » pensa Finn. Il était maintenant l'ami chanceux d'un tueur pas si tueur que ça.

— Si c'est vrai Tatie, t'as raison. On va faire comme ça.

Grâce à cette intervention généreuse, le fameux Aldo délivra le prisonnier de l'attachant poêle qui lui tenait compagnie, puis ils remontèrent tous les trois au rez-de-chaussée.

— Puis-je sortir, Aldo ? demanda Finn, une fois qu'ils furent parvenus à proximité de la grande porte d'entrée à deux battants.

— Ouais, bien sûr ! J'm'appelle Aldemor, rectifia toutefois l'homme avec une expression impénétrable.

Avait-il rêvé ou l'autorisation lui avait-elle bien été donnée sur le ton de l'évidence ? s'interrogea Finn. Il en fut tellement surpris qu'il hésita une seconde avant de refermer sa main sur la poignée pour l'abaisser. Une fois à l'extérieur, il tomba à genoux de soulagement sur les dalles terreuses, le visage tourné vers le soleil qui luisait agréablement au travers d'un nuage si fin qu'il en paraissait translucide. Il réalisa tout à coup qu'il n'avait plus cru ce moment possible.

Après dix bonnes minutes passées ainsi à capter avidement la lumière qui lui avait tant manqué, il parcourut du regard l'espace autour de lui. Devant lui se dressaient les arbres majestueux d'un parc boisé qui semblait s'étendre à perte de vue. Il y avait là des hêtres pleureurs, des bouleaux, des chênes et des érables de Henry qui poussaient en bonne intelligence avec de nombreux résineux : sapins de Douglas, mélèzes, pins Sylvestre… Finn n'était pas un spécialiste mais il savait précisément quels arbres le touchaient particulièrement. Ceux-là, il les reconnaissait au premier coup d'œil. Puis il se releva et recula d'environ une vingtaine de mètres afin de prendre la mesure de la bâtisse qui se tenait là. C'était une sorte de grand malouinière avec des toits très pentus et de hautes cheminées. La partie centrale était presque imperceptiblement plus élevée que celles sur les côtés, ce qui donnait l'impression que le bâtiment était composé de trois éléments distincts que l'on avait reliés. L'effet se trouvait renforcé par la présence de deux avant-corps latéraux. En réalité, il n'y avait qu'un seul édifice qui devait s'étirer sur une cinquantaine de mètres environ. Deux étages surplombaient le rez-de-chaussée, dont un était situé sous les combles.

Un agent immobilier se serait contenté de ces quelques mots pour appâter les acheteurs potentiels. On ne pouvait, en effet, guère en dire davantage sans dévoiler l'état pitoyable dans lequel se trouvait l'ouvrage. S'il avait dû être d'une remarquable beauté à son achèvement, il ne demeurait de sa gloire passée qu'une carcasse flétrie abandonnée au lierre. Une gigantesque vague semblait avoir déposé là les restes d'un navire fantôme, après qu'il eut été chahuté, des semaines durant, au gré des éléments en furie. De nombreuses tuiles et carreaux de vitres manquants en crevaient la silhouette, tels autant d'impacts de mitraille. Parmi les solides pierres de taille, certaines donnaient l'impression pour le moins insolite de vouloir s'extirper de la façade. Les parties basses le plus à couvert étaient pénétrées de cette mousse humide et tenace que l'on trouve sur les parois intérieures des puits. L'une des quatre cheminées, celle située sur le flanc ouest, s'était écroulée sous l'effet d'une tempête ou de son propre poids. De nombreux débris jonchaient le sol sur une bonne dizaine de mètres, à l'endroit où elle s'était fracassée. Une partie de la charpente semblait avoir été également endommagée par la chute de cette dernière. Finn se dit qu'il faudrait aller y voir de plus près. D'en bas on ne voyait pas grand chose. L'eau de pluie n'avait pas manqué, sans nul doute possible, de dégrader considérablement tout ce qui se trouvait en dessous. Le spectacle était poignant de tristesse.

Ne prenant plus garde à ses geôliers qui avaient entrepris de décharger la voiture, oubliant même jusqu'à leur existence quelques instants, Finn décida de poursuivre son inspection. En contournant le bâtiment, il en découvrit un autre, plus récent, moins cossu, à une cinquantaine de mètres environ du premier. Avait-on décidé un jour d'en construire un nouveau en raison du délabrement de la gentilhommière d'origine ? Tout portait à le croire, même si le second édifice semblait également privé de réelle vie depuis des lustres. Celui-là, toutefois, faisait l'objet d'un entretien très régulier, contrairement au plus ancien.

— Cette construction date de la fin du XIXe siècle, lui dit une voix derrière lui.

C'était Tatie, qui s'était rapprochée de lui sans qu'il entendît quoi que ce fût.

— Je n'ai encore jamais rien vu de pareil, sauf à Barcelone peut-être. Et encore. Quel... style biscornu et déroutant...

— C'est mon arrière grand-père qui l'a dessinée. Il était architecte, un homme absolument remarquable au plan humain mais qui faisait figure de personnalité extravagante dans les milieux professionnels. Les indigents en esprit ne pardonnent jamais à ceux qui ont le talent qui les dépasse.

Finn regretta aussitôt son franc-parler. Mais, après tout, au risque d'être écartelé ou brûlé vif, il n'était pas vraiment certain de comprendre de quel talent précis cette femme entendait parler. Poser une question était encore le meilleur moyen de faire oublier un faux-pas.

— Qui fut le commanditaire ?

— Mon arrière grand-père.

— Ah... s'exclama Finn qui venait de comprendre comment ce qu'il avait devant lui avait été rendu possible.

Luxe ultime, l'architecte en question semblait donc avoir été suffisamment fortuné pour se commander des ouvrages à lui-même. En avait-il eu seulement le diplôme ? Que ce bâtiment fît l'objet d'un délaissement absolu, pensa Finn, ne tenait aucunement du hasard. Le bâtisseur avait eu la main aussi distraite que lourde. L'avait-il posée en se souciant de la pertinence du choix d'implantation ? Du regard que pourrait avoir le visiteur ? Sans doute, l'homme s'était-il fait la réflexion que personne n'irait jamais contempler son œuvre en un endroit ostensiblement si perdu. Et certainement pas s'il la planquait habilement derrière un édifice plus grand et prestigieux. Ainsi certain de pouvoir abriter son talent des avis de spécialistes trop curieux, l'arrière papi s'était lâché, s'adonnant à la fantaisie la plus débridée, regardant ni à la dépense ni aux écarts de goût.

Finn dut reconnaitre que, malgré ses connaissances abouties dans le bâtiment, du fait de ses activités, jamais il ne serait parvenu seul à dater convenablement la construction. Quel en était le *Leitmotiv* aussi ? S'agissait-il d'une recherche de type non-conformiste visant la dissidence par rapport aux écoles existant à l'époque ? D'une étude *in situ* sur les limites de l'incompétence en matière architecturale ? D'une démarche stylistique délibérée, ambitionnant la dissonance des matières et formes ?

Toujours est-il que des pierres naturelles de toutes sortes se trouvaient en voisinage contraint avec des briques d'argile ainsi que des agglomérés de ciment et des éléments en béton qui, indubitablement, avaient été ajoutés des décennies plus tard. Grès rouge, granite, marne, calcaire et pierre meulière se faussaient compagnie au sens littéral du terme, chaque matériau luttant dans une indescriptible bataille pour escamoter l'identité des autres. L'exercice était bien plus que périlleux, songea Finn. Au final, il n'y avait pas d'exercice du tout. À cette pagaille s'ajoutait celle des teintes et de la structure elle-même. Les boiseries des fenêtres étaient peintes alternativement en bleu turquoise, jaune poussin et vert bouteille, tandis que la couleur des volets variait à chaque fois dans des tons différents : bleu roi, jaune ocre et rouge framboise.

Cependant, on passerait à côté de l'impression générale livrée par le bâtiment si l'on n'évoquait pas, pour terminer, son agencement ineffablement chaotique. Les murs extérieurs étaient truffés d'éléments saillants et, à l'inverse, de parties rentrées, partout là où on se serait attendu à des surfaces planes. Des corniches discontinues butaient sur des frontons placés ici et là, comme au petit bonheur la chance, sans qu'il y eût nécessairement une ouverture à orner en dessous. D'épaisses solives dépassaient jusqu'à un mètre de la façade, comme si l'on avait omis d'en adapter la longueur avant positionnement. À certains endroits, des niches en pierre de taille creusaient le mur en moellons sans que l'on sût à quoi elles servaient. Finn repéra même deux balcons sans aucune porte ni fenêtre derrière et auxquels il n'était possible d'accéder que par les airs. Enfin, était-ce ce qu'on appelait communément la griffe personnelle du concepteur ? Les parois étaient balafrées de part en part, de haut en bas, tel un défi lancé au visiteur : vas-y, viens, entre et tu seras mort dans l'heure. Les fissures devaient faire plus de deux centimètres de large.

— Éminemment fascinant n'est-ce pas ? lança Tatie qui, de toute évidence, ne pouvait se lasser de contempler la merveille.

— Vous me prenez les mots de la bouche, répondit Finn, redevenu circonspect.

— On entre ? suggéra Tatie.

— Là-dedans ? Maintenant ? Le faut-il vraiment ? demanda Finn en retour, devenu livide.

— Mais c'est ici que vous allez vivre mon garçon.

Depuis combien d'années, personne ne l'avait-il appelé ainsi ? s'interrogea Finn, touché de cette attention sans oser se l'avouer.

— Personne ne vit ici en temps… normal ? se risqua encore Finn, espérant de cette femme une réponse moins cinglante que celle dont l'avait gratifié le monstre.

— Non, j'y viens exclusivement l'été et profite de la saison chaude pour mettre un peu d'ordre et faire appel à des artisans lorsque certaines réparations deviennent indispensables.

— Uniquement pour ce bâtiment ? demanda Finn en désignant le plus récent.

— Oui, l'autre est bien trop vétuste et de mauvais goût, répondit Tatie avec une moue. Mais rien ne vous empêche de le retaper si le cœur vous en dit, ajouta Tatie. Aldo m'a rapporté que vous aviez dirigé des entreprises dans le BTP, entre autres. Vous devez drôlement vous y connaître.

Finn fut brutalement ramené à la réalité. Comment cette inconnue le savait-elle...? « Aviez dirigé » : les deux mots sonnèrent tel un glas dans son esprit, celui de sa principale raison de vivre. La question ainsi formulée, à la manière dont on parle habituellement d'histoire ancienne, fit presque chavirer l'esprit de Finn. Comment pourrait-il se faire à l'idée que l'ensemble de ses activités appartenaient irrévocablement au passé désormais? Qu'il ne possédait plus rien, à part un peignoir et des pantoufles élimées? C'est à ce moment qu'il réalisa à quel point sa vie professionnelle l'avait emporté jusque-là sur tout le reste, constituant la béquille irremplaçable de l'homme blessé qu'il était au fond de lui.

— Vous dites que vous venez ici l'été mais nous en sommes encore loin, remarqua Finn.

— Aldo m'a demandé de venir habiter ici, à vos côtés, répondit la femme âgée. Je m'occuperai de vous et vous de moi. J'ai trouvé son idée absolument excellente. Regardez ces pissenlits, s'exclama-t-elle en pointant du doigt les milliers de fleurs jaunes qui envahissaient l'espace à perte de vue.

— Eh bien? dit Finn, décontenancé, tant par les perspectives de vie peu glorieuses qu'on lui présentait que par le rapport que celles-ci pouvaient bien avoir avec des pissenlits, la monotonie et l'ennui mis à part.

— Eh bien... je puis vous assurer que la variété locale du pissenlit a largement eu le temps de muter génétiquement depuis que les derniers habitants de cette demeure en mangent par la racine. Nous allons réinvestir le lieu, tous les deux, et c'est un point très positif, souligna Tatie, rayonnante.

« Tous les deux ». Finn trouva l'énoncé tout simplement effrayant mais il dut concéder que sa situation évoluait plutôt rapidement et dans le bon sens. En en peu moins d'une demi-heure, il était passé du statut de prisonnier incertain de pouvoir échapper à son exécution, à celui d'agent polyvalent dans une maison de retraite ayant une seule pensionnaire. À ce rythme-là, dans une heure il serait Lieutenant-gouverneur de l'île de Man. À condition toutefois que son ravisseur ne s'y opposât pas. D'ailleurs où était-il celui-là ?

— Que fait votre neveu ? On ne le voit plus, nota Finn.

— Il est reparti avec la voiture il y a cinq minutes à peine. Il m'a demandé de vous dire au revoir.

— De me dire... Mais il ne m'a pas mis son entrave aux pieds.

— J'espère que vous n'êtes pas déçu, répondit Tatie avec un sourire espiègle. Il aura... oublié. Entre nous, d'après ce qu'il a pu m'expliquer, votre espérance de vie serait de 24 heures, une fois franchies les enceintes de cette propriété. Et avec tous les problèmes qu'il rencontrerait à cause de vous, la seule solution envisageable pour qu'il puisse sauver sa propre peau, serait votre élimination comme prévu. Retour à la case départ. Est-ce une alternative séduisante à vos yeux ?

— Non, bien sûr, répondit Finn, le regard toujours absorbé par les pissenlits.

— Je vous fais un peu de salade de taupe ? demanda Tatie.

— Pardon ?

— De pissenlit si vous préférez. Il y en a partout ici, où que le regard porte. C'est pratique, avec les fleurs on peut faire des omelettes, des gelées aussi et c'est absolument divin avec le fromage de chèvre frais. Avec les racines je fais régulièrement des décoctions pour le foie. Mais c'est aussi un merveilleux diurétique. À nos âges cependant il faut faire attention la nuit !

— C'est prometteur, commenta Finn avec un sourire qu'il eut quelques difficultés à faire passer sur ses lèvres.

Ils pénétrèrent donc comme de jeunes vieux mariés dans la bâtisse, même si pour Finn l'enchantement n'était pas franchement au rendez-vous. Sa question sur une quelconque présence humaine ici lui parut aussitôt fort crétine. Il n'y avait pas âme qui vive dans cet immeuble qui résonnait de son propre silence, renvoyant celui-ci à la gorge du visiteur à lui procurer une sensation d'étouffement. Tout au plus aurait-on pu imaginer que des sans-logis s'y abritassent épisodiquement des pluies et du froid hivernal. Cependant, même cela lui sembla improbable sur le moment. La plupart des clochards s'entêtaient bêtement à pourrir dans les grandes villes, plutôt que d'investir des maisons abandonnées à la campagne.

— Je vous propose, dit Tatie, de m'aider à monter mes affaires, qui sont toutes dans l'entrée, au premier étage où vous pourrez également choisir votre chambre. Il y en a une bonne douzaine là-haut. Au rez-de-jardin, il y a seulement la cuisine, une très grande salle à manger, un salon et les sanitaires comme vous verrez.

Finn esquissa un mouvement pour se saisir d'une malle cintrée en bois clair. Ses fermoirs et serrures étaient en laiton massif, ses cornières et poignées en cuir, ce qui lui conférait un cachet antique sans pareil. Un énorme autocollant, placé de travers sur le couvercle, en gâchait et délayait fâcheusement toute la beauté. Y figurait un castor grossièrement croqué en salopette faisant un salut de la papatte, l'air nunuche avec ses yeux disproportionnés en forme de balles de golf marquées d'un point noir et ses incisives exagérément longues.

— Non, pas ça !!!! hurla soudain Tatie d'une voix stridente, quasi hystérique.

On aurait dit l'un de ces anciens gros canons montés sur rail, en plus grinçant et suraigu.

— Que… puis-je prendre ? demanda Finn, abasourdi.

— Celui-là, répondit-elle en désignant un carton de couches antédiluvien qui devait bien avoir 50 ans.

Finn, tout en gravissant les escaliers, se demanda s'il n'allait pas finalement sombrer dans la folie pure. Comment pourrait-il s'accoutumer, ne serait-ce qu'un jour de plus, à cette réalité dans laquelle on l'avait plongé de force et qui avait des allures de farce ? Il pensa un instant qu'il pourrait s'avérer utile de vérifier s'il n'y avait pas finalement des caméras disposées dans tous les recoins. Peut-être était-il, à son insu, en train de participer à un *reality show* ? Il en savait certains de ses copains capables. S'il y avait mise en scène, elle était certes de mauvais goût et absolument démentielle mais pas moins excellente.

Qu'était-ce que la folie en fin de compte ? Sinon le fait de ne plus distinguer le réel de l'imaginaire ? Le plus terrible, dans sa situation présente, était de se sentir bloqué entre les deux et de ne pouvoir s'en extirper, telle une victime d'un tremblement de terre, coincée entre deux plaques de béton. Il était comme l'acteur principal d'une pièce de théâtre surréaliste, condamné à être présent en permanence sur scène par impossibilité d'être remplacé au pied levé et parce que, surtout, personne n'aspirait à jouer ce genre-là. Pour Finn c'était une horreur sans nom. Il le pressentait déjà, il ne pourrait jamais en être autrement, toutes les journées qu'il passerait en ce lieu se ressembleraient comme autant de ces gouttes d'eau qui suintaient le long des murs. Il devrait jouer éternellement le même rôle sur ces affreuses planches qu'il découvrait moisies en les arpentant, sans pouvoir rentrer chez lui entre les représentations qui se succéderaient sans fin.

Finn déposa le fameux carton dans la spacieuse chambre que Tatie lui avait indiquée, fit encore trois ou quatre allers-retours puis entreprit d'explorer l'étage à la recherche d'un endroit salubre où il pourrait s'installer. Plus ou moins consciemment, il se dirigea vers la partie opposée à celle où Tatie avait élu résidence. Là, il découvrit que les pièces les plus à l'ouest empestaient ce qui devait être une colonie de phoques vermineux, cracra et trop abouliques pour aller se soulager plus loin. Son choix se porta en conséquence sur une chambre agréable située à peu près au milieu et exposée plein sud. S'y trouvaient déjà une vieille armoire peinte en bleu cobalt avec des motifs d'edelweiss et de mésanges ainsi qu'un curieux lit en sapin massif pour deux personnes. Ce dernier semblait avoir été fabriqué avec des poutres de grange et avait pour toute décoration, à son pied, une tête de vache portant une cloche à l'encolure. Exactement ce qu'il lui fallait, pensa Finn, rien de mieux qu'une ambiance chalet pour chialer en abondance. Il repéra encore une table et deux chaises de bar dans une autre pièce qu'il traina aussitôt sur le parquet bosselé jusqu'à chez lui.

Enfin, il dénicha un guéridon et une lampe de chevet rétro qui vinrent compléter le tout. L'ensemble ne présentait aucune cohérence mais comportait l'avantage indéniable d'être parfaitement au diapason avec sa confusion intérieure. Ne lui manquaient plus que son ordinateur, son téléphone portable et son chat.

— Merde, Azincourt ! s'exclama-t-il subitement, où est-il ce con ?

Cette prise de conscience déchirante coïncida avec un appel tonitruant de Tatie pour venir déguster sa délectable salade de taupe. Une fois en bas, Finn constata que l'intrigante malle avait disparu du couloir près de l'entrée. Plus loin, il découvrit son chat qui se vautrait de tout son long sur la table en chêne de la cuisine où Tatie l'attendait avec impatience pour servir le repas.

31 RÉUNION AU SOMMET

Cyntia s'était mise sur son 31. L'expression qui venait de Prusse était de circonstance. À l'époque les soldats recevaient la visite des hauts-gradés les 31 du mois, sept fois l'an, et se drapaient de leur plus bel uniforme. Quelle différence y avait-il en fin de compte avec sa propre situation ? N'avait-elle pas le sentiment d'aller à la parade pour tenter de reconquérir « son » Riwan ? L'essai valait bien une nouvelle coupe coiffée-décoiffée, un collier de perles du Japon et une longue robe noire dos nu et moulante. Concernant les chaussures, elle opta pour des bottines rouges en cuir velours à découpes. Elle se moquait éperdument du nouveau rendez-vous des Intrépides, qui devait se tenir ce soir tout en haut de l'immeuble où résidaient Finn et Aristot. Mais après tout, peut-être réussirait-elle à transformer cette réunion au sommet en rencontre au sommier. Paradis perdu, parader, par addiction…

— Bonsoir Cyntia, c'est un plaisir de te voir, dit Aristot en ouvrant la porte.

— Bonsoir Aristot, Riwan est déjà là ? s'empressa de demander Cyntia.

— Non, pas encore. Mais, tu sais, je ne suis pas certain qu'il puisse se déplacer ce soir. Je sais qu'il a un travail important et urgent à terminer pour demain matin.

Aristot conduisit Cyntia dans la grande salle de séjour au 6e étage. Avant sa disparition, Finn lui avait dit qu'il pourrait en disposer librement. Entre-temps, l'escalier en colimaçon avait été achevé et l'on n'accédait plus aux appartements que par le 4e. Les autres portes avaient été sécurisées de telle sorte que l'on ne pouvait les utiliser qu'en cas d'urgence, pour sortir.

Il y avait foule en haut, au point que les limites d'accueil semblaient atteintes. Un certain nombre de personnes avaient choisi d'aller prendre l'air sur la terrasse attenante, malgré l'humidité persistante en ces premiers jours du printemps. Aristot, qui avait pris en main les actions de promotion du groupe dans l'intervalle, avait de toute évidence fait mouche. Le bouche à oreille avait également fonctionné à plein. L'enthousiasme aurait donc été à son comble si Finn était réapparu pour l'occasion.

Une acclamation retentit soudain. C'était Ozan, l'intervenant prévu pour la soirée, qui venait tout juste d'arriver. Approchant la quarantaine, le crâne rasé et à l'apparence lustrée, une moustache de motard en fer à cheval, il avait une allure de garde du corps de *Village People* avec son costume en laine vierge à la brillance provocante, relevé d'un nœud papillon rouge criard sur fond de chemise blanche à col italien. L'homme poussa son cri de guerre habituel d'une voix rauque montant subitement dans les suraigües : *If they did it, oh yes we can do it too!* (S'ils ont pu le faire alors oui, nous aussi nous le pouvons !). Ozan tenait toujours à signifier par là que, si les banques et sociétés financières avaient réussi à leur chaparder le pouvoir en prenant le contrôle des États, les populations pouvaient le recouvrer tout aussi facilement. À peine fut-il parvenu au milieu de la salle, qu'il prit la parole :

— Bonsoir Mesdames et Messieurs, Je m'appelle Ozan Tilki, je suis spécialiste en criminalité économique et financière, organisée ou non. Soyez les bienvenus dans le bunker de notre nouveau quartier général, lança l'homme avec un sourire qui s'effaça aussitôt, nous devons avoir une pensée particulière pour Finn qui réside ici normalement et nous accueille vraisemblablement sans le savoir. Nous déplorons n'avoir aucune trace de lui depuis plusieurs semaines et son absence demeure inexplicable. Espérons donc qu'il nous revienne rapidement.

Un murmure parcourut l'espace, seule une petite minorité

était au courant jusque-là.

— Bien, fit Ozan, je vous propose de rentrer tout de suite dans le vif du sujet programmé pour ce soir, à savoir pourquoi nous devons parvenir à remplacer l'élection d'individus par celle de projets à l'avenir dans nos sociétés. Pour ce qui me concerne, je me suis toujours posé la question comment on avait pu croire un jour qu'il était possible de faire vivre une démocratie en élisant des personnes. Un individu est, par nature, très limité dans son champ de connaissances et compétences, il est changeant au fil du temps, facilement corruptible et récupérable par des forces extérieures, vulnérable aux attaques et enfin, ne riez pas c'est sérieux, mortel. Ne trouvez-vous pas que tous ces défauts cumulés rendent l'individu fondamentalement inapte à être élu ?

— Si, tout à fait, répondit une inconnue qui avait conservé son chapeau de pluie sur la tête, ce d'autant plus que, face aux périls nombreux que nous encourons dans tous les domaines aujourd'hui, il nous faut construire des projets sociétaux solides, globaux, pérennes, inviolables…

— Exactement ! Et c'est bien la raison pour laquelle les projets constituent une unité, un niveau, mille fois plus pertinent pour les élections que des personnes. Vous savez, nos ancêtres à leurs débuts étaient beaucoup moins bêtes que nous ! Croyez-vous vraiment que des individus isolés ont pu réussir, d'entrée de jeu, à s'imposer si aisément face à leur groupe ? Personnellement je ne le pense pas une seconde. Preuve en est qu'ils ont eu besoin de recourir à la manipulation et de faire parler des dieux à leur place. « Comment ça tu n'es pas d'accord ? Mais tu n'as pas d'alternative, c'est le dieu truc, bidule ou machin qui l'a dit… ». De tout temps, et partout dans le monde, les divinités et superstitions ont toujours servi des hommes, pas tous bien sûr, seulement certains petits malins. Combien ont réussi ainsi à asseoir leur pouvoir, à faire passer des codes et règles qui leur étaient profitables tandis que les populations placées sous leur coupe devaient se satisfaire des restes ? Quand un homme décidait de quelque chose, on pouvait toujours le critiquer et le destituer. Mais lorsque le même homme se disait être un porte-parole d'une déité ou d'une autre, qu'entre-temps il y avait en plus des traces écrites opportunes et indéfiniment interprétables, alors là, ça devenait nettement plus compliqué pour le contrer... De nos jours, l'élection d'individus a permis qu'il ne soit plus nécessaire d'avoir ce talent de ventriloque. Le système est si bien verrouillé du reste que les élus ont juste encore besoin de savoir parler d'une thématique sans la connaître. Songez à une chose : iriez-vous acheter un produit à une entreprise si son dirigeant vous disait simplement qu'il envisage d'en fabriquer un prochainement ? Sans que vous puissiez disposer à l'avance des moindres spécifications le concernant ? Eh bien, pourtant les politiciens y parviennent, eux, avec des programmes maigres et inconsistants comme des stockfishs ! Comment est-ce possible ? Tout simplement parce que personne jusque-là n'avait établi d'autres standards...

— Mais... vous êtes qui là *vous* ?!? l'interrompit soudain Trilobite, avec son air perpétuel de sortir du lit après une cuite.

— Ozan Tilki..., comme je l'ai déjà dit il me semble, fit l'intervenant interloqué.

Aristot fit un signe discret à son ami de ne pas tenir compte du bougre.

— Pourquoi l'as-tu invité celui-là ? demanda Suyin qui se tenait aux côtés d'Aristot.

— Trilobite ? Je ne l'ai pas invité, répondit Aristot, il suit tout simplement le troupeau. Je ne peux tout de même pas mettre une affiche interdisant les réunions-débats aux simples d'esprit ! Il est vrai qu'il débite des conneries de vers de terre, elles n'ont jamais ni queue ni tête, mais il lui arrive aussi d'en dire de tellement sensationnelles qu'elles font ressortir du bon sens, exprimé de façon saisissante comme chez les enfants. Poussé dans ses retranchements, il est si génialement stupide qu'il repasse la frontière de l'intelligence par l'autre bout, à des endroits où personne n'irait imaginer voir apparaître quelqu'un. Tu n'es pas de mon avis ?

— Mouais… se contenta de dire Suyin.

Pendant ce temps, la jolie et affriolante Cyntia s'ennuyait comme une ratte morte. Riwan n'était pas venu et ne viendrait certainement plus. L'atmosphère dans la pièce tendait vers la surchauffe avec tous ces gens exaltés qui s'y entassaient. Et puis tous ces regards mâles qui se posaient sur elle n'étaient pas pour calmer son remue-ménage intérieur. D'ordinaire elle s'en sentait flattée, ce soir-là rien ne pouvait l'agacer davantage. Pourquoi s'était-elle donc vêtue ainsi ? Quelle lubie l'avait prise de traverser la salle par le devant, éclipsant un bref instant l'intervenant telle la lune le soleil, pour aller se verser un jus d'orange ? Et de revenir par le même chemin surtout ? Les hommes dans le public ne s'étaient pas gênés pour lui rappeler son erreur, hormis sans doute cet extravagant Ozan qui semblait ne l'avoir pas même aperçue alors qu'elle défilait sous son nez… Étonnamment, l'homme paraissait davantage intrigué par le Bernard-Trilobite, assis face à lui, qui le fixait à présent du regard avec une insistance marquée, obstinée, obsédée presque…

— J'aimerais maintenant, poursuivit Ozan, aborder un point qui me tient beaucoup à cœur, la corruption. Si vous allez sur le site Internet de *Transparency international* vous y trouverez un classement des différents pays et la position de la France notamment, qui n'est pas des plus glorieuses, loin de là. Portez ensuite un regard attentif sur les pays placés parmi les moins corrompus et, lors de vos prochains voyages, profitez du déplacement pour comparer la qualité des infrastructures et équipements publics sur place avec ce que vous connaissez. Vous verrez que la différence est très parlante et serez forcés de vous interroger sur les causes. Personnellement j'ai travaillé une quinzaine d'années dans le bâtiment…

— *Batman* ?!? L'homme chauve-souris alors ?!? s'écria tout à coup Trilobite.

— Non, l'homme chauve ne sourit pas, rétorqua Ozan avec humour, pas quand on l'interrompt pour rien, ajouta-t-il en pouffant. Et ce n'est pas « man » comme Le Mans mais comme âne.

— Ah, là, là, oui, moi je connais, c'est drôlement bien, fit Trilobite sans qu'on sût vraiment ce qui se passait dans sa tête et ce qu'il pouvait bien imaginer connaître.

— Je reprends ? demanda Ozan à Trilobite comme s'il requérait une autorisation, j'ai donc travaillé assez longtemps dans le BTP, gravissant rapidement les échelons jusqu'à des postes proches du directeur financier dans de très belles entreprises. Sans entrer dans les détails, j'ai été chargé, par exemple, de la mise en place d'outils de comptabilité analytique, de l'identification de gisements d'économies et de la réalisation des prévisionnels. Et puis un jour, alors que j'avais pris mes fonctions depuis à peine trois mois dans un nouveau groupe, on m'a demandé de remplacer un collègue au pied levé. Celui-ci venait d'être victime d'un accident grave et le service du personnel m'a aussitôt convoqué à un entretien. On m'a exposé la situation et la fonction principale de ce collègue dont j'ignorais tout jusqu'alors. J'ai ainsi pu découvrir que son titre officiel était une pure couverture et qu'il était rattaché directement au président directeur général. Jeune et fougueux, j'ai accepté le job.

— Mais c'était quoi ce job ? interrogea Oliver, seul au fond de la vaste pièce comme s'il eut été puni, impatient aussi de connaître la suite.

— Porteur de valises, qui n'étaient pas des valises à vrai dire, c'est juste une expression, pour que l'entreprise en question puisse accéder à des marchés publics. Dans ce cadre, j'ai pu côtoyer des politiciens de tous bords, petits et moins grands, pour être franc énormément de petits et un nombre infini de très moyens. Sauf à tomber sur quelque personnalité propre et désintéressée, il n'existait pas d'autre solution et tous les concurrents du secteur devaient en passer par là. Oh bien sûr, on pourrait pointer du doigt les seules entreprises... mais comprenez bien que ce sont le système et ses parties prenantes qui appellent ce comportement, en font même un standard. Vous remarquerez ici le petit clin d'œil que nous lance cette combinaison éloquente de mots : « partie prenante ». Partie prenante ou parti prenant ?

— Vous n'allez pas un peu loin ? réagit un adolescent dubitatif, les bras croisés, adossé contre le mur au fond de la salle.

— Je ne peux vous relater que ce que j'ai vécu. Après, bien sûr, libre à vous de me traiter de menteur. Quelle importance ? Il est évident que je ne donnerai jamais aucun nom pour ne pas m'attirer les foudres de nos maîtres. Je ne vous parlerai pas non plus du scandale de la privatisation des autoroutes en France... et personne ne viendra m'enquiquiner pour en avoir trop dit. Ma conclusion générale n'en demeure pas moins celle-ci : pas de bras, pas de confiture. Pas de bras longs, pas de factures. Pas de « valise », pas de marché. C'est aussi simple que ça. Et sachez que, malgré les clivages théoriques apparents, les politiciens se tiennent tous les coudes, indépendamment de leur parti de rattachement. Vous seriez surpris à quel point. Chacun connaît les failles des uns et des autres. Si l'un d'entre eux saute, d'autres sautent. Si d'autres sautent, alors bien d'autres sauteront encore. Les dominos connaissent les mêmes ennuis. Maintenant une devinette : quel est le pire ennemi d'un politicien véreux ?

— Vous ? suggéra le même jeune.

— Moi ?!? s'étonna Ozan en riant aux éclats, avec tout l'argent que je leur ai filé, ça serait bien surprenant. Ils me vouent un véritable culte ! C'est...

— Une personne intègre, intervint Karole, coupant Ozan dans son élan.

— ... Bonne réponse ! Quelqu'un d'intègre est un danger public pour qui n'a pas cette compétence. Que ferez-vous, en effet, le jour venu si cette femme ou cet homme détient un dossier nauséabond sur vous alors que vous-même n'avez rien à charge contre lui ?

— La solution serait de le dégager par tous les moyens avant qu'il sache quoi que ce soit sur moi...

— Décidément Karole tu es en forme ce soir ! s'exclama Ozan, mais tu serais réellement prête à faire ça ? Tu me déçois considérablement ! Comme quoi, on se figure connaître les gens et puis un jour on en découvre une facette habilement dissimulée jusque-là… ajouta-t-il d'un air filou.

— C'est humain non ? se défendit-elle.

— Bien évidemment ! Nous sommes tous gris. Nous avons tous une partie obscure en nous. Si nous n'étions que bienveillants, ça se saurait et notre monde ne serait pas dans l'état actuel. D'où aussi tout l'intérêt du dispositif électoral que nous avons concocté et que nous allons mettre en place. Pour les nouveaux ici, je vous renvoie simplement à notre blog qui en décrit les objectifs et le mode opératoire.

Ozan fit une courte pause pour se servir un verre d'eau pétillante.

— Je poursuis. Donc voyez, Karole qui à première vue paraît fort sympathique serait capable, dans un tel système, de s'attaquer à quelqu'un qui ne lui a rien fait. Vous en concluez quoi ?

— Qu'il ne faut plus parler à Karole alors, lança Trilobite.

— C'est… presque ça, commenta Ozan qui n'en revint pas de tant de sottise.

— Qu'une personne, intervint Aristot, qui va débouler dans un parti avec des idées, des convictions, sa bonne volonté et une vision plutôt désintéressée, deviendra très vite une cible, sans absolument rien comprendre à ce qui lui arrive. Ils vont tous lui tomber dessus.

— Et pourquoi ne va-t-elle rien comprendre Aristot ? renchérit Ozan.

— Parce que pour entrevoir le mécanisme, elle aurait besoin à ce stade, d'une part, de savoir ce qu'elle ne sait pas encore sur les autres et, d'autre part, de concevoir qu'ils anticipent sur son incorruptibilité supposée. Et puis elle se dira qu'elle n'a rien fait de mal. Or, ce sera justement *ça* la cause de *son* problème.

— C'est très bien exposé, nota Ozan. J'imagine que tu as longuement échangé avec Finn sur le sujet. Je lui sais avoir fait de très mauvaises expériences dans un parti. Maintenant plus généralement : ce que l'on vient de décrire explique aussi pourquoi, une fois la tête d'un système conquise par des fripouilles, les personnalités plutôt irréprochables n'ont pas la moindre chance de percer.

— Le poisson pourrit par la tête, dit Suyin, c'est un proverbe chinois très ancien.

— Bien évidemment. Et ce n'est certainement pas l'actualité qui le démentira. L'un d'entre vous connait-il le *Principe de Peter*?

...

— Non ? Dans ce cas lisez au plus vite ce bouquin. Il vous aidera à comprendre ce qui se passe dans les partis politiques du modèle actuel, pourquoi ils dysfonctionnent et enfin pourquoi nos dirigeants, qui en sont fatalement issus en raison de la configuration du système existant, sont... disons... tels que vous les connaissez.

Ozan but encore un peu d'eau. Au moment de reposer son verre, il lança un coup d'œil presque indécelable en direction de Trilobite. Une perplexité saturée d'inquiétude emplit discrètement son regard.

Avait-on relevé ce détail infime dans la salle ? Ou le public était-il perdu dans ses pensées ? Un grand silence envahit brutalement l'espace et perdura une bonne vingtaine de secondes avant que la femme au chapeau de pluie le rompît :

— Vu sous cet angle précis, c'est proprement hal-lu-ci-nant, martela-t-elle.

— ... Je vous l'accorde, répondit Ozan, de quoi donner le vertige. Mais de quoi aussi nous donner une belle énergie pour aller de l'avant. Voilà pourquoi nous allons déplacer le centre de gravité du système électoral, des individus, ou personnalités si vous voulez, vers des projets élaborés en groupes. Ce devrait être un excellent antidote face à la gangrène, même s'il nous parait encore difficile d'imaginer que nous l'effacerons complètement, tant elle est présente.

— Mais comment avez-vous fait Monsieur Tilki, l'interrompit l'adolescent, pour faire ce job de pourri ?

— Votre question, posée ainsi, est plutôt rude. Cependant je vais m'évertuer à y répondre. Quand vous rentrez chez vous en fin de journée, à moins d'être un pervers ou de l'être devenu, vous n'avez qu'une envie : hurler comme un damné et vous taper les coudes contre le mur pour vérifier qu'il ne s'agit pas d'un cauchemar. Taper, taper, taper encore pour extraire aussi de votre corps cette drogue qui vous envahit progressivement et finirait par rendre tout à fait banale l'anormalité absolue de vos journées, si vous la laissiez agir. Vous vous retenez, on ne sait comment, d'aller en parler au premier venu qui passera devant votre maison pour la ballade du soir avec son chien. Dans une telle situation, je vous assure que vous seriez même disposé à faire ami-ami avec celui qui ferait crotter son animal juste devant votre portail, tellement vous êtes en recherche d'humanité gratuite. Après une bonne douche, vous vous mettez à table, non pas auprès d'une antenne financière de la police mais pour le repas du soir en famille, comme si de rien n'était. Vous avalez la moitié trop vite, l'autre de travers, ensuite vous vous collez à votre écran d'ordinateur pour répondre à quelques emails sans intérêt et obtenir ainsi l'illusion que votre journée de travail a un sens, puis vous retournez dès le lendemain rencontrer des pitres et voyous dans d'autres lieux, d'autres villes… Un jour, vous décidez de faire autre chose, quelque chose de moins rémunérateur mais très différent et apaisant. Il ne fait aujourd'hui aucun doute pour moi que ce dont je vous ai parlé ne correspondait aucunement à ma nature, tout au plus à une forme de lâcheté dont on peut se rendre facilement coupable en début de carrière. Vous le verrez vous-même, on se plante aisément au début, tant que l'on ne dispose pas du recul suffisant pour prendre les bonnes décisions en termes d'orientation personnelle et d'éthique. Vous sortez, comme moi, d'une école de commerce avec la grosse tête et c'est le meilleur moyen d'aller dans le mur. Une erreur de jeunesse en somme. Ai-je répondu à votre question ?

— Oui, répondit le lycéen qui parut soudain embarrassé.

— Y a-t-il d'autres questions ou remarques pour terminer ? demanda Ozan sans décrocher la moindre réaction. Bien…, avant de clore cette réunion-débat je vous rappelle que vos commentaires sont attendus sur notre blog et que nous sommes passés à la phase active. Vous y trouverez aussi le « Kit de débogage du parfait petit Intrépide » avec tous les outils utiles. Téléchargez-le, c'est gratuit et nous ne vous demanderons pas de royalties au titre de la propriété intellectuelle. L'avenir appartient aux réseaux et au partage d'informations. Quelles que soient vos convictions politiques, foncez ! Créez votre mouvement, développez vos projets en meutes et sus aux imposteurs !

Les applaudissements fusèrent de toute part. On oublia ce soir-là de compter le nombre exact de personnes présentes, entre celles qui avaient réussi à dénicher un support pour s'asseoir et la majorité qui était restée debout.

— Les radiateurs sont à fond non ? demanda Ozan à Aristot quand ce dernier l'eut rejoint, pour moi qui me baigne dans de l'eau de mer à 14 °C c'est proprement suffocant ici.

— Oui, désolé. Je n'ai pas encore trouvé le moyen de rentrer de nouvelles consignes au niveau du régulateur central.

— Tu n'as rien d'un technicien Aristot, n'est-ce pas ? observa Ozan d'un ton narquois.

— Absolument pas ! Veux-tu manger quelque chose ? Il y a des amuse-bouches de toutes sortes, des verrines…

— Volontiers, j'ai repéré plutôt un coffret d'excellents chocolats sur la table là-bas. Il m'appelle de ses petits bras tendus : prends-moi, prends-moi ! fit Ozan d'une voix discrètement stridulante avant de poursuivre : pour le chauffage de Finn, pourquoi ne demandes-tu pas au gars là-bas, Renaud ? C'est un excellent chauffagiste.

Pendant qu'Aristot se dirigeait vers l'homme, Ozan fila comme possédé en direction des ganaches, truffes et pralinés. À peine avait-il repéré sa première cible et esquissé un geste vers elle, qu'il fut arrêté net dans son élan :

— C'est bon hein, le chocolat ?

C'était le fameux Trilobite qui lui était arrivé dessus par le côté et qui le regardait maintenant avec des yeux lumineux de lubricité.

— Quand j'en mange moi, je me sens top et actif… et toi ? insista l'excité.

Ozan connaissait parfaitement les risques de telles interventions lors de conférences. Il se trouvait toujours un imbécile pour venir vous importuner au moment précis où vous aviez besoin d'une pause. Être alors assailli d'innombrables questions appelant d'interminables réponses n'était pas le pire de tout. Non, le plus insupportable c'était l'intrus, celui qu'on n'invitait nulle part mais qui n'était pas moins de tous les apéritifs dinatoires dans un rayon de dix kilomètres. Et le type là, qui le collait à cinq centimètres tout au plus, Ozan en aurait mis sa main au feu, il avait en plus un projet précis dans la caboche.

— Écoutez, je suis épuisé, j'ai eu une rude journée, fit l'intervenant.

— Alors il faut aller au lit ! suggéra l'homme qui s'était encore rapproché.

Ozan chercha désespérément de l'aide du regard. Par chance, il aperçut presque aussitôt celle qui allait lui servir de rempart contre l'adversité. Ozan laissa Trilobite planté là, un gros chocolat en bouche derrière ses monstrueuses moustaches qui remuaient de haut en bas sous l'effet de la mastication, telles deux ailes de vautour.

— Euh… Cyntia, puis-je te parler ?

— Oui, bien sûr Ozan. Qu'as-tu ? Tu as l'air si inquiet…

— Tu me connais, il n'y a pas d'ambiguïté possible avec moi…

— Mais de quoi tu parles ?

— Je veux dire que… les femmes ce n'est pas mon truc. Comme tu ne peux l'ignorer…

— Je ne comprends rien à ce que tu racontes. Tu as bu ou quoi Ozan ?

— Non, il y a un zigoto très moche qui me poursuit de ses assiduités et j'aimerais que tu me tires de cette mauvaise passe.

— Compris, répondit Cyntia avec un sourire amusé, j'allais partir justement.

— Je te revaudrai ça !

Ozan sentit soudain une main se poser sur son épaule et se retourna, effrayé. À son grand soulagement, c'était Aristot.

— Merci pour le tuyau Ozan, ta connaissance est en train de régler la chaudière.

— De rien. Dis-moi, je suis désolé mais je vais devoir vous quitter déjà. J'ai un long déplacement demain et dois me lever indécemment tôt.

— Aucun problème. Mais as-tu mangé quelques chocolats au moins ? Je les ai achetés exprès pour toi.

— Non, je n'ai vraiment pas le temps. Si tu as besoin de quoi que ce soit, tu as mon numéro de portable. Je reste joignable à toute heure du jour et de la nuit pour cette aventure extraordinaire. De toute façon je dors très peu, alors autant me distraire intelligemment. À très bientôt, termina Ozan avec un sourire fragile, avant de s'en aller bras dessus, bras dessous avec Cyntia.

— En tout cas un grand merci Ozan pour ton intervention… eut tout juste le temps de lui crier Aristot.

…

— Tiens, je rêve ou quoi ? fit Suyin qui s'était rapprochée en voyant partir les deux amis ensemble.

— Non…

— Tu crois que … ?

— Dis-le franchement. Que notre Ozan a viré de bord ? C'est très improbable… mais bon…. il faut se mettre à sa place aussi. Tu as vu cet incroyable déhanché, ce dos sublime, ces petites fesses si fermes et rondes… ?

— Ouf !!!! fit Aristot, qui n'eut pas le temps de voir venir la main de Suyin qui lui arriva par le tranchant dans le flanc.

— Ce soir, privé de dessert, lui jeta encore Suyin.

— Pas grave, j'ai plein de chocolats à finir, lui rétorqua Aristot d'un ton rebelle, haletant encore sous l'effet du choc.

32 BIÈRES SOUS PRESSION

— Ah, Kha, je parviens enfin à vous joindre. Vous fichez quoi ? Pourquoi laissez-vous votre portable constamment éteint ? Et vous retirez la batterie ou quoi ? On me dit que nous ne pouvons pas le rallumer à distance...

— Pour opérer en silence M'sieur Charpentier.

— Vous savez que le mode vibreur ça existe ?

— Nan M'sieur, c'est quoi ?

— ... Bon, ne perdons pas de temps. Où en êtes-vous ?

— J'fais du repérage.

— Ne me dites pas que vous en êtes toujours à... un !

— J'suis sur site pour la deuxième cible.

— Et tout va bien sinon pour elle ? Laissez-moi deviner... Elle est en train de prendre un bain moussant à la verveine en sirotant une Margarita au son de *Fly me to the moon* ? Vous ne l'importunez pas trop j'espère pendant son moment de détente ?

— J'sais pas c'qu'elle fait, j'ai trouvé l'adresse mais pas l'entrée de l'appartement.

— Vous vous moquez de moi là ?

— Nan...

— Comprenez Kha que mon job c'est de vous mettre sous pression, le vôtre la mise en bière. Façon de parler bien sûr, je vous rappelle que vous ne devez laisser absolument aucune trace, pas le moindre indice. Tout doit disparaître comme ils disent dans la pub. C'est bien noté ?

— À vos ordres.

— Alors remuez-vous !

L'homme lui avait raccroché au nez. Aldemor, désemparé, ne savait plus quoi faire. Une longue liste, personne pour lui prêter main forte, et pour la première fois de sa vie surtout, il avait désobéi en se livrant à une interprétation très personnelle des instructions données. Mais Finn Coldwyn n'avait-il pas disparu de tous les écrans radars après tout ? Par contre, si le *Bibendum* prenait maintenant la fuite… Grand mal lui en avait pris de ne pas crever deux ou trois de ses pneus de tracteur ! À cet instant, une certitude s'affermit dans son esprit : il lui faudrait liquider tous les suivants sans compassion. Il était impensable d'en amener d'autres au manoir en imaginant qu'ils y resteraient sagement sans surveillance. De tout temps, rien n'avait perturbé davantage Aldemor que d'agir sans véritable méthode ni rigueur. Faire des choses sur un coup de tête, ça lui était déjà arrivé, le rendait fou. Comment allait-il s'y prendre maintenant ? Il disposait bien de presque tous les éléments d'information, d'un ordre d'exécution aussi mais un sentiment diffus de ne plus rien contrôler se rendait progressivement maître de lui. Et puis ce logement sans accès maintenant… Il avait parcouru trois fois les immeubles attenants, comparant les noms sur les portes et ceux des boîtes aux lettres, confrontant ensuite les données recueillies avec celles de l'annuaire téléphonique. Il y avait bien l'une ou l'autre discordance mais uniquement en rapport avec des appartements situés tout en haut. Sa prochaine cible, quant à elle, était sensée résider au 1er étage juste au-dessus de ce maudit magasin chinois qu'il apercevait de biais, de la position où il se trouvait à présent sous un arrêt de bus. Il n'y avait pas d'alternative possible. Il lui fallait à présent agir en terrain découvert et se décider enfin à y entrer, à la recherche d'une explication.

— Bonjour, dit Aldemor, du ton le moins austère possible en ouvrant la porte en verre trempé de la boutique qui fit tinter une petite clochette.

Il n'y avait personne, pas en vue en tout cas. Aldemor repéra instantanément une caméra miniature ingénieusement planquée dans la végétation en plastique d'une fontaine d'intérieur qui clapotait à proximité de la caisse. Une autre était dissimulée un peu plus loin dans le bec verseur d'une théière posée sur la partie supérieure d'un rayonnage. Aldemor avait stupéfié maint instructeur au cours de ses formations militaires, ayant une rare faculté à détecter ce genre d'objets en un rien de temps, où qu'ils soient. Il songea que le propriétaire devait accorder une importance toute particulière à la sécurisation du lieu. C'était prometteur... Il ne manquait plus que ça. Nul doute que la personne faisant preuve d'une telle minutie l'observait depuis son apparition dans la rue déjà. Aldemor détestait ça par-dessus tout : devenir le jouet à pourchasser. Il n'avait pas le goût d'amuseur public ni celui de traqueur tracassé. N'ayant plus rien à perdre selon cette hypothèse quasi certaine à ses yeux, il décida de s'enfoncer dans le cœur du magasin, à la recherche de nouilles pour *wok* tel qu'il s'était promis de le déclarer à tout vendeur curieux du besoin à satisfaire.

Junfeng avait sursauté en avisant la silhouette de l'homme qui se tenait non loin dans la rue. De sa tablette, il pilotait toutes les caméras qu'il avait disposées ici et là dans sa boutique ainsi que sur les appuis de fenêtres au 1er étage. Plus que sa taille et sa carrure, c'était sa façon de se mouvoir et de scruter les alentours qui l'avait alarmé, lui rappelant certains de ses collègues du renseignement à l'époque où il était encore officier dans l'armée chinoise. Sa surprise fut plus grande encore lorsqu'il vit l'homme pénétrer chez lui, avec sa dégaine de mercenaire, un visage crispé de brutalité et ce qui devait être une forme de contrariété dans le regard. Quant à la balafre qui le défigurait, elle n'était certainement pas le résultat d'un combat au pistolet à eau. Junfeng en eut la certitude, l'individu venait de dénicher pas moins de trois sinon quatre caméras. Un bref retour sur image lui permit d'établir que l'homme regardait, à chaque fois, droit dans l'objectif avant de détourner les yeux aussitôt. Cela ne pouvait être le fruit du hasard, pas sur une durée de deux minutes à peine. Aristot n'en avait jamais décelé une seule malgré un nombre incalculable d'heures passées sur place, qui plus est à faire du rangement ou à nettoyer. Cet inconnu ne pouvait être qu'un professionnel d'exception…

Contre toute attente, l'homme se mit soudain à courir en direction de l'arrière-boutique, tête baissée. Avait-il flairé sa présence derrière les caméras ? Comment était-il certain de le trouver dans cette direction ? Que lui voulait-il ? La journée commençait à peine et il n'y avait pas d'argent dans la caisse. Encore dans le hall de stockage, Junfeng se posta instinctivement sur l'un des côtés de la porte souple, prêt à intercepter le malfaisant de la façon la plus appropriée possible. Un bruit sec et mat se fit entendre à la base de la porte à ouverture rapide, comme une balle de golf que l'on aurait frappée violemment contre le revêtement synthétique. Junfeng attendit quelques secondes supplémentaires mais comme rien ne venait, il consulta sa tablette. La terreur était repartie dans l'autre direction et fonçait encore et toujours à travers l'espace, tel un bolide échappant à tout contrôle.

Au moment même où le commerçant s'interrogeait sur la probabilité proche de zéro qu'une telle masse pût se propulser dans les allées étroites de son magasin sans toucher un seul objet, l'homme heurta un angle. Un empilement de bidons d'huile s'affaissa sous son propre poids et cascada jusqu'au sol, entraînant dans sa chute des bocaux posés trop près et contenant des légumes croquants à l'aigre-doux. Une cacophonie de fer blanc et de verre pulvérisé secoua l'espace. Avant de sortir de sa réserve dans les deux sens du terme, Junfeng eut encore le temps de voir à l'écran la brute écraser son pied droit au sol, le genou projeté loin devant comme un escrimeur portant le coup ultime à son adversaire.

— C'est quoi ce bazar ? Vous êtes fou ou quoi ? s'entendit hurler Junfeng à la poursuite de l'homme.

À cet instant, toute crainte étrangère aux dégâts matériels qu'il venait de subir s'était évanouie. Il ne songeait plus qu'à l'obtention de réparations, coûte que coûte, dût-il affronter la bête. Prenant exemple sur son visiteur fou – on pouvait difficilement parler de client – il fondit vers l'entrée de la boutique, frôlant les rayons, bondissant par-dessus l'amas de conserves qui nageait dans un océan d'huile. Il entendit la clochette retentir. À moins que quelqu'un soit entré dans l'intervalle, il sut qu'il ne trouverait plus personne sur le devant. Un regard attentif aux images transmises par ses caméras lui permit encore d'apercevoir une ombre au pas de course qui disparut au coin de la rue. Junfeng sut qu'il ne rattraperait jamais l'homme, pas avec une telle différence d'âge.

Revenant sur ses pas, il prit la pleine mesure du désastre. Plusieurs bidons s'étaient percés au contact du carrelage, ce qui expliquait l'étendue de la mare qu'il avait à ses pieds. L'ensemble avait une allure de volcan jailli de la mer avec la couleur rouge dominante des motifs entremêlée du noir des inscriptions, l'huile aussi qui continuait à suinter par les trouées dans le métal et creusait des sillons au travers des légumes inertes… Junfeng bouillonnait intérieurement et se sentit en parfaite harmonie avec le tableau. C'était pour le côté positif au milieu de la débâcle. Le Yin dans le Yang et retour.

Il enregistra les films pour la compagnie d'assurances et prit quelques photos en complément avec son portable au cas où on lui demanderait d'en fournir. C'est en reculant pour faire un cliché avec un angle plus large, qu'il la vit sur le côté, une petite masse informe de poils gris, sang et os d'où pointaient deux oreilles. Ou plus exactement ce qu'il en restait. La souris… Voilà ce que le monstre avait ratatiné du pied après qu'elle se fut sans doute à moitié assommée contre la porte à l'arrière. Le pauvre animal n'aurait pas été en meilleure forme après une exposition au vide de l'espace. Junfeng exultait mais estima néanmoins que cela faisait cher le dératiseur. Au moins ne recevrait-il jamais de facture.

Aldemor, pour sa part, disposait maintenant de l'information dont l'absence le taraudait jusqu'à présent : c'était par deux petits escaliers situés sur les côtés dans le magasin que l'on accédait à l'étage au-dessus.

33 LA FINE ÉQUIPE

Aldemor filait droit à travers les rues bondées, touchant parfois de l'épaule l'un ou l'autre passant, dont les jurons restaient solidement arrimés au fond de leur bouche ouverte de stupeur. Personne n'avait le cran de réagir à la vue du bonhomme. Le colosse venait de constater que, en plus d'une photo de qualité de sa prochaine cible, il disposait également d'une seconde adresse. Peut-être celle-ci s'avérerait-elle plus accessible que la première, avec une configuration moins alambiquée ? Non pas que devoir passer par une boutique fût quelque chose d'injouable – il pouvait tout aussi bien escalader la façade extérieure de nuit, ce d'autant qu'il n'y avait qu'un étage – mais la contrainte de ne devoir laisser aucun témoin, entre autres, appelait les solutions les plus simples.

— Tiens mais c'est notre ami le mythomane !!!! entendit-il subitement une femme crier.

Elle se tenait debout à l'angle d'un porche, un chien en laisse à ses pieds qui jappait joyeusement dans sa direction.

— Salut Julie, salut Canibal, toujours dans l'même quartier ? fit calmement Aldemor, une fois à portée de voix.

— Ah ben ça alors ! Tu te souviens de nos noms ?

— C'est hyper important les noms pour mon boulot.

— Ah oui, je me rappelle, Môssieur le tueur... Tant que tu n'as pas de nom, tu ne peux flinguer personne, c'est ça ?

— Faut être sûr de buter l'bon ! Imagine, tu fais la peau à quelqu'un, tu reviens au bureau, le chef demande « Alors ? Liquidé le Justin ? » et toi tu dis « Quel Justin ? C'était pas un Julien ?!? », ça m'est arrivé une fois...

Julie rit aux éclats, laissant apparaître ses jolies dents bien rangées. Sa frimousse constellée de taches de rousseur resplendissait sous les boucles châtain clair de sa chevelure que couvrait un béret-casquette noir. Elle portait un épais manteau de laine au motif pied de poule dont les manches étaient râpées, un col-roulé d'un grenat défraichi ainsi qu'un jean déchiré à revers surplombant de gros godillots en cuir poussiéreux, sans lacets.

— Dis-moi, c'est quoi ton prénom ? Je ne le connais même pas.

— Tu peux m'appeler Aldo.

— Je peux ? Tout le monde ne reçoit pas l'autorisation en trois exemplaires ?

— Nan.

— Tu m'en vois flattée ! Dois-je en déduire que je ne figure pas parmi tes prochaines victimes ?

Cette fois, ce fut au tour d'Aldemor de sourire. Sans le savoir, Julie venait de battre un record.

— Pourquoi t'as pas peur de moi comme tous les autres là ? demanda-t-il en désignant les passants d'un doigt accusateur.

— Parce qu'au fond de toi, tu es un agneau, ça se voit tout de suite. Et tu m'inspires confiance parce que tu es quelqu'un de droit, à cheval et au galop sur les principes, pendant que tous ceux-là trottent péniblement sur des poneys Shetland, répondit-elle en montrant les mêmes d'un geste méprisant de la main. Je me trompe ? ajouta-t-elle.

— … Tu veux venir avec moi Julie ?

— Tu es un peu direct avec les femmes non ? Je te fais un compliment et tout de suite tu t'emballes… Mon style S.D.F. te plait tant que ça ?

— Ton style quoi ?

— Mon style vestimentaire : Simple, Décontracté, Froissé…

— Julie, *j'veux pas* te laisser là, dans la rue. Il pourrait t'arriver quelque chose de mal.

— Et qu'est-ce que je pourrais bien faire avec toi ?

— Tu m'as bien dit que t'avais travaillé comme femme de

ménage ?

— Excellente mémoire, Aldo. Oui…

— Alors j'ai deux choses à t'proposer : balayer dans un zoo ou aider ma tante dans son manoir.

— Tu as bien dit *son* manoir ?

— Ouais.

— Encore un délire de ton intarissable cru ?

— Nan. Tu m'fais confiance ou pas ? Viens, prends tes affaires, on va acheter un minibus maintenant.

— Un minibus ?

— Ouais. Et après on ira chercher les autres.

— Les autres ?! Mais quels autres ?!

— Tu viens d'me donner une bonne idée Julie et j'aimerais vérifier si c'est faisable.

— Moi ? C'est trop d'honneur…

Le chien avait-il compris que se jouait là aussi son propre destin ? L'animal commença à tirer de toutes ses forces sur sa laisse fixée à un anneau dans le mur. Julie céda à son ardeur, ne pouvant guère faire autrement.

Aldemor, lui, remit son projet immédiat à plus tard – la chasse devrait attendre pour le coup – et repartit à pas cadencés dans la direction d'où il était venu. Julie eut grand-peine à le suivre, même avec Canibal qui semblait s'être transformé tout à coup en chien de traineau et forçait comme un démon.

— Aldo ! Tu ne pourrais pas ralentir un peu ? clama-t-elle à une dizaine de mètres derrière.

Aldemor se brida quelque peu dans sa course puis, distrait par les réflexions qui se bousculaient dans son cerveau, reprit ses grandes enjambées après quelques minutes seulement. Julie faillit trébucher en hâtant le pas. Les passants dardaient vers eux des regards sévères, emplis de toute la disgrâce qu'ils vouaient à cette jeunesse non rentable qui osait arpenter les rues sans objectif clair.

— C'est là ! s'exclama soudain Aldemor, désignant une concession automobile aux atours de grande classe.

— Je ne peux pas rentrer là-dedans, fit Julie.

— Et pourquoi pas ?

— Ils vont m'éjecter et crucifier mon Canibal.

— Le gars qui fait ça… il est mort.

— Ah oui c'est vrai… nota la jeune femme, incrédule.

La porte en verre du magasin coulissa automatiquement à leur approche. Le chien se mit à aboyer vigoureusement lorsqu'ils y pénétrèrent.

— Nous ne vendons pas de véhicules d'occasion ici, reçurent Julie et Aldemor pour tout accueil de la part d'un commercial sans énergie et filiforme.

Son costume pendouillait tel un drapeau en l'absence totale de vent. Une statuette d'Alberto Giacometti n'aurait sans doute pas apprécié de se voir caricaturer ainsi par un être vivant.

— Bonjour on dit d'abord, se crispa Aldemor, fixant droit dans les yeux le vendeur qui n'hésita pas à appeler aussitôt un vigile d'un discret mais non moins manifeste mouvement de tête.

— Les chiens ne sont pas autorisés ici. Nous allons vous prier de ressortir, poursuivit l'individu à l'aspect famélique qu'un petit homme tout rond et boulot, engoncé dans un costume distendu et déformé, venait de rejoindre.

— Écoutez-moi bien les comiques, dit Aldemor, vous déconnez là nan ? À chaque fois que j'suis passé ici, y avait *jamais* de clients. Moi j'viens acheter l'minibus six places là-bas. Vous allez m'emmerder pour une crotte ? les interrogea-t-il en désignant un véhicule situé juste derrière eux.

Son énorme index pointé horizontalement frôla l'extrémité supérieure du nez du vigile qui recula en louchant, lentement, à la façon d'un manchot par -70 °C. Les bajoues de l'homme ballottèrent quelques secondes sous l'effet du déplacement.

— Nos conditions de crédit sont draconiennes vous savez… insista le vendeur, même pour les équipements de base.

— J'l'achète cash, avec toutes les options. C'est bien celui avec un espace salon ? Et les sièges qui pivotent ?

— Euh… Oui… fit le commercial tout à coup perturbé, vous… en connaissez le prix ?

— 60 000 zoros à peu près.

— Des zor… ?

— Des zoros, ouais. C'est la monnaie ici nan ? Pas des troubles comme en Russie ou bien ?

— C'est… c'est tout à fait ça Monsieur, répondit le vendeur d'un ton devenu subitement servile.

— Alors sors le machin dans la rue ! Et mets tout de suite le chien dedans. Je règle où ? demanda Aldemor d'un ton impatient tout en détachant une pochette secrète qu'il portait sous son sweat-shirt.

— L… là-bas, fit le commercial médusé.

La transaction ne nécessita pas plus d'un quart d'heure. Aldemor s'assit au volant de sa nouvelle acquisition et démarra après avoir contrôlé la jauge du réservoir puis vérifié que Canibal était confortablement installé. Julie, elle, avait pris place en silence sur le siège du copilote, la mine décomposée, observant du coin de l'œil les gestes de cet homme qu'elle ne connaissait en fin de compte ni d'Ève ni d'Adam et avec qui pourtant elle s'embarquait pour l'aventure. Mais quelle aventure ? Et s'il était effectivement un tueur ? Un pervers ? Les deux à la fois ? Quelle idiote elle faisait ! Elle eut un réflexe de la main droite en direction de la poignée et se serait vraisemblablement enfuie à ce moment-là, quitte à abandonner son chien, si le feu n'était pas passé soudain au vert. Aldemor avait alors accéléré sur les chapeaux de roues.

Une bonne heure s'écoula avant qu'elle n'ose prendre la parole. Les images défilaient dans sa tête à la manière dont on revoit, parait-il, sa vie avant de mourir. Entre-temps, ils se trouvaient sur l'autoroute et avaient quitté les zones de forte urbanisation. Aldemor chantonnait ou plus exactement fredonnait, comme un enfant l'aurait fait.

— Où est-ce qu'on va ? demanda Julie inquiète comme jamais.

— Chercher quelqu'un qui va être utile. Et faut que j'en appelle deux autres…

Julie dut se contenter de ces maigres informations pendant

qu'Aldemor s'engageait sur une voie de sortie menant à une aire de repos. Il n'y avait pas âme qui vive en vue. La jeune femme crut son dernier instant venu.

— C'est pas mal ici nan ? Y a même des toilettes là-bas, dit Aldemor une fois le moteur coupé, mais *d'abord* j'vais passer un coup d'fil ou deux.

Julie ne broncha pas, n'ayant pas la moindre idée de ce qu'il était le plus judicieux de faire dans une telle situation. Partir en courant après avoir prétexté une nécessaire promenade avec le chien ? Il n'y avait personne pour la sortir des pinces du monstre et il aurait tôt fait de la rattraper. Elle finirait assommée et ligotée dans le coffre ou en petits cubes dans un sac en plastique qui seraient distribués plus tard aux alligators du zoo dont il avait parlé.

Aldemor fouillait dans ses différentes poches depuis au moins deux minutes, passant et repassant en revue celles de sa veste et de son pantalon de velours côtelé beige. Puis lui vint l'idée de regarder dans son portefeuille, d'où il extirpa finalement un minuscule bout de papier ligné sur lequel figuraient deux numéros de portables.

— Ah, génial ! J'croyais les avoir paumés, s'écria-t-il avant de composer le premier.

...

— Allô Karsten ? C'est Aldo.

...

— J'deviens que... j'aurais besoin de ton aide. Et d'celle de Laszlo.

...

— Nan, j'ai pas d'problèmes. J'vous dirai ce qu'y a à faire dès qu'on s'verra.

...

— Si c'est pas trop tard en fin d'après-midi ?!? Nan bien sûr, éclata de rire Aldemor – second événement sensationnel de la journée – j'suis content que c'est ok.

...

— Oui j'sais bien que sans moi vous auriez déjà fait deux fois l'tour de l'enfer mais quand même... ça remonte...

...

— Tu t'souviens du zoo avec le zozo et sa batte de baseball en acier ? Le comique là ?

...

— Voilà, eh ben, on s'retrouve là-bas avec lui. Prenez un paquet d'affaires. Ça pourrait durer... Merci ! termina Aldemor puis raccrocha.

Il n'eut pas sitôt rangé son portable qu'une fourgonnette de gendarmerie stoppa net au niveau du minibus. Un soupir de soulagement échappa à Julie qui réfléchit à toute vitesse à ce qu'elle allait pouvoir dire pour se sortir de cette sale impasse dans laquelle elle avait sauté les pieds joints. Aldemor baissa simplement la vitre, adressa un bonjour et un salut militaire aux gendarmes qui lui rendirent avant de jeter un coup d'œil sur la sorte de badge que l'armoire à glace leur tendit. Dans l'intervalle Julie, coutumière des contrôles, avait extrait sa carte d'identité de sa poche, prête à la présenter également.

— Non, ce ne sera pas la peine Madame, fit l'un des militaires à son attention avant de se tourner à nouveau vers le géant :

— Avez-vous besoin d'un appui pour quoi que ce soit ?

— Nan, ça ira Brigadier, vous pouvez disposer.

La fourgonnette repartit aussi sec. Julie n'en revenait pas : on lui avait demandé à *lui* s'il avait besoin de quelque chose ! Et elle alors ?

— Tu travailles pour l'armée c'est ça ?

— Ouais.

— Et pourquoi tu ne l'as pas dit tout de suite bon sang ? demanda Julie hors d'elle tout à coup.

Ses nerfs à vif se relâchaient subitement après avoir imaginé que quatre gros sadiques allaient lui faire subir les pires sévices pendant d'interminables semaines avant de l'abandonner mourante dans les égouts d'un zoo où résidait quelque créature terrifiante qui s'en était échappée.

— Et ça aurait apporté quoi de l'dire avant ?

— Énormément… Tu ne doutes de rien toi hein ? Et ces gars à qui tu as téléphoné et qui vont débouler tout à l'heure c'est qui ?

— Deux anciens légionnaires à qui j'ai sauvé la peau deux fois en opération, un Allemand et un Hongrois. Des gars formidables qui me suivraient jusque dans la mort. J'en étais pas encore certain mais là c'est fait... Ils viennent nous rejoindre.

— Et moi, si je te dis que je n'irai jamais si loin dans le pathétique, tu me trouves tout de même formidable ?

Aldemor ne réagit pas.

— Et ils vont faire quoi ? l'interrogea Julie.

— Tu l'sauras plus tard, répondit-il, chaque chose après l'autre. Maintenant on va chercher Gil.

— Gil ?

— Un zonard. Mais pas un comme toi.

— Merci Aldo… de mieux en mieux, fit Julie choquée en écarquillant les yeux et secouant la tête.

— J'voulais dire : lui c'est un vrai. Mais, si tout va bien, il bosse au zoo maintenant.

— Un zoonard quoi… releva Julie.

34 CAPTURE

— Mais je te dis que je n'en ai *pas* besoin !

— Je te crois sur parole Suyin, c'est toujours moi qui fais la vaisselle chez toi. Si encore tu n'habitais pas dans une colocation avec des nanas sur le même modèle que toi… Mais on dirait que tu les sélectionnes selon cet unique critère : fait faire *sa* vaisselle par *son* mec, ou *ses* mecs du reste selon le cas…

— Aristot tu me saoules !

— Cela tombe bien, regarde autour de toi, on est dans un bar. Et personne ne nous connait encore ici.

— Mais je le mettrais où ce lave-vaisselle ?

— C'est bien féminin ça. Sitôt un argument désamorcé, tu me sors le suivant tout prêt du chapeau. Pour la place dans la cuisine il suffit que vous vidiez vos poubelles papier et verre plus souvent. Ou alors moins acheter de revues à la con, avec la moitié de pubs pour des sacs à main dedans, et… moins biberonner d'alcool.

— Tu as vraiment décidé de me pourrir ma soirée ?

— Suyin, tu sais ce que je vais faire ? Si tu refuses, moi de mon côté je rachète une télé…

— Tu ne vas pas faire ça ?!?

— Tu veux parier ? Et une fois sur deux, au lieu d'aller à vos fêtes pour me taper infailliblement la vaisselle après, je me collerai devant le lave-cerveau.

— … C'est bon, tu as gagné, montre-le-moi ton catalogue…

Aristot empoigna sa vieille sacoche en cuir marron posée sur la banquette et en ouvrit délicatement le fermoir. Après avoir glissé la main dans les différents compartiments il dut se résoudre à l'évidence :

— Il n'est pas là, je suppose que je l'ai laissé dans la voiture. Je vais le chercher. Je commande deux bières blondes au passage ?

— Des blondes ? S'il le faut absolument... répondit Suyin avec un clin d'œil.

Le temps s'écoula ensuite étrangement, au point que Suyin décida d'entamer sa nouvelle bière sans attendre davantage. Que fabriquait donc Aristot ? Cela faisait bien un quart d'heure maintenant qu'il était sorti. La mousse de sa bière était déjà redescendue de moitié. Avait-il rencontré une blonde d'un autre genre, plus pulpeux, plus suave et caressant ? Elle avait une confiance totale en lui sur ce plan, cependant elle se reprochait parfois d'être un peu trop directe et percutante à son égard. Peut-être était-ce lié à la pratique des arts martiaux ? Si elle n'était pas tombée dedans toute petite, les choses auraient-elles été très différentes ? Aurait-elle été une autre femme ?

La jeune femme engloutit le fond de sa bière, se saisit précautionneusement du petit sac à dos dans lequel dormait son furet puis se propulsa avec légèreté vers le comptoir pour régler l'addition avant de sortir.

— Pouvez-vous laisser la bière de mon ami sur la table là-bas s'il vous plaît ? Il devrait revenir normalement, dit-elle à la serveuse qui la remercia pour le pourboire.

— Les hommes ne reviennent pas toujours vous savez... Vous le connaissez depuis longtemps ? fit la femme dont émanait un fort sentiment de frustration.

— Oui.

— Ben ça n'joue pas vous savez... au contraire... Une engueulade pour un rien et c'est fichu foutu... Moi j'suis une femme d'âge mûr comme on dit mais j'préfère encore être mûre que murgée si vous voyez c'que j'veux dire...

— Écoutez, le sujet est passionnant mais je n'ai pas trop le temps de discuter là... Je vais revenir au plus vite.

— Et vous savez, d'nos jours il est déconseillé de laisser un verre vide sur une table... Quelqu'un pourrait balancer un cachet dedans !

— J'en prends bonne note. À plus tard… fit encore Suyin en s'expulsant rapidement hors du bar afin d'échapper à la donneuse de leçons.

De là elle courut jusqu'à la voiture d'Aristot qu'elle savait garée dans une rue parallèle à celle où elle se trouvait à présent. En débouchant à l'angle du boulevard et de la rue en question elle vit aussitôt qu'il n'y avait personne, même avec la nuit tombante.

— Benji, nous avons un souci, dit-elle à voix basse, plus pour elle-même et se sentir moins seule que pour s'adresser véritablement à l'animal.

C'est ce moment précis que choisit un homme pour jaillir d'un renfoncement du mur juste devant elle. Suyin, d'instinct et presque imperceptiblement, descendit aussitôt sur ses jambes afin d'abaisser son centre de gravité et prit appui sur son pied arrière, libérant ainsi celui placé devant. Elle avait rarement vu un gabarit pareil et encore moins le modèle d'arme à feu qu'il portait au poing. Le gaillard pointait un œil de glace sur elle, noir comme une nuit polaire.

Quelque chose s'alluma subitement dans le regard de l'homme, un peu comme chez certains robots de science fiction reprenant du service après une bonne claque dans la carlingue. Était-ce de l'étonnement ? Du dégoût ? Suyin ne se savait pas déclencher ce type de réaction d'ordinaire chez les hommes… à moins qu'ils soient… Mais elle remarqua soudain aussi que ses yeux s'étaient déportés sensiblement vers la gauche.

— C'est quoi ça, une sorte de rat ? demanda le type avec une expression froide d'androïde à court d'algorithmes et incapable d'opérer un calcul malgré l'urgence de la situation.

Suyin réalisa tout à coup que son furet était fiché sur son épaule. Sans doute l'apparition de l'homme l'avait-elle tiré du sommeil. À moins qu'il eût entendu prononcer son nom… Le sac en toile où il se blottissait pendant les ballades n'était jamais fermé afin qu'il puisse se mouvoir librement et respirer à l'aise.

— Écoute Doudou je n'ai pas très envie de converser avec

toi, surtout sous la menace, fusa de la bouche de Suyin.

— Comment tu m'as appelé ?!

— Doudou. C'est mignon non ? Tu n'aimes pas ?

— C'est…

Suyin exploita ce bref instant de déconcentration chez l'homme pour se saisir de l'arme par le dessus, la retourner contre lui en opérant une clef sur son index avec le pontet puis l'amena au sol en accompagnant le déplacement de frappes violentes de sa main libre, sur les cotes, le milieu du dos et enfin la nuque. Le voyou s'écrasa le nez puis, quelques millisecondes après, les dents sur le trottoir. Suyin dégagea l'arme vers la poche arrière de son jean tout en maintenant une clef cette fois sur l'épaule de l'homme.

— Écoute Doudou…

— Arrête de m'appeler comme ça !!! hurla le colosse aussi déchainé que piteux.

— Tu me fends le cœur *Doudou*. Arrête de crier, *Doudou*, tu vas finir par attirer du monde et j'aimerais pouvoir mener une conversation strictement privée avec toi *Doudou*. Il est où mon copain ? Tu lui as fait quoi ?

Aldemor garda le silence. Toujours si sûr de lui en temps normal, grâce à la peur indicible qu'il déclenchait chez les autres, il venait de perdre pied comme dans un lac de gravière. Un froid indicible lui remonta des entrailles jusque dans le cerveau, telle de l'eau à 4 °C prenant progressivement possession d'un bateau à la coque éventrée par des rochers. Ressentait-il de la peur ? Lui qui précisément mesurait l'impact de son action, ses capacités même, à l'aune de la trouille qu'il inspirait ? Quelque chose venait de foirer. Il l'avait senti venir pourtant. Cette femme ne l'avait pas lâché d'une semelle depuis le moment où il avait fait irruption devant elle, au plan visuel comme tactile. L'impression avait été diffuse mais pas moins obsédante. La fille non seulement n'avait pas tenté de fuir mais était restée plantée là, le plus près possible de lui. Elle se serait même collée à lui s'il lui avait laissé le champ libre, il en avait la certitude. Aldemor savait bien qu'il n'avait jamais attiré les femmes et ça n'allait certainement pas commencer en de telles circonstances. Son instinct lui avait signalé autre chose dont il n'avait pas tenu compte. Une erreur fatale.

Il rugit brutalement sous la pression que Suyin venait d'exercer sur son épaule.

— Je t'ai posé deux questions et n'ai pas encore une seule réponse… Encore un ou deux millimètres et c'est la luxation assurée. Tu t'en moques mon gros ?

Suyin savait qu'elle ne pourrait pas continuer ainsi éternellement. Entre tous les « Doudou » et « Mon gros » passés et à venir, elle aussi finirait par fatiguer. Il lui fallait trouver une alternative. C'est Benji qui lui fournit en venant se positionner face au visage de l'homme qui reposait maintenant sur le côté.

— Ah ! Quelle horreur, sale bête, casse-toi ! fit-il quand le furet approcha son museau pour renifler – humer ? – son nez en sang.

— Benji recule, pas tout de suite.

— Pas tout d'suite *quoi* ? demanda le géant sur un ton paniqué.

— D'après toi ? Alors les réponses ? insista Suyin.

Aldemor n'osa pas fixer l'animal dans les yeux et se contenta de regarder ses pattes griffues. Ce fut sa seconde erreur car il y aurait décelé, sans nul doute possible, son caractère tout à fait inoffensif. Peut-être même se serait-il découvert à l'unisson avec la bête comme il pouvait l'être avec tant d'autres. Après quelques secondes qui parurent interminables, il lâcha :

— Dans le coffre d'sa voiture, j'lui ai rien fait de mal, il est juste menotté.

— Et ce machin dans ta poche arrière sur lequel repose mon tibia, c'est une autre paire de menottes ?

— Ouais…

Suyin passa les menottes à son agresseur en exerçant une légère contrainte supplémentaire sur l'épaule immobilisée pendant qu'elle se saisit du poignet opposé afin de le rapprocher. Elle eut la sensation inédite de tenir un câble fait de chair.

— Bien, pas de blagues, je ne suis guère disposée favorablement à ton égard ! lui précisa Suyin avant de l'inviter à se relever, ce qu'il fit sans résistance.

Le coffre était resté ouvert. Sans doute la brute avait-elle anticipé un peu trop vite une seconde capture. La vision qui s'offrit à Suyin la fit tressaillir. Aristot était immobile et recroquevillé dans la position du fœtus, un bâillon dans la bouche qui devait être le chiffon utilisé habituellement pour essuyer la jauge d'huile. Elle lui ôta aussitôt. Il respirait mais était inconscient.

— Tu ne lui as rien fait, c'est ça, espèce de gros connard ?!? tempêta la jeune femme qui se retint à grand-peine de ne pas frapper l'homme.

— C'était juste une baffe, fit ce dernier d'un air innocent.

Suyin empoigna une petite bouteille d'eau qu'elle avait dans son sac pour en déverser le contenu sur le visage d'Aristot qui émit un gémissement.

— Où sont les clefs de la voiture et des paires de menottes ? demanda-t-elle.

— Dans la poche droite de ma veste. Mais dépêchez-vous d'me cacher dans le véhicule. Vaut mieux que personne me voie comme ça. Et rentrez vite dedans aussi.

— Ah bon tu comptes peut-être faire un défilé de body building et ça nuirait à ta réputation ? Et un voyage avec nous en plus si je comprends bien ?

— Ouais. Euh nan, pas le défilé.

À l'incongruité de la réponse, Suyin s'interrogea sur la santé mentale du type. Était-il ce qu'on appelait un simple ? Puis elle se rappela soudain qu'il avait braqué une arme sur elle. Cela devait être un peu plus compliqué que ça. Du reste, où était-elle celle-là ? Encore sur le trottoir ? Elle se dépêcha d'arrimer l'homme avec la ceinture de sécurité sur le siège arrière droit, les poignets menottés dans le bas du dos, pour aller la ramasser. Repassant devant le coffre, elle détacha Aristot qui semblait reprendre conscience puis empoigna les chaînes à neige. Elle se dit qu'elles feraient très bien l'affaire pour entraver les chevilles de son prisonnier.

— Tiens regarde ce que j'ai trouvé pour toi, lui dit Suyin revenu à la portière. Cela s'accommodera parfaitement à ton âme congelée. Mais reconnais au moins que je suis sympa, j'aurais pu te mettre dans le coffre à la place de mon copain.

— Et comment j'pourrais vous montrer le chemin sans rien voir ?

— Le chemin de quoi ?!?

L'homme se tut. Des geignements se firent entendre à l'arrière. Aristot s'était redressé sur son séant, se tenant la nuque des deux mains, la tête inclinée.

— Eh bien, mon amour, tu dragues des hommes maintenant ? Et en pleine rue ? Apparemment cela ne lui a pas plu…

— Pas plu à qui… ? fit Aristot complètement groggy.

— Ah, en plus il t'a frappé par surprise si je comprends bien. Viens voir que je fasse les présentations. Tu ne vas pas être déçu… Belle prise…

— Attends une seconde. Cela fait un mal de chien.

— Montre voir… Oh mais c'est rien ça…

Aristot prit finalement place à l'arrière à côté du géant dont la tête touchait le plafond de l'habitacle, tandis que Suyin s'assit face au volant avant de pivoter le buste sur le côté.

— J'vais tout vous expliquer, prétendit le malabar avant de passer en mode ordre comme s'il eut la situation bien en main, mais d'abord Suyin, éteins ton portable, brise la carte SIM et détruis-le !

— Pardon ?! Tu connais mon prénom ? réagit Suyin avec une stupéfaction appuyée dans la voix.

— Peut-être est-ce l'un de tes anciens amants que tu auras perdu de vue ma belette ? fit Aristot. On dirait qu'il est jaloux. Charmant…

— Fais ce que j'te dis, Suyin, c'est une question de survie, insista l'homme.

— Écoute Ducon, tu arrêtes ton cinéma, tu me dis d'où tu connais ma nana et tu nous donnes une version compréhensible de ce qui se passe d'accord ? suggéra Aristot excédé, et tu sais sans doute où est notre ami Finn ?

— Finn va très bien. Il a cinq nounous pour s'occuper de lui. C'est moi qui suis allé les chercher exprès.

Aristot poussa un soupir de soulagement malgré la prépondérance de doutes oppressants dans son esprit encore confus.

— Cinq… De qui tu parles ? Des complices à toi ?

— C'est quoi un complice… ? C'est… une tante et des gens que j'connais.

— Une… Tu ne veux pas dire plutôt une infirmière d'hôpital psychiatrique et quatre autres patients si je compte bien ? l'interrogea Suyin narquoise.

— Bon, t'éteins ton portable ouais ou merde ? s'échauffa le colosse, tu l'bousilleras après si tu veux, mais alors enlève la batterie !

— Et le mien au fait, où est-il ? réalisa Aristot tout à coup en palpant ses différentes poches.

— Y a plus, répondit l'autre sur un ton fâché, presque boudeur, j'ai jeté les morceaux dans une bouche d'égout.

Suyin, de guerre lasse, finit par céder.

— Et voilà, regarde, ça te va ? dit-elle en brandissant son téléphone désactivé et la batterie retirée sous le nez de l'inconnu. Déballe nous ton histoire à dormir debout maintenant ! Je suis impatiente de l'entendre…

— On m'a chargé d'vous tuer, lâcha la brute soudain, tous les trois, en commençant par Finn. J'ai pas pu. Il avait des animaux…

— Comment ça ?! C'est une mauvaise farce ?! Qu'est-ce que ses bestioles ont à voir là-dedans ? releva Aristot.

— Elles auraient paniqué sans lui, elles l'aiment beaucoup…

Suyin et Aristot se regardèrent, la certitude dans les yeux d'avoir affaire à un dingue. Une partie du problème toutefois demeurait irréductible à un avis aussi peu contrasté : quelque chose dans sa folie faisait drôlement vrai.

— Où est Finn à l'heure actuelle ? enchaina Aristot.

— À l'abri.

— Où bon sang ? renchérit Suyin.

— Vous l'saurez pas, même quand vous y serez… pour votre sécurité et la mienne. J'vais vous montrer la route au début mais après j'vous demanderai de vous bander les yeux. C'est pour ça que j'voulais vous enfermer dans le coffre.

— Après nous avoir assommés ?!? s'exclama Aristot.

— C'est plus sûr et après y a jamais d'bla-bla comme maintenant.

Sur ce point, le couple ne put ni ne sut contredire l'homme.

— On pourrait téléphoner à Finn avec ton portable ? proposa Suyin.

— Nan, j'parle qu'à ma tante au téléphone. On cause uniquement d'courses à faire si on a oublié un truc ou si y a urgence, mais là c'est codé. Il fait beau, pas beau… Le chat est tombé du toit, est passé sous une voiture, a des puces, la diarrhée, dégueule…

— Bon… on va peut-être abréger la liste… trancha Suyin. Je voudrais aller chercher des affaires avant de partir, ajouta-t-elle, songeant entre autres à son *Ken* – pas une poupée, un sabre.

— Inutile, décréta l'homme.

— Comment ça ?

— Une morte a besoin de rien. Et si quelqu'un voit qu'un mort a emporté des affaires, c'est qu'il est pas mort… Pareil si le mort passe des coups d'fil ou si on entend sa voix quelque part.

— C'est… très logique, fit la jeune femme, alors on y va !

— Mais tu ne vas tout de même pas faire confiance à ce mec !!! s'écria Aristot.

— J'ai son arme, répondit Suyin en sortant partiellement le révolver de son sac, et il sait de quoi je suis capable, cela devrait suffire…

— Au fait j'm'appelle Aldemor.

— C'est un nom de loup-garou ? Ou sorti d'un livre de contes ? demanda Aristot.

— C'est mon vrai prénom. Et mon grand-père est comte, c'est exact. Comment vous avez deviné ?!

— Oh, juste une intuition, fit Aristot incrédule, persuadé que le type affabulait.

— Au fait, vous avez peut-être des questions sur le Finn ? J'le connais bien entre-temps. Si ça peut vous rassurer…

— C'est vrai au fond… nota Aristot, qu'est-ce qu'il aime bien manger par exemple ?

— Là j'sais pas. Il dévore tout c'qu'on lui donne… et il a pas trop l'choix en plus…

— C'est bien lui ça... Alors sinon… le nom de son chat et des perroquets ? Ils sont là-bas aussi non ?

— Ouais. Azincourt, Trafalgar et Water Loo. Azincourt s'ballade toute la journée dehors et les gris du Gabon sont en semi-liberté dans une grande pièce.

Aldemor venait d'évoquer le sujet comme s'il se fut agi de ses meilleurs amis. Un sourire rayonnant lui métamorphosa le visage de façon totalement inattendue, égayant tous ses traits.

— C'est bien ça. Et d'ailleurs il adore ses perroquets par-dessus tout, tenta Aristot.

— Nan justement, répondit l'homme du tac au tac. Il dit que ce sont pas les siens. Il les a recueillis uniquement pour faire plaisir à une dame. Mais moi j'suis persuadé qu'il veut pas avouer qu'il les adore. Un animal, ça sait !

— C'était un test Aldemor, dit Aristot amplement satisfait.

— Si notre ami est bien vivant et en bonne santé, je pulvérise mon portable, je m'y engage, souligna Suyin.

— Merci ! répondit simplement Aldemor avec une expression détendue soudain qui contrastait terriblement avec le tableau d'ensemble. Il ressemblait à un pauvre diable que des flibustiers auraient attaché au mât de grand cacatois, à la « petite » différence près que lui se fichait de sa situation personnelle comme de son premier lange.

35 NOUVEL ARRIVAGE

Après une heure de route en direction de ce qui semblait être la Normandie, Aldemor exigea qu'on lui cède le volant en alléguant que, dans tous les cas, il garderait secrète la suite de l'itinéraire. Suyin fit halte sur une aire de repos après être tombé d'accord avec Aristot sur la marche à suivre. L'un comme l'autre étaient convaincus de pouvoir retrouver Finn et ne voyaient aucune raison valable de laisser l'inconnu en plan. Elle irait se placer à gauche à l'arrière pendant que lui ferait copilote. Après une pause pipi dans les buissons à proximité, ils détachèrent Aldemor qui en fit autant avant de revenir ensuite s'asseoir tranquillement au volant. Ce n'était déjà plus le même homme. Comme sous l'effet d'un charme, une expression de pure sérénité s'était substituée à l'épouvantable raideur dans laquelle se consumaient encore ses traits au moment du départ. Était-il possédé ? Par son épaisse bêtise ou suite à un envoûtement ? s'interrogea Aristot.

— C'est parti mon kiki !!! s'écria Aldemor tout guilleret avant de démarrer en trombe pour finalement piler après 50 m seulement. J'ai zappé un truc, confia-t-il alors, j'dois vous mettre quelque chose devant les yeux. Vous avez d'quoi faire des bandeaux ?

— À part le machin cradingue que tu m'as fourré dans la bouche tout à l'heure, non, rien ! répondit Aristot sur un ton de reproche amer, un arrière-goût encore très présent au fond de la gorge.

— Eh ben alors allongez-vous sur l'côté et couvrez vos têtes avec vos vestes. Il est assez tard déjà, personne va s'étonner d'vous voir comme ça.

Le géant empoigna à nouveau le volant, l'écrasant sous la masse de son buste tendu vers l'avant, à la manière hybride d'un sumo prêt au combat et d'un papi collant dangereusement le nez au pare-brise pour apercevoir la route à deux mètres devant. En une fraction de seconde, le véhicule s'était ébranlé vers une destination inconnue. C'est la dernière image que retinrent Suyin et Aristot avant de se blottir l'un contre l'autre sous leur veste et de s'assoupir progressivement sous l'effet anesthésiant du stress envolé.

— On est arrivé ! sonna Aldemor joyeux comme un clairon.

Les deux amoureux sortirent brutalement de la torpeur du sommeil. Se redressant, épaté d'avoir si facilement lâché prise face à cet olibrius toqué qui réclamait implicitement leur confiance, Aristot eut juste le temps de réaliser qu'ils quittaient une route de relative importance pour s'engager sur un chemin boueux. Celui-ci semblait être surgi de nulle part dans l'obscurité à la sortie d'un virage sur la droite. Depuis quand n'avait-il pas été entretenu ? Il pleuvait dru. Des crevasses profondes, gorgées d'eau firent craindre à Aristot que sa voiture s'immobilisât soudain dans un étau de gadoue. Après environ trois cents mètres parcourus à très faible vitesse, ils aperçurent un énorme portail en fer forgé crevant la muraille, éclairé par les faisceaux de deux lampes torches qui balayaient la nuit. Il s'ouvrit comme sous l'action d'un automatisme, laissant apparaître deux silhouettes en imperméable de chasse et d'allure peu commode. Le véhicule ralentit encore l'allure et Aldemor les salua au passage d'un geste martial.

— Qui était-ce ? demanda Aristot.

— Des gardes du corps. Ou des tueurs… Tout dépend dans quelle direction on passe les limites d'la propriété et qui s'déplace… Suyin, faudra pas m'les abîmer, promis ? fit Aldemor d'un ton des plus sérieux en jetant un coup d'œil inquiet dans le rétroviseur intérieur.

— C'est entendu… répondit une petite voix féminine qui semblait encore profondément endormie.

Le véhicule accéléra, se trouvant maintenant sur une voie étroite goudronnée. Un peu plus loin, après avoir traversé un bois que l'on devinait dense dans le noir, le véhicule déboucha sur une allée bordée de platanes plusieurs fois centenaires puis sur une immense cour pavée, au bout de laquelle se trouvait un manoir cossu. Au lieu de s'arrêter devant, Aldemor le contourna pour rejoindre une seconde bâtisse située derrière. Il stoppa net le moteur à proximité d'une lourde porte en chêne à deux vantaux.

— Bienvenue à la maison, fit Aldemor euphorique avant d'ouvrir la porte du véhicule avec fracas. Un craquement inquiétant se fit entendre.

— Ce n'est pas un tank ! cria Aristot à l'homme qui était déjà dehors, inutile de démolir les charnières…

En quelques secondes Aldemor avait disparu dans les entrailles de la grande maison.

— Ce qui est pratique au moins, c'est que nous ne serons pas trop encombrés par les bagages, dit Aristot à Suyin, tu as dormi ?

— Non, j'ai fait semblant, *contrairement* à toi. Tu te comportes vraiment comme un inconscient parfois… Il est fou à lier ce type !

— Te connaissant, je savais que tu resterais en alerte. Je me suis reposé sur toi pour être tout à fait franc.

— Dans les deux sens du terme, j'en ai deux cotes disjointes et un sein endolori. Allons voir notre Finn. Il est peut-être réellement vivant au fond…

Le couple sortit de la voiture et s'enfonça avec précaution dans le bâtiment. Après avoir enlevé le cran de sécurité comme son père lui en avait fait la démonstration un jour, Suyin avait glissé le révolver subtilisé à Aldemor dans la poche droite de son long manteau. Elle maintint ses doigts cramponnés dessus pendant leur progression à l'intérieur. Ils perçurent soudain des éclats de rires dans une pièce un peu plus loin. Ni l'un ni l'autre ne s'attendaient véritablement à la scène de liesse qui suivit.

Suyin et Aristot se retrouvèrent à l'entrée d'une vaste salle à manger au milieu de laquelle était disposée une longue table faite d'épaisses planches de chêne, recouverte de napperons et victuailles. En son centre trônaient deux bouteilles de vin rouge autour desquelles deux femmes et trois hommes s'agglutinaient. L'un de ces derniers était visiblement en train de conter l'une de ses mésaventures qui faisait se tordre de rire son entourage. C'était Finn, arborant le teint frais, buriné et vigoureux de l'homme qui travaille aux champs.

— Ah, vous voilà ! s'exclama-t-il en découvrant ses amis encore dans l'encadrement de la porte, alors en forme ? Aldemor vous a fait le coup du coffre également ? Un moment bien difficile à passer mais il en a besoin pour ses mises en scène...

Suyin ne vit pas la nécessité de répondre, ne souhaitant pas jeter le discrédit sur Aldemor et jugeant plus urgent de venir étreindre Finn, tant il lui avait manqué. Aristot pleura de joie en serrant son ami dans ses bras. L'émotion gagna aussitôt Finn qui choisit de fanfaronner pour ne pas la rendre trop perceptible. Il ne redoutait rien davantage que la transparence sur le plan affectif.

— Je vous présente mon petit personnel, déclara-t-il en appuyant son accent anglais déjà prononcé. Je l'ai appelé *The Finn-team*, la Finn-équipe. Vous avez dû voir Laszlo et Karsten à l'entrée qui sont mes *bodyguards* attitrés. Voici Tatie ma cuisinière, Julie ma femme de chambre et enfin Gil... Qu'est-ce qu'il fait Gil déjà, Aldemor ?

— Il chasse et pose des pièges, précisa ce dernier.

— Voilà, c'est ça..., dit Finn, encore qu'on ne sache pas très bien quoi pour l'instant. D'ailleurs voulez-vous manger un bout ? Il est 23 heures 20. Après ces heures passées dans les chaînes à angoisser et à vous tordre dans tous les sens pour échapper aux crampes, vous devez avoir une faim de loup ! Il y a là une excellente terrine, du ragout aux morilles ainsi que de la salade de taupe.

— Du ragout de taupe ?!? demanda Aristot, encore étourdi et perturbé, avec une marque de vive inquiétude dans la voix.

— Non, juste la salade, le tranquillisa Finn.

— C'est du pissenlit mon amour, précisa Suyin qui avait instantanément reconnu la plante.

Aristot n'estima pas utile d'en savoir davantage. Il crevait de faim et se jeta sur le pain de campagne à portée de main pour en couper quelques tranches qu'il distribua entre lui, Suyin et Aldemor. Les autres avaient achevé leur diner depuis deux heures environ déjà et choisi d'attendre les nouveaux venus en dégustant un grand cru des *Côtes du Rhône*. Il n'en restait plus qu'un fond.

— Ce pain est excellent, remarqua Aristot. La terrine aussi, même si cette légère odeur vanillée qui flotte au-dessus peut paraître surprenante de prime abord.

— Nous faisons notre pain nous-mêmes, souligna Tatie avec superbe, il y a un four au sous-sol du manoir devant. La première boulangerie est située à une quinzaine de kilomètres d'ici. Quant aux autres types de commerces ils sont encore plus éloignés.

La conversation tourna ensuite autour de l'isolement du lieu et de sa sécurisation. Aldemor dévoila, sans révéler le nom du site, qu'il avait démonté tous les panneaux de signalisation pointant vers lui jusqu'à 5 lieues à la ronde. De cette façon, affirmait-il, le nombre de curieux s'en approchant devrait être sensiblement réduit. Cependant le problème principal venait des scouts selon lui, une population certes inoffensive mais bien trop aventurière à son goût. Ils risquaient, en effet, de s'égarer volontairement dans les parages. Face à cette plaie, Aldemor comptait sur la performance cumulée des nombreux cours d'eau et tourbières dans le coin. Selon ses calculs, quelques pertes isolées devraient repousser tous les autres sans nécessairement attirer la presse locale. Et puis le destin ne pouvait-il pas être encouragé si besoin ? C'est ce qu'il avait laissé entendre d'un ton hilare. Restait enfin la problématique des couillons de la capitale qui pouvaient débouler ici en socquettes, tongs ou escarpins sans savoir du tout où ils se trouvaient ni pourquoi, simplement fascinés de voir autre chose que du béton sur plus de 100 m^2.

Aldemor signala avoir imaginé pour eux une solution dite GPS, Gêner, Perdre, Supprimer dont il ne révéla pas davantage les détails, annonçant simplement devoir encore approfondir le sujet. Percevant un bruit que personne ne parut avoir entendu à part lui, Aldemor se leva tout à coup comme actionné par un puissant ressort et sortit de la salle. Aristot se fit la réflexion qu'il fallait avoir les nerfs plutôt solides avec lui.

La conversation stoppa net après son départ, la fatigue se faisait de plus en plus sentir dans les rangs de la tablée. Somnolant à demi, Suyin et Aristot s'absorbèrent dans la contemplation d'innombrables figurines qui peuplaient le dessus des meubles et étagères dans la pièce. Dans l'extravagance de la situation, elles avaient tardé à capter leur attention même s'ils en avaient noté la présence physique du coin de l'œil dès leur arrivée. Divaguaient-ils ou s'agissait-il exclusivement de représentations de castors ? Suyin se leva pour vérifier son hypothèse et les observer de plus près. Des cohortes prétoriennes de ces rongeurs se coudoyaient effectivement, donnant l'impression de participer à un rassemblement annuel où toutes les créatures du genre avaient été conviées. Il y avait là des scènes dignes de quais de trains de banlieue et des départs à la guerre. Dans certains recoins, les castors étaient si entassés qu'ils semblaient se pourchasser, se battre les uns contre les autres. Le moindre centimètre carré était exploité. Combien étaient-ils ? Plusieurs centaines ? Mille, deux milles ? Dans une infinité de matériaux et de toute sorte, du castor d'*Halloween* en plastique orange au sourire mutin et démoniaque, à celui en terre cuite délicatement peint à la main façon santon qui vous toisait du regard les papattes croisées, en passant par des fèves, des jouets et petites sculptures en bois, des bougies, un taille-crayon en métal et même un castor *Ninja* en peluche.

— Ils vous plaisent mes castors chéris ? demanda Tatie à Suyin, presque mielleuse.

— Euh… oui, répondit la jeune femme qui, à la vérité, ne savait trop quoi dire.

— Dans ce cas je vous prierai de ne pas y toucher, scanda

Tatie d'un ton soudain comme d'outre-tombe. J'ai attribué à chacun une place et un rôle très précis par rapport aux autres. Cela fait cinquante ans qu'ils sont dans la même position pour les plus anciens. Les déménagements n'y ont absolument rien changé. Quand on m'en offre un nouveau je réfléchis longuement avant de lui choisir une place définitive parmi les siens.

— Ne vous inquiétez pas, la rassura Suyin avant que la femme âgée s'apprêtât subitement, elle aussi, à sortir de la pièce.

— Je vais aller voir ce que fait mon neveu. Il a un côté primesautier dans son caractère qui appelle depuis toujours, disons, une surveillance particulière...

Finn prit la parole dès que Tatie fut partie.

— Un point important les amis : vous constaterez qu'il y a des castors jusque dans les toilettes du bas que je vous déconseille fortement. Mieux vaut aller dehors ou dans celles du 1er étage sinon... c'est compliqué. Au rez-de-jardin elles sont très étroites. Il doit y avoir seulement 60 cm entre les cloisons. Or, Tatie y a fixé deux présentoirs muraux pour miniatures en face l'un de l'autre. Devinez ce qu'il y a dedans ?

— Des castors... dit Aristot.

— *Yes, that's quite incredible!* Comment l'as-tu deviné ? Et que dans des matières fragiles : porcelaine, céramique, verre, cristal... J'ai failli faire dégringoler l'un des casiers au début. J'avais un besoin pressant et elle les a placés stratégiquement là où tout le monde a l'habitude de se retourner... Vous pouvez essayer de prendre toutes vos précautions, vous baisser, passer de profil en rentrant le ventre... quand c'est possible, vous finirez par renoncer. Autant vous dire qu'elle est la seule à s'y rendre pour l'instant. Pas bête la guêpe... et elle a exactement la taille qui lui permet de passer sans heurt, étant encore plus svelte que Suyin !

— Merci pour le compliment indirect ! lança celle-ci à Finn avec une ébauche de courbette.

— Et vous savez quoi ? continua Finn, elle passe deux à trois heures par jour à épousseter ses castors les uns après les autres ou à passer l'éponge dessus selon la matière…

Ils furent tous arrachés subitement à leurs échanges par trois détonations successives qui résonnèrent dans la vaste pièce, telle une semonce des enfers. D'un bond, Aristot se redressa sur ses jambes, se cognant violemment le genou gauche contre un pied de table.

— Oh la vache ! hurla-t-il de douleur, c'était quoi ça, il a descendu la vieille ???

— Non la vieille va très bien, répliqua Tatie en revenant dans la salle à manger, par contre il y en a d'autres qui ne vont pas fort, poursuivit-elle d'un air excédé.

Julie et Gil, suivis par Suyin et Aristot qui se frottait vigoureusement le genou, se levèrent pour aller jeter un coup d'œil dehors. Parvenus au niveau d'une solide porte en métal, ils entendirent des rires gras. L'accès menait à la cave où la lumière était allumée. À peine arrivé sur les dernières marches de l'escalier, ils purent apercevoir les restes sanglants d'une bestiole, aussi sûrement passée à trépas que l'avait été Socrate de son temps après avoir ingurgité son sirop de ciguë, se dit Aristot. Celui-ci n'éprouva aucune honte à tracer un parallèle entre les deux événements, convaincu que mourir au motif de ses idées ou de son espèce était comparativement enquiquinant. C'était un joli spécimen de rat que le choc d'une balle avait éventré et catapulté contre un sommier en métal posé le long d'un mur. Un peu plus loin, deux hommes qui devaient être Karsten et Laszlo semblaient se détendre tout en observant Aldemor qui passait et repassait en furie d'un côté à l'autre de la cave. À leurs pieds, deux autres rongeurs de taille plus modeste gisaient sur la terre battue, l'un face à l'autre comme plongés dans une discussion pour l'éternité.

— Rats de merde, j'vais vous crever !!! fulminait Aldemor du fin fond de ce qui aurait pu être une oubliette, à la recherche d'autres cibles.

Soudain, un rat apparut, détalant à toute vitesse dans leur direction. Ils n'eurent pas le temps de faire ouf que l'animal leur était passé entre les jambes et remontait par bonds fulgurants l'escalier par lequel ils étaient descendus, l'Aldemor aux trousses. Suyin, Aristot et les deux hommes vinrent se saluer spontanément en échangeant prénoms et sourires. Ceux-là, au moins, paraissaient tout à fait normaux et abordables.

— Ça vous plait ? demanda Karsten en éclatant de rire.

— Et comment ! C'est plutôt distrayant jusque-là, répondit Suyin avec humour.

Trois jurons, deux fracas et un nouveau coup de feu plus tard, le silence reprit ses marques dans la maison. Aldemor semblait en avoir enfin terminé avec la séance de tirs. De retour plus haut, la petite troupe découvrit le dernier rat, davantage éclaté qu'étalé sur le carrelage du couloir en direction de la cuisine, le ventre à l'air et l'arrière-train démoli par un impact puissant. On ne pouvait le nier, Aldemor était un excellent tireur et faisait mouche à chaque fois. Quatre dépouilles pour quatre balles, le compte y était…

Il devait être maintenant près de deux heures du matin. Tous partirent se coucher après les vœux de bonne nuit. Ne restaient que le couple et Finn qui proposa de boire un dernier coup avant d'en faire autant.

— Pourquoi on est là Finn ? demanda Aristot dès que chacun se fut servi l'équivalent d'un demi-verre pour terminer la dernière bouteille.

— Pourquoi… répondit Finn l'air las tout à coup, les yeux baissés vers la nappe cirée aux couleurs printanières. Vous pensez tous les deux sans doute que cet Aldemor est givré ?

— Oui, répondit Suyin.

— C'est ce que je croyais aussi… Le problème est qu'il détient une liste d'environ 50 noms de personnes à abattre. Il me l'a montrée. Tous sont ceux d'Intrépides a priori… Comme vous, je ne les connais pas tous comme le groupe croît en permanence sur le net. D'où ce gars pourrait-il connaître ce lien entre nous ? Ça ne peut pas être le fruit du hasard, il n'est pas seul et dit donc vrai. J'en déduis également que nous ne sommes que les premiers pensionnaires ici. Notre présence en ce lieu risque d'être durable. Faites-vous à cette perspective sans tarder.

La seule question qui reste en suspend est pourquoi ce dégénéré nous a épargnés...

Le couple, sidéré par ce qu'il venait d'apprendre, préféra taire ce qu'il savait. L'affinité de leur ami avec les êtres dits inférieurs, et inversement, était le point de départ de leur survie, Aldemor l'avait clairement exprimé. Sans cette composante clef, ils seraient vraisemblablement tous morts déjà. En réalité cela en disait long sur la folie du gus. Inutile toutefois d'angoisser Finn davantage qu'il ne l'était. Décidément cela faisait beaucoup à digérer, il était grand temps pour chacun d'aller se vautrer dans un lit confortable pour récupérer de cette déroutante journée. Après avoir échangé quelques traits d'humour noir destinés à détendre l'ambiance passablement plombée ainsi que leurs nerfs éprouvés, ils se séparèrent.

Trouver un lit et des draps adéquats ne fut pas un exercice facile pour le couple dans l'obscurité, malgré le recours à un vieux chandelier et les indications précises que Finn avait données avant de s'éclipser dans sa chambre. Partout, la plupart des ampoules étaient cassées ou manquaient dans leur douille. Aristot s'aida d'une canne abandonnée pour entortiller autour d'elle les innombrables toiles d'araignées lacérant l'espace, si enchevêtrées les unes dans les autres que l'on se demandait comment leurs immondes et velues propriétaires pouvaient bien s'y repérer. Une fois l'épreuve passée, les amants s'effondrèrent sur le matelas éventré et trop mou du seul lit qui leur avait paru à peu près propre et présentable. En temps normal ils eussent encore préféré dormir à la dure, sur un parquet ou à la belle étoile selon les conditions météo. Mais ce soir-là, un cafouillage brumeux s'était substitué jusqu'au langage dans leur tête. Plus de pensées à organiser, plus rien de compliqué à prévoir pour le lendemain ni du reste pour les années à venir... une fois les ambitions évanouies, la vie semblait si simple subitement... Le bonheur eût été total s'ils n'eurent eu la sensation que leur corps était soutenu, non par de la matière solide mais par les remugles infects du matelas, comme si une titanesque portée de vers de vase y avait élu résidence. Ils n'eurent pas le courage toutefois de chercher un autre emplacement, rien n'importait plus à cet instant que de sombrer dans un sommeil réparateur. Comme pour expulser un trop-plein avant de s'endormir, Suyin éructa, un reflux de vanille artificielle lui envahit soudain la bouche. Ce goût infect lui rappela de façon indubitable un affreux sirop pour la toux qu'on lui avait administré contre son gré quand elle était enfant. D'où provenait-il ? De la terrine ? Du ragout ? Elle aurait juré des deux.

36 LES GRANDES SERRES

— Bonjour Karole et Jeffrey, bienvenue au *Jardin des plantes* les enfants, dit Oliver, je vous présente Kolya qui est russe.

— Bonjour Koala, moi c'est Lorcan, répondit le garçon, j'ai neuf ans et je veux faire de la robotique bio-inspirée en observant les animaux !

— Pas Koala, Kolya, rectifia l'homme en souriant, eh bien dis-moi, c'est incroyablement précis pour ton âge !

— Et moi je m'appelle Eileen, dit la petite fille, j'ai cinq ans et demi et je veux être aideuse.

— Tradeuse !?!?! s'affola Karole qui détestait les parasites de tout poil.

— Naaan maman, *ai-deu-se*, reprit l'enfant comme à une séance d'orthophonie.

— Mais tu n'es pas hideuse ! objecta Oliver, faisant mine de n'avoir rien compris.

La petite fille le regarda de ses yeux attristés comme s'il eut été un extraterrestre défavorisé intellectuellement, à qui il fallait apprendre l'alphabet en moins d'un an.

— Je crois savoir maintenant ce que tu veux dire ma chérie. Tu veux aider c'est bien ça ? dit Karole vivement soulagée.

— Ah, remarqua Kolya, effectivement il y a du boulot dans le domaine… J'aurai peut-être besoin de toi quand je serai vieux et n'arriverai plus à monter les étages avec mes courses… Il n'y a pas d'ascenseur dans mon immeuble.

— Non, je ne veux pas t'aider toi, seulement mon grand frère à monter ses robots.

— Ah bon… Tant pis alors… je me débrouillerai autrement,

répondit Kolya avec un air faussement déconfit.

Oliver fit les présentations réciproques. Kolya, était iconologue, un métier rare mais en développement qui consistait à étudier les images en les replaçant dans leur contexte social et historique.

— Je vous ai proposé, poursuivit Oliver, de nous rencontrer ici afin de poursuivre en comité restreint, dans la quiétude et à l'air libre, les discussions passionnantes que nous avons entamées au *Pélican Bidonné*. Depuis que trois d'entre nous ont disparu du circuit pour le dire sobrement, je trouve qu'il règne dans ce bar une ambiance délétère et impropre aux échanges. Et puis, comme on est dimanche, ça permettra de lier l'utile à l'agréable en montrant les animaux et les plantes aux enfants. Ça vous convient ?

— Oui très bien, dit Jeffrey, pour ma part je souhaiterais que nous mettions le focus aujourd'hui sur l'idée centrale de ne plus élire aucun individu à l'avenir dans nos démocraties mais uniquement des projets. J'aimerais donner mon point de vue sur la question en la remettant en perspective en tant que paléontologue et surtout entendre ce que toi, Oliver, tu as à dire sur le sujet en tant que psychiatre. On s'assied ? *Kids, would you please go play on the freeway?*

— Tu leur dis quoi ?!? demanda Kolya sidéré.

— D'aller jouer sur l'autoroute… répondit Jeffrey, c'est de l'humour pour qu'ils nous lâchent un peu.

L'expression pouvait en dérouter plus d'un mais les enfants comprendraient leur père sans équivoque. C'était un code entre eux, sa façon de leur signifier qu'ils devaient les laisser tranquilles, lui et sa femme, et avaient carte blanche pour se mouvoir dans un rayon de 100 m sous la condition de rester bien en vue. Le jardin connaissait un regain notable de visites et faisait la joie de tous les bambins mais pas seulement. Beaucoup d'adultes également s'y promenaient seuls et sans avoir besoin d'alibis à culotte courte hurlant et zébulonnant trépidamment dans tous les sens. Le printemps était revenu et des énergies neuves emplissaient les cœurs et les esprits. Ils prirent place sur un banc double d'une belle couleur verte, au soleil, à mi-chemin entre les *Grandes serres* et la ménagerie.

— Bien, si vous me permettez de continuer, je vais vous exposer pourquoi je suis convaincu, en tant que paléontologue, que la globalisation dite libérale est une catastrophe absolue pour l'humanité, ainsi qu'un système électoral qui fonctionne selon les mêmes principes en jetant les individus les uns contre les autres. Vous savez tous que notre cerveau est structuré en trois parties, le reptilien, le limbique et le néocortex. Qu'est-ce qu'il faut retenir ? Qu'il s'est construit sur des millions d'années en fonction précisément de l'activité et du comportement des créatures qui l'avaient dans leur boîte crânienne. Une question fondamentale maintenant : l'homme a-t-il réussi à évoluer ainsi grâce à son intégration soudée dans des groupes ou en luttant seul contre tous les autres ?

— Grâce à la mutualisation des outils et connaissances, à l'aide et la solidarité des membres de son groupe… dit Karole. Pendant des millions d'années, c'est établi scientifiquement, les hommes ont vécu en petits groupes d'une vingtaine d'individus en moyenne. Cela leur permettait de se soutenir les uns les autres en cas de problème, quelle qu'en soit la nature. Un homme mis à l'écart d'un groupe était un homme mort.

— Bien évidemment, et sans partage ni entraide il aurait disparu de cette planète depuis longtemps ! Cette inclusion puissante au sein de groupes, en tout cas, a formaté le cerveau de l'homme dans un très lent processus d'élaboration et d'agencement. Autrement dit, c'est cette même architecture cérébrale qui détermine maintenant les modèles de sociétés dans lesquels l'humain peut s'épanouir aujourd'hui et dans les centaines de milliers d'années à venir, et ceux dans lesquels, à l'inverse, il a 200 % de chances de crever. Plongez l'homme subitement, c'est-à-dire à l'échelle du temps en quelques centaines voire dizaines d'années seulement, dans le bain glacé d'un modèle sociétal individualiste comme le nôtre, totalement inadapté à sa nature… c'est le désastre garanti. Tout simplement parce que son cerveau n'a pas pu disposer du temps considérable nécessaire à son adaptation à la nouvelle réalité qu'on lui impose.

— Ça veut dire qu'on est sérieusement dans la merde... conclut Kolya.

— Et comment... répondit Jeffrey, avec le libéralisme on a systématisé la mise à l'écart des individus en hissant la notion de concurrence au-dessus de tout. On comprend que la méthode qui consiste à diviser pour mieux régner, soit utile pour nos dirigeants. Mais faisant cela, on détruit le groupe et l'homme avec lui. La configuration de notre cerveau n'est pas compatible avec le libéralisme intrusif et socialement déstructurant qui infeste notre espace de vie. Cela explique le désarroi que nous ressentons tous. Vous en connaissez, vous, des gens qui se sentent réellement à l'aise et motivés dans le monde d'aujourd'hui ? Pas moi...Voilà pourquoi il est urgent d'en tirer toutes les conséquences et de réadapter la structure sociétale à celle du cerveau de l'homme. Idem bien entendu pour le système électoral actuel qui est complètement en porte-à-faux avec notre vraie nature. Et c'est par là du reste que nous allons commencer ! Une fois notre nouveau modèle injecté dans leur système à la noix, nous changerons les constitutions des États puis les sociétés elles-mêmes grâce à une politique enfin construite.

— Tu as dit quelque chose de très intéressant sur lequel j'aimerais rebondir Jeffrey, en tant que psychiatre bien entendu, dit Oliver depuis l'une des extrémités du banc désertée massivement par le reste de la troupe.

— J'ai dit *une seule* chose intéressante ?! Tu es vexant à la fin, Oliver. J'espère que tu ne traites pas tes patients de cette manière, souligna Jeffrey avec un éclat de rire.

— C'est toi qui déformes mon propos, réagit Oliver, et viens par la même occasion de dévoiler une fragilité narcissique. Puis-je te proposer une séance à un prix d'ami ?

— Je n'ai pas mon agenda avec moi, je t'appelle. Alors c'est quoi le *quelque chose* ?

— Tu as fait la démonstration que le système électoral actuel est complètement en porte-à-faux avec notre nature profonde. Maintenant c'est moi qui vous pose une question à tous les trois : que peut-on en déduire par rapport aux politiciens qui se présentent aux élections ?

— Je tenterais bien une réponse, dit Karole, mais...

— ... tu es une femme et tu ne peux donc pas être certaine de ce que tu avances... compléta Oliver.

— Oh le goujat ! Et ça se dit psychiatre...

— Justement, il faut bien que moi aussi je me défoule un jour ! déclara Oliver hilare, alors ? Ton hypothèse ?

— Si le système électoral est en décalage par rapport à notre nature, il ne peut attirer que des gens qui nient la leur en quelque sorte, non ?

— Effectivement, mais je l'exprimerais différemment car ça se produit plutôt pour des raisons non conscientes. Il s'agit, pour la plupart, de personnalités qui ont dévié de leur route, de leurs aspirations profondes. Quand on n'est ni sur soi ni sur son désir comme on dit, un dérapage incontrôlable est vite arrivé.

— Maman ? fit Lorcan qui venait d'arriver en courant.

— Quoi ?! fit Karole sur un ton de maman occupée.

— Il y a un aveugle pas aveugle là-bas !

— Comment tu sais ça ?

— Il se frotte les yeux.

— Mais les aveugles ont des yeux la plupart du temps mon chéri. C'est juste qu'ils ne fonctionnent pas bien et que l'on n'a pas encore nécessairement la technologie pour les réparer. Allez file, ne laisse pas Eileen toute seule. Et dit lui surtout d'arrêter de le regarder fixement comme ça, à seulement un mètre !

— Il faut faire attention aux enfants ici, dit Jeffrey, il y a des mecs vraiment louches. Regardez discrètement celui sur le banc à gauche à 20 m.

En règle générale, quand on demande simultanément à trois personnes d'être discrètes, c'est tout le contraire qui se produit. Karole, Oliver et Kolya tournèrent la tête en même temps, comme s'il se fut agi d'une chorégraphie bien réglée. Le type semblait s'être habillé à la va-vite après avoir agrippé un déguisement au hasard dans une loge de théâtre. Restait à déterminer en quoi l'homme avait souhaité se costumer. En chauffeur routier pêcheur de coques dans l'attente de ses résultats d'examen pour devenir clerc de notaire ? Il portait des chaussettes basses de sport qui dépassaient à peine de ses magnifiques chaussures anglaises en cuir marron, un bleu de travail de type salopette qui lui arrivait à mi-mollet, enfin un T-shirt aux armoiries d'une marque de pneus que l'on entrevoyait entre les pans d'un caban à double boutonnière. Sa coupe de cheveux était des plus classiques avec un dégradé à la tondeuse parfait sur les côtés et des cheveux bruns mi-longs, coiffés avec grand soin sur le dessus. Un nouveau style chiche-chic ? Toujours est-il que le gus avait l'air immensément paumé, si peu à l'aise dans ses vêtements qu'il en avait une expression de mouton tondu contre son gré.

— Effectivement, nota Kolya, il ne lui manque plus qu'une chapka vert fluo avec des oreilles d'ourson.

— Ou une perruque rouge frisée sur la tête, une demi-boule sur le nez et il est bon pour aller vendre des cochonneries grasses et ultra-sucrées, dit Karole.

— Là je ne vois pas trop le rapport... fit Jeffrey outré, tu ne manques vraiment aucune occasion. Finalement ce n'est pas pire que toi en peignoir à l'effigie de *Catwoman*, avec des *tongs* au motif de panthère et une serviette si usée autour de la tête qu'on la croirait déchiquetée à coup de griffes !

— Le petit salaud ! s'exclama Karole, je divorce !

— Quoi qu'il en soit, le jour où vous vous habillez de cette façon, ou comme Karole dans l'intimité apparemment, il faut venir me voir, ne manqua pas de souligner Oliver.

— On dirait décidément que tu cherches des patients toi... Jamais je ne viendrai dans ton cabinet si tu fais ami-ami comme ça avec mon mari, dit Karole avec espièglerie.

— Je préfère ça de toute façon, s'interposa Jeffrey, je ne tiens pas particulièrement à être « papa » un jour d'un petit Karoliver, ajouta-t-il en se tournant discrètement vers Karole qui répondit par une grimace de dégoût tout en se pinçant le nez.

— Joli... fit Oliver. Mais puis-je enfin revenir à mon sujet ou est-ce que ça n'intéresse personne ?

— Si bien sûr ! Tu es le plus susceptible d'entre nous en fin de compte Oliver... Est-ce que tu pourrais prendre un autre angle d'analyse maintenant s'il te plait ? Et nous dire en quoi quelqu'un qui a de belles idées mais a « malheureusement » une personnalité équilibrée n'a ni l'envie ni la moindre chance de percer dans le système électoral actuel ?

— Oui, du reste c'est la meilleure façon d'aborder le sujet. Sans quoi on te demande rapidement d'apporter la preuve, pour tous les autres, qu'ils ont une craquelure au casque, dit Oliver en éclatant de rire. Entre nous, observez bien les politiciens... Tous ces gens qui recherchent les feux de la rampe, la lumière, l'attention du public, la gloire, les applaudissements... malgré une inaction patente. Auriez-vous le culot, vous, de monter sur des podiums pour vous adresser aux foules si vous n'aviez pas la moindre idée crédible à leur présenter, pas de projet concret devant permettre d'améliorer leur quotidien, pas le moindre allègement aux problèmes qu'en réalité *vous* leur créez ? Je te connais bien, Jeffrey, ton stock de sourires serait vite tari si tu étais à leur place. Non, pour avoir une expression radieuse d'être éthéré dans de telles conditions, il faut avoir une fragilité quelque part... Guettez un peu leurs expressions... Combien de fois ont-ils l'air de gamins à l'affut de la moindre trace d'attention de la part de leur entourage ? Du moindre surplus de pouvoir qu'ils pourraient glaner ? Mon hypothèse, pour bon nombre d'entre eux, est qu'ils n'ont pas toujours connu la splendeur quand ils étaient enfants et même plutôt l'inverse. Leur attitude puérile dissimule souvent des carences et drames affectifs épouvantables qui remontent à tellement loin qu'ils n'ont nullement conscience des forces émotionnelles incontrôlables qui les manipulent de l'intérieur. Ils ou elles ne savent pas ce qui les poussent à s'exposer ainsi au public sans raison valable, j'entends par là sans empathie pour les autres et leurs préoccupations, sans volonté réelle d'échanger avec eux, sans démarche intellectuellement fondée... Les individus qui, par exemple, ont été totalement ignorés par au moins l'un de leurs parents dans leur enfance font souvent tout une fois adultes pour tenter inconsciemment de rattraper leur histoire personnelle. En faisant quoi ? En se plaçant enfin sur le devant de la scène comme ils auraient tant voulu l'être quand ils étaient petits, quitte à écraser sans une once de pitié tous ceux qui se trouvent sur leur chemin, volontairement ou non.

— Mais du point de vue des personnalités équilibrées maintenant ? intervint Jeffrey d'un ton impatient.

— J'y viens justement ! Eh bien, pensez-vous que les gens équilibrés aient une quelconque envie de concourir sur la scène politicienne avec de tels tanks émotionnels ?

— Non, c'est évident, dit Kolya, et pour cause… Pour aspirer à ça je suis convaincu qu'il faut présenter plus ou moins les mêmes symptômes. De nombreuses personnalités pourraient parfaitement s'épanouir dans la politique, elles par contre pour des motifs essentiellement liés à leurs compétences, mais elles ne tentent même pas de s'y frotter la plupart du temps ! Elles savent d'instinct qu'elles n'ont pas la carapace suffisante pour tenir la route face aux chars d'assaut dont tu parles Oliver.

— Bien sûr, les politiciens en place sont prêts à tout pour rester sur le devant de la scène. La violence venue tout droit de l'âme est irrésistible. Les batailles entre les deux catégories sont toujours très inégales. Une personne équilibrée pourra avoir les compétences qu'elle veut, elle ne réussira pas à s'imposer face aux failles émotionnelles d'une autre. C'est comme deux plaques tectoniques aux caractéristiques très différentes ou comme le pot de terre contre le pot de fer. Vous observerez que le premier cède presque toujours la place à la pression du second, pas par faiblesse mais parce que les enjeux ne sont en rien les mêmes. Les individus en harmonie avec eux-mêmes et qui se construisent des compétences en fonction de leurs désirs et aptitudes, savent exactement où ils vont dans la vie. Ils n'ont nul besoin de s'épuiser au contact de ceux dont l'unique moteur est une forme de folie ni trop visible ni trop handicapante.

— Vois-tu Kolya, dit Karole, pourquoi nous avons imaginé

une formule alternative imparable permettant, d'une part, d'attirer les vraies compétences vers la politique et, d'autre part, de court-circuiter tous les exhibitionnistes qui disent en faire ? Nous allons faire coup double. C'est chouette non ?

— Oui ! C'est très bien vu, répondit le nouveau venu. Barrer la route aux pervers. Si on m'avait dit que je ferais ça un jour…

— Je n'ai pas parlé de pervers, souligna Oliver. Comme je le disais, le comportement des adultes peut être piloté par ce qu'ils ont vécu émotionnellement pendant l'enfance. On peut rester à vie une marionnette de son monde intérieur si on ne reconnaît pas un jour la nécessité de voir le problème en face et de travailler dessus. Surtout si l'ensemble de votre entourage vous renvoie une image d'être magnifique parce qu'il a peur de vous en réalité et ne peut agir autrement sans prendre de risques. Et puis il est toujours difficile de se confronter au fait d'avoir été une victime un jour quand on n'en a pas conscience. Surtout chez des personnes qui ont sublimé leur image dans l'intervalle afin de cacher l'abyssale précarité émotionnelle ancrée au fond d'eux-mêmes. Leur équilibre ne tient alors qu'à cette représentation d'eux-mêmes, bâtie sur du vide. Si vous la leur retirez, ils sont fichus… Mais ce n'est certainement pas ce qui va nous freiner n'est-ce pas ?

— Oh que non, dit Kolya, un vrai modèle démocratique ne peut pas s'appuyer, comme jusqu'à présent, sur des divas et petits malins ayant réussi à écarter tous les concurrents autour d'eux. C'est le meilleur moyen pour que des tiers s'emparent ensuite du pouvoir sans y avoir été conviés par les électeurs. L'usurpation du pouvoir par les banques et sociétés financières découle principalement de là et elles ne tiennent certainement pas à ce que leurs hommes de paille soient compétents, bien au contraire. Elles ont besoin qu'ils soient le plus malléables possible. Or, comme tu l'as décrit Oliver, c'est bien par les émotions que l'on peut facilement manipuler quelqu'un, à condition qu'il ait une fragilité liée à son histoire personnelle. La boucle est bouclée.

— Eh oui ! nota Jeffrey, le vent et le creux ne peuvent attirer que ceux qui ont déjà des trous plein la tête et la tourmente au fond d'eux-mêmes.

— Le pire dans tout ça, ce sont encore les conséquences : la population se désintéresse du vide qu'on lui présente comme étant de la politique, et avec elle toutes les personnes compétentes qui pourront toujours trouver du boulot ailleurs, contrairement à de très nombreux politiciens. Ces derniers ont alors les mains libres pour mener rondement leurs petites affaires. Même les scandales leur sont alors favorables dans un tel contexte, en renforçant la désaffection des gens.

— Désolé de changer complètement de sujet... dit Jeffrey, vous savez ce qui m'étonne chez cet aveugle pas aveugle dont parlait ma fille ?

— Non, firent les trois autres presque à l'unisson.

— Quand on le regarde il tourne aussitôt la tête...

— Et il a passé son temps à se tripoter une oreille, observa Oliver, tout comme le matelot notaire conducteur de camion de l'autre côté. Les pauvres hères doivent avoir une otite séreuse à force de dormir dessus en se collant le pavillon sur la surface glacée des bancs la nuit. Ça fait vraiment peine à voir... Et si on en profitait pour aller faire une étude comparative chez les singes ? Peut-être se trifouillent-ils les oreilles comme ça en continu ?

— Oui, répondit Karole, on peut au moins faire ça pour les enfants. Après je vous invite à boire un café, un chocolat ou ce que vous voudrez...

Dans la foulée d'une rapide visite à la singerie, ils passèrent une petite heure à *La Boussole Pétée*, rassemblés autour d'une table à boire tranquillement des sodas et bières. De là, ils crurent un instant voir les deux étranges hommes du jardin, discuter ensemble au loin. Puis Oliver annonça qu'il devait partir, prétextant vouloir rechercher des choses égarées chez lui. Puis, 10 mn plus tard ce fut au tour de Kolya de s'éclipser :

— Il faut que je parte moi aussi. À bientôt les globotomisés !

— Robots motorisés ? réagit le gamin, ils le sont tous !

— Ah, fit Kolya avec un sourire en coin, je l'ignorais...

La famille Lutz quant à elle dut également prendre la direction de son domicile au terme d'une âpre discussion. La pression que pouvait exercer un enfant s'avérait invariablement irrésistible, tant elle vous gâchait tout plaisir au final si vous ne cédiez pas. Lorcan, sous l'influence ensorcelante d'Eileen, s'était mis en tête de démonter un petit robot qu'il avait parmi ses jouets et de le reconstituer avant la fin de la journée. Karole accepta qu'ils le fassent à condition de ne pas aller ensuite récupérer des pièces manquantes sur le sèche-cheveux ou le grille-pain. Ils sortirent après avoir enfin épuisé le sujet.

— Bonjour, veuillez m'excuser, je suis un peu perdue, je cherche à me rendre à Puteaux…

C'était une jeune femme souriante vêtue d'un impeccable tailleur. Elle était au volant d'un splendide véhicule couleur anthracite et en avait abaissé l'une des vitres fumées à l'avant.

— Euh… écoutez, fit Jeffrey réfléchissant à voix haute, nous y habitons et allions prendre les transports en commun pour rentrer. Si vous vous voulez, on vous y emmène… ou plutôt, pardon, vous nous y emmenez ?

Karole jeta un regard lourd de reproches à son mari toujours prompt à faire confiance aux inconnus afin de profiter des bonnes occasions. Cependant il était un peu tard pour lui faire opérer une marche arrière.

— Génial, ça alors ! Montez, installez-vous à votre aise.

Les Lutz montèrent à l'arrière et découvrirent un espace de luxe. Karole fut aussitôt tourmentée par la crainte que Lorcan et Eileen pussent y dégrader quelque chose.

— Je prends juste un ami à l'angle du boulevard là-bas et on y va.

Une atmosphère de plomb envahit soudain le véhicule quand l'ami, qui avait pourtant été annoncé, y grimpa à peine 5 mn plus tard. Il les gratifia d'un bonjour à peine audible et semblait de fort mauvaise humeur au point que Karole et Jeffrey crurent qu'ils dérangeaient.

— Maman, on dirait *Hulk* mais pas en vert fit Lorcan en chuchotant.

— Naaan, c'est *Shrek* répondit Eileen tout fort.

— Oui mais lui il n'est pas vert ! rectifia le garçon.

— Nous venons de la part de Finn, Aristot et Suyin, déclara soudain Julie, les Intrépides font l'objet d'une surveillance et ils veulent vous en parler. Je ne pouvais pas vous le dire tout de suite dans la rue.

Le couple resta sans voix pendant quelques secondes.

— Alors c'était ça les deux types qui nous observaient au *Jardin des plantes* ? demanda Jeffrey.

— Oui, nous les avions repérés également et avons attendu qu'ils quittent les lieux.

— Vous faites partie du groupe vous aussi ? On ne vous a jamais vus…

— Non, aucunement, nous sommes des… amis de Finn. C'est lui que nous avons connu en premier.

Sitôt sur l'autoroute, Jeffrey et Karole s'inquiétèrent subitement.

— Mais où nous emmenez-vous ?

— En Normandie. Mais ne vous tracassez pas. Nous vous ramènerons aussitôt après vos échanges. Nous vous prierons simplement de ne pas regarder dehors pendant la route. Il en va de la sécurité de vos amis. Le lieu où ils se trouvent doit demeurer totalement secret, ponctua Julie.

Aldemor se détendit progressivement pendant le trajet. Lui et Julie étaient parvenus à « serrer » – c'était un terme utilisé dans la police – facilement la petite famille. Ils avaient longuement débattu au manoir sur le bien-fondé ou non de « kidnapper » également les enfants. Priorité avait été finalement donnée à ce que tout se déroulât dans le calme. Il avait donc été exclu de laisser la marmaille sur place tout comme il fut décidé de mentir utilement sur la durée de l'absence. Personne ne devait apprendre qu'il partait pour toujours avant de se trouver dans l'enceinte de la propriété normande. Le risque aurait été beaucoup trop grand, dans le cas contraire, que certains exigeassent de chercher des affaires chez eux, de passer des coups de fil ou tout simplement d'être laissés en paix. Aldemor ne devait intervenir et user de la manière forte qu'à l'égard d'individus récalcitrants. Rien n'avait été laissé au hasard. Julie devait être seule dans le véhicule au moment de demander son chemin qui correspondait précisément au lieu de résidence des personnes à emmener, à une heure où elles rentraient chez elles. Aldemor ne devait monter qu'un peu plus tard pour ne pas déclencher de résistance. Cette procédure douce avait été élaborée afin de ne plus traumatiser qui que ce soit, sauf situation exceptionnelle. Julie venait de la mettre en œuvre pour la première fois avec maestria, déroulant mot pour mot le texte qu'elle avait appris par cœur, sans se départir pour autant de son naturel épanoui.

— Alors les enfants, racontez-moi un peu, vous avez des animaux ? les interrogea Julie.

— Non, papa ne voulait pas, répondit Lorcan, il les préfère quand ils sont calmes et qu'il n'y a plus que le squelette. Il est paléontologue.

— C'est comme moi avec les gens ! intervint alors Aldemor avec un fou rire venu du fond des bronches.

Julie lui décocha un œil noir pour le presser de ne pas en dire davantage. Il se tut immédiatement. Jusqu'à ce jour, jamais personne n'avait eu une emprise sur le géant comme Julie. Elle venait en tout cas d'énoncer la dernière réplique de son rôle. Aldemor savait ainsi qu'il n'aurait pas à se rendre au domicile des Lutz pour y récupérer un animal ou un autre. Le Shrekhulk délavé en fut bien aise et se cala dans son siège pour piquer un roupillon.

37 *DEEP* RIMES

Elena essuyait quelques verres d'un geste démobilisé, le regard rivé sur l'un des murs de son bar, si blanc une quinzaine d'année auparavant, tellement encrassé et barbouillé aujourd'hui. Certains visiteurs de passage, et peut-être même des clients réguliers, n'avaient pas pu s'empêcher d'y laisser des signes tribaux par lesquels ils portaient leur existence spectrale à la connaissance du quartier. Sans doute était-ce aussi pour d'autres une façon de s'assurer que le monde conservât une trace de leur dernière brûlée. Il y avait là les classiques cœurs percés d'une flèche jouxtant une multitude d'autres croquis comme une souche d'arbre sans tronc, deux ou trois tentatives échouées de portrait ou encore une bouteille à la mer. Elle n'avait assurément pas le courage ni l'énergie de passer un coup de pinceau dessus. Et puis il aurait fallu ré-enduire et repeindre la totalité de l'établissement. Tout l'agaçait et lui prenait littéralement la tête depuis que ses amis les plus proches avaient disparus corps et âme. Même la décibelette à l'entrée, comme les clients l'appelaient, lui électrisait et vrillait les nerfs. Devait-elle décrocher cette fichue sonnaille pour chèvre et l'enfouir profond dans sa malle à couettes afin qu'elle y dorme pour l'éternité ?

Elle était lasse aussi de ces discussions politiques qui duraient jusqu'à plus d'heure le soir. Le noyau dur des Intrépides, ou plutôt ce qu'il en restait, continuait à tenir des rencontres dans le bistrot. La perte de ceux que l'on désignait déjà comme les fondateurs historiques de l'initiative ne les déstabilisait-elle donc pas ? La formule horripilait Elena aussi : ses amis faisaient-ils déjà partie de l'histoire ? Pour les maintenir en vie en quelque sorte, elle s'était efforcée de conserver une once de motivation en expliquant aux touristes de passage certaines notions comme la globotomie ou encore qu'il valait mieux une Re-Grèce délivrée des banques qu'une Régrèce inféodée. Malheureusement elle le faisait à sa façon très personnelle et cela donnait immanquablement quelque chose de cet acabit :

« Cet abattement, ce vide, cette morne anxiété,
Qu'au plus profond de vous-mêmes vous ressentez,
C'est la globotomie, un malaise, un supplice.
Il faut être animé de quantités de vices,
Pour ainsi, tromper, crétiniser, endormir,
L'humanité naïve à seules fins de profit.
Il importe désormais de ce merdier sortir,
Banques et marionnettes, votre règne est fini ! ».

Inutile de dire que les globe-trotters la tenaient pour folle et repartaient sans se faire prier, souvent en courant, parfois en oubliant un sac à dos ou une casquette qu'Elena empilait aussitôt sur son stock d'objets perdus. Alors les habitués avaient cherché à la distraire. Depuis quelques semaines, apparaissaient, ici et là dans le bar, des pélicans majoritairement en peluche ou en plastique sans que l'on sût qui les déposait. Le spécimen le plus insolite était une tête de pélican dont le bec servait de range-jouets pour le bain des petits. Quelqu'un l'avait accroché à l'un des lavabos dans les toilettes. Tous semblaient s'être pris au jeu. Personne n'avait le droit de révéler sa participation. On en dénombrait déjà 34 mais rien n'y fit, Elena s'enfonçait dans la déprime.

Ondine, Riwan et Kolya étaient attablés à distance raisonnable du comptoir où Oliver savourait une bière. Tous les autres clients étaient déjà partis, on était en pleine semaine. L'échange du jour portait sur les différences existant entre le Moyen Âge et la période récente sur les dernières décennies. C'est Kolya qui avait pris la parole :

— Aux temps médiévaux, on ne pouvait peut-être pas serf-er sur le net mais le seigneur avait certains devoirs vis-à-vis de la population et les prenait un tant soit peu à cœur. À l'époque, contrairement aux idées reçues, la situation était meilleure sur ce plan. Le gars ne bossait pas pour les financiers en favorisant leur enrichissement sur tous les tableaux, ne passait pas son temps à démolir son propre château, à réduire ses recettes, à se créer des ennemis de toutes pièces pour faire la guerre et ainsi ouvrir sans cesse de nouveaux marchés pour ses employeurs passés ou futurs... Enfin, il n'avait aucun intérêt lui-même à emprunter de l'argent là où il était le plus cher... C'est en cela que nous nous trouvons en pleine globotomie.

— Bonsoir, vous permettez que je me joigne à vous ? demanda une jeune femme que personne n'avait vu arriver.

— Bien entendu, nous sommes ouverts à l'égard de tout le monde, répondit Ondine.

— Oh, moi... pas complètement ! Je tiens à choisir mes partenaires dès que la possibilité m'en est offerte, répondit-elle.

— Vous faites bien, on ne sait jamais sur qui on tombe, intervint Oliver.

— Je vois en tout cas qu'il y a plus d'hommes que de femmes, c'est plutôt prometteur...

Les quatre amis se regardèrent incrédules. La créature était plutôt jolie, vêtue d'un ensemble tailleur bordeaux fendu, de bas couleur chair et de bottines à talons marrons. Un élégant pendentif de forme allongée invitait le regard à descendre dans l'échancrure habilement ajustée de son chemisier blanc.

— Le thème de la rencontre aujourd'hui c'était bien la bottomie de l'anglais *bottom* non ? Quand j'ai appris ça, je me suis habillée à la hâte pour venir. Je suis vivement intéressée ! Même si votre façon assez sèche d'aborder le sujet coupe un peu l'envie, je dois avouer... Je vous ai un peu écoutés de loin à l'instant, je n'ai rien compris. Mais je suis disposée à me laisser prendre... pardon, *sur*prendre. Il est très sympathique ce petit bar en tout cas, je sens que je vais revenir souvent ici, moi ! Et je vous trouve particulièrement attirants tous les quatre. Je n'ai rien contre un peu d'intimité avec une femme de temps en temps aussi vous savez... Je vous offre un verre mes... amours ?

Vous m'autorisez à vous appeler ainsi ?

Le groupe se disloqua sans un mot, laissant la jeune femme seule qui les regarda tranquillement quitter les lieux. Celle-ci se mit ensuite à observer attentivement Elena effondrée sur son comptoir, le visage enfoui entre ses bras croisés, le front et la pointe de son nez reposant sur la plaque d'étain inhospitalière et froide. Pour une fois, l'événement était rarissime, elle s'était assise sur l'un des tabourets de bar, côté clients. Elle semblait boire sans retenue et pas de cette eau dont se contentent les goélands pendant les pauses entre deux arrivées de chalutiers. De toute évidence, la disparition de ses proches l'avait ébranlée au point de détruire une partie d'elle-même. Elena releva brusquement la tête lorsqu'elle sentit la jeune femme se rapprocher dangereusement et fixa celle-ci d'un regard inexpressif et vitreux.

— De ce que vous dîtes à mes amis à l'instant,

Je n'ai rien perdu, pas une miette, pas un fragment.

Alors autant qu'entre nous les choses soient claires,

Je n'aime que les hommes et n'en ai rien à faire.

— Elena, veuillez conserver votre calme, j'ai quelque chose à vous dire. On peut sortir ? suggéra l'inconnue doucement et presque en chuchotant.

— Pourquoi ?

— S'il vous plait… insista la femme sur un ton implorant.

Une fois qu'elles furent sorties, la conversation reprit.

— Alors v… vous me voul…ez qu… quoi ? demanda Elena sur la défensive.

— Tout d'abord, promettez-moi de ne rien répéter à qui que ce soit de ce que je vais vous dire ! martela la fille.

— Pr…omis, répondit Elena.

— C'est Finn qui m'envoie…

— Fffinn ? fit Elena à la limite de craquer.

— Ils vont tous très bien, Suyin, Aristot, les Lutz… dit aussitôt la visiteuse pour la soulager avant de camper la situation par le menu, les contrats non exécutés, le placement de ses amis dans un lieu sûr et secret, le fait que d'autres Intrépides allaient suivre...

Elena semblait sceptique mais écoutait avec attention. La jeune femme poursuivit :

— Je suis désolée d'avoir poussé vos amis à partir à l'instant. Il fallait absolument que je vous parle seule à seule et il se peut qu'il y ait des mini caméras ou des micros dans votre établissement. Je reviendrai donc régulièrement jusqu'à ce qu'ils se rencontrent ailleurs, désolée pour vous si les consommations baissent... Il faut surtout éviter qu'ils attirent de nouvelles personnes ici...

— V...ous êtes agent s... secret ? demanda Elena que la boisson désinhibait dans ses hypothèses.

— Non, pas du tout, c'est difficile à croire mais il y a encore peu, j'étais à la rue.

Curieusement c'est ce détail insolite qui la rendit crédible aux yeux d'Elena tout à coup.

— Par ailleurs, nous vous demanderons de continuer à chercher vos amis comme si vous ne saviez rien. Vous êtes une ancienne comédienne, vous saurez y mettre les larmes. C'est ce qui confirmera définitivement leur disparition auprès des commanditaires. Imaginez que personne ne recherche qui que ce soit, ce serait une véritable catastrophe...

— Pourquoi le t...ueur ne les a p... pas tués ? Il p...pourrait changer d'a...vis ? nota Elena fort justement.

— Ça va vous paraître insensé, répondit l'étrangère, mais il n'a pas honoré son premier contrat, celui de Finn, en raison de la présence d'animaux dont votre ami avait la garde. Je tiens à préciser à ce titre que vos perroquets se portent comme des charmes. Maintenant il ne peut plus faire machine arrière, surtout que je sais avoir une grosse influence sur lui. Comptez sur moi ! Pendant qu'on y est... j'allais presque oublier... Il y a un chien dont Finn aimerait que vous preniez soin. Vous le connaissez semble-t-il et personne d'autre ne peut l'approcher, tellement il est féroce. Il tourne librement, comme un démon et perpétuellement dans le même sens, autour d'un entrepôt dans la banlieue sud. Finn espère juste qu'il n'est pas déjà mort de faim. Dans la cour derrière il y a un gros distributeur programmable à croquettes mais il est vide ou en passe de l'être entre-temps. La récupération d'eau de pluie lui assure par contre de pouvoir boire de façon illimitée. Vous savez où il se trouve me semble-t-il ?

— Oui, répondit Elena d'une seule traite, absolument convaincue cette fois que la jeune femme disait vrai, grâce à la précision des détails fournis.

— Dans ce cas je vous invite à aller le chercher au plus vite, s'il n'a pas déjà agonisé, et à le garder auprès de vous en vue de votre « disparition » prochaine.

Dès le lendemain, Elena se rendit à l'entrepôt en question. Pour s'être déjà occupé de la bête pendant certains congés de Finn, elle disposait d'un double qui lui permit de pénétrer dans l'espace. Elle s'en voulait de ne pas avoir pensé une seule seconde à cet animal et espérait que Finn ne lui en voudrait pas. Rares étaient les personnes qui acceptaient d'approcher le molosse. Il s'agissait d'un berger belge aux mâchoires puissantes et de haute stature. En cas d'activité sur le périmètre, Finn l'enfermait dans un chenil sinistre situé à l'arrière, tant ses collaborateurs le craignaient. Un jour, piquée par la curiosité Elena s'était placée à proximité du grillage à grosses mailles de l'enclos, parlant longuement et doucement au chien. Après avoir aboyé vigoureusement, une écume de bave au coin de la gueule, le chien s'était apaisé progressivement. Elena s'était ensuite déplacée de quelques mètres vers la porte basse du chenil pour l'ouvrir, avait plié les genoux puis, immobile, avait attendu sous les regards ébahis des employés de Finn en pause déjeuner. Pendant que certains d'entre eux regagnaient prudemment l'entrée d'un hall de stockage, l'animal était sorti avec flegme et s'était couché à portée de caresses. Elena avait lentement tendu les doigts vers son museau pour qu'il puisse enregistrer son odeur et l'identifier comme amie. Personne ne sut jamais si cet incroyable évènement résultait d'un quelconque effet produit par les alexandrins ou plutôt par le parfum aigre à la citronnelle dont Elena avait coutume de s'asperger à toute heure pour couvrir ses déplaisantes fragrances de femme stressée. Le chien avait-il déduit des effluves envahissant les alentours qu'il pourrait enfin se débarrasser avantageusement de ses puces en côtoyant le personnage ? Venait-il de découvrir une forte communauté d'intérêts, se disant qu'une créature qui sentait ainsi ne pouvait que tenir toutes les autres à bonne et raisonnable distance... comme lui ? Quoi qu'il en fût, il obtint également un nouveau nom ce jour-là, reléguant le précédent, nettement moins drôle, à l'oubli.

— Pupuce ?! fit Elena de multiples fois en parcourant l'entrepôt.

Rien ne bougeait. C'est après 10 mn de recherche systématique seulement qu'elle le découvrit à l'ombre d'un container. L'animal reposait sur le flanc, haletant. Il était grand temps. Elena fila à sa voiture pour lui chercher de l'eau fraiche et une pâtée maison qu'elle lui avait préparée. Le chien but à grandes lampées tout d'abord puis se jeta sur la nourriture. Elle lui expliqua ensuite longuement qu'elle pouvait le sortir de là pour qu'ils fissent un bout de chemin ensemble jusqu'au moment où ils retrouveraient Finn. Le chien leva la tête en entendant le nom de son maître, comme s'il eut compris, plongeant son regard empli de gratitude dans celui d'Elena. Elle sut ainsi qu'elle avait définitivement gagné la partie et alla, d'un pas décidé, décrocher une muselière pendue à proximité qu'elle passa sans difficulté sur sa gueule. Considérablement amaigri et faible, le chien ne réclama pas son solde de tous comptes et se laissa entraîner, clopin-clopant, jusqu'à la voiture. Il était bien loin l'animal dont elle avait le souvenir et qui se mouvait à la façon dont les plumes se soulèvent dans le vent, mais il reprendrait vite de la vigueur, Elena en était intimement persuadée.

38 AU COMBLE DE L'ENCOMBRE

— Alors, laissez-moi réfléchir, il nous faudrait en priorité un médecin, un charpentier, un maçon et un couvreur. On a ça sur la liste ?

C'était Julie qui venait de parler, assise à un coin de table avec Finn et Suyin. Grâce à l'opiniâtreté de la jeune femme, Aldemor avait fini par lâcher la liste de ses cibles et ils tentaient maintenant d'effectuer un tri pertinent en fonction des savoir-faire indiqués et supposés de chacune. L'objectif était, au final, de décider qui devait « disparaître » en premier.

— Un jardinier ou ouvrier agricole serait bien aussi, intervint Suyin. Je sais y faire et avec Finn on se débrouille très bien au potager mais je crains que nous soyons vite débordés.

— Et un prof de mathématiques ? Je vois qu'il y en a un sur la liste que je ne connais pas, suggéra Finn.

— Pfff… fit Suyin, étonnant que cela vienne de toi justement. Tu sais bien que tant qu'il n'y a pas plus d'enfants ici, il ne nous servira strictement à rien. C'est comme la Sonia Dellenorsch… *directrice* d'école ! Peux-tu me dire ce que tu veux faire avec ça ?!? Non seulement elle ne nous sera d'aucune utilité, tu vois, mais je suis prête à parier qu'elle nous mettra continuellement des bâtons dans les roues. On ira donc la chercher parmi les derniers seulement… sous réserve qu'on y pense encore d'ici là.

— On n'a pas grand-chose par rapport à nos besoins les plus urgents… constata Julie, et côté médecins on n'a qu'un Oliver Schmutzfink qui est psy…

— C'est toujours ça, releva Finn, et si on doit rester ici pour longtemps il va avoir de la clientèle à foison… La réfection du manoir attendra. On ne peut pas confier ça à n'importe qui non plus… Les métiers et compétences n'ont peut-être pas été indiqués de façon exhaustive sur ces feuilles ? Des erreurs pourraient s'y être glissées aussi.

— Bon, alors on file chercher celui-là avec Aldemor ? proposa Julie, l'index sur la photo du psy qui lui disait vaguement quelque chose. Un ancien prof à la fac où elle avait étudié peut-être ?

— On regretterait presque qu'il n'y ait pas plus de monde et de choix sur cette fichue liste, nota Finn avec humour, si on m'avait dit au début de cette aventure que je ferais une telle remarque un jour…

— Aldemor ? On se casse ! hurla Julie à travers l'espace en se levant aussitôt telle une furie.

— C'est phénoménal l'ascendant qu'elle a sur lui, remarqua Finn une fois que Julie eut quitté la pièce.

— Et c'est plutôt positif, répliqua Suyin avant de rire aux éclats. Malgré son pelage épais de loup-garou farouche et invincible, ce type de femme peut le mener facilement à la baguette, c'est géant !

— Dont tu fais partie Suyin, non ? demanda Finn.

— Oui, sauf que ce genre de relation ne m'intéresse pas du tout ! rétorqua-t-elle.

Environ trois heures plus tard, Julie et Aldemor se garèrent à proximité d'une villa cossue des années 1920. Celle-ci se dressait au milieu d'un jardin luxurieux agrémenté d'une petite mare scintillant au soleil, incrustée d'iris jaunes et de joncs, et que surplombaient deux jolis bancs en bois clair. La pelouse tondue irrégulièrement ainsi que la glycine qui s'étalait sur deux de ses façades jusqu'au toit, lui donnaient une allure sauvage, sans que l'on pût imaginer pour autant que la bâtisse fût abandonnée à l'œuvre de la nature ou qu'il s'agît du résultat d'un calcul. Des volets peints en vert pâle permettaient de fermer toutes les ouvertures, y compris les portes. Quatre marches d'un escalier carrelé en blanc donnaient accès à l'entrée sur le côté.

L'ensemble était entouré de murets à mi-hauteur, surmontés d'un barreaudage en fer forgé garni de pointes. Une femme dans la cinquantaine, vêtue en noir de pied en cap, sortit de la maison pour s'engager sur le trottoir du côté opposé où se trouvait le véhicule. Elle jeta un coup d'œil à la fois intrigué et rogue dans leur direction, sans pouvoir toutefois les distinguer en raison du vitrage teinté.

— Qui c'est la pie-grièche ? demanda Julie.

— J'sais pas, répondit Aldemor, elle est souvent là quand il a des consultations. L'cabinet est au rez-de-chaussée, son appartement au 1er et sous les combles. Le soir y a jamais d'lumière en bas. Le problème c'est qu'il sort pratiquement jamais d's'a maison. Il s'fait livrer ses courses...

— Dis-moi Aldo on dirait que tu as réalisé un sacré travail de préparation. Tu l'as fait pour tout le monde ?

— L'habitude... Nan, juste une vingtaine pour l'moment.

— Donc on ne pourra pas lui faire le coup comme l'autre fois avec les Lutz...

— Et on sait pas non plus s'il est là finalement...

— Je peux aller vérifier déjà, suggéra Julie, il ne me connait pas, je sonne et fais ensuite celle qui s'est trompée ou qui cherche quelqu'un dans le quartier...

— Ok, mais sois prudente. Reste à l'extérieur pour que j'puisse te voir d'ici, insista Aldemor tout en empoignant son *Glock 26* que Suyin lui avait restitué et qu'il avait placé dans la boîte à gants.

C'était la première fois qu'il témoignait ouvertement de l'inquiétude à son égard. Julie le regarda d'un air tendre puis, redoutant de se dévoiler à son tour, ouvrit la portière et fila vers la maison. Elle actionna la sonnette dont elle entendit vaguement la musique de loin. Ce devait être les huit notes majestueuses mais soporifiques de *Big Ben* ou quelque chose du genre. Une silhouette apparut sur le perron.

— Bonjour, je recherche la famille... Flétan, dit Julie qui regretta aussitôt de ne pas avoir pris davantage de temps pour trouver un nom vraisemblable.

— Oui c'est ça… Désolé je m'appelle Moulefrite et en face c'est la famille Panga. Comment est-ce que vous avez trouvé mon adresse ? demanda l'homme qui se rapprocha en faisant crisser le gravier sous ses pas.

— Je ne comprends pas…

— Non ? Disons alors simplement que j'ai eu une apparition, l'autre soir, d'une jeune femme aguichante qui me proposait de creuser le sujet… Ça me convient parfaitement, je suis un loup solitaire vous savez. Si vous voulez bien vous donner la peine d'entrer… fit le type en déverrouillant le portillon.

Julie se souvint subitement avec épouvante où et à quelle occasion elle avait déjà rencontré le personnage qui se tenait fermement dans ses sabots en plastique vert pomme devant elle, torse nu et simplement vêtu d'un short mal fermé.

— Vous n'êtes pas mal du tout aussi en t-shirt et leggings moulants ! J'ai failli avoir un trou de mémoire, remarqua l'homme dont les yeux s'étaient allumés d'un éclat lubrique particulièrement déstabilisant pour la jeune femme.

— Je…

— Eh bien quoi, vous n'entrez pas ?

— Non, j'ai mon copain qui m'attend…

— Ah je vois, le fils Flétan ? Et maintenant vous recherchez le père Flétan et le grand-père Flétan n'est-ce pas ? Je peux jouer le père Flétan si ça vous intéresse… Pour le grand-père je suis encore un peu trop jeune et vigoureux ! Vous allez vite vous en rendre compte…

— Non, c'est bon, merci, répondit Julie qui repartit instantanément en courant dans ses baskets rose bonbon.

— Ah, les femmes… soupira Oliver avant de rabattre le portillon d'un geste désabusé.

Passant devant le véhicule comme si elle faisait son jogging, Julie fit signe du doigt à Aldemor de la retrouver un peu plus loin. Celui-ci attendit que le psychiatre fût de nouveau dans la maison puis, après avoir vérifié que l'homme n'observait pas, a priori, ce qui se passait dehors par l'une des fenêtres, la rejoignit.

— Il s'est passé quoi ? lui demanda Aldemor environ 200 m

plus loin.

— Il m'a… draguée, répondit Julie après un moment d'hésitation.

— Quoi !?! hurla le colosse, celui-là on l'ramène pas, j'le butte vraiment !

— Chhhuttt… Non, non, non, fit Julie la main posée sur le buste de l'homme, on ne peut pas faire ça, c'est le seul médecin de tout le groupe et on en a besoin ! On lui expliquera que… et puis il ne m'importunera plus.

— N'empêche qu'on a plus l'choix maintenant. J'attends la nuit, j'le choppe et il fera le voyage dans l'coffre, comme Finn au début.

— Ok… répondit Julie, effectivement c'est devenu bien trop compliqué pour la méthode douce. On lui expliquera tout à l'arrivée. Par contre le risque que nous encourons c'est qu'il pète une durite… Après il nous faudrait trouver un psy pour psys…

Aldemor attendit la tombée de la nuit pour s'introduire dans le jardin puis dans la maison. Comme il s'y attendait de par ses planques précédentes, les seuls espaces éclairés se trouvaient au 1er étage et au grenier qui semblait aménagé. Par chance, une fenêtre était restée en position basculée au rez-de-chaussée. Aldemor n'eut qu'à desceller la barrette en métal qui la retenait puis à la faire descendre doucement au sol avant de pénétrer à l'intérieur. Ensuite il remit la fenêtre en place en la fermant normalement, songeant à la mauvaise surprise que la pimbêche en tenue de cimetière aurait si elle tentait de l'incliner à nouveau. Le visage distordu du géant se fendit d'un sourire démoniaque lorsqu'il se fit la réflexion, qu'au moins, on n'aurait pas à lui changer son costume pour l'inhumation.

C'était une nuit plutôt calme et claire. Aldemor décida de prendre son temps pour faire une visite exhaustive des lieux afin d'éviter tout problème potentiel. Il souhaitait avant tout s'assurer qu'il n'y avait personne d'autre sur place et rechercher une éventuelle présence animale. Les pièces étaient vides de vie, il y régnait une atmosphère aseptisée au-dessus d'un ordre digne d'un feld-maréchal prussien. Quelqu'un – la sorcière ? –

semblait avoir pris un malin plaisir à multiplier les senteurs sur l'ensemble de l'étage : aux fragrances marines et orientales se superposaient des parfums citronnés, de violette, de menthe, jasmin... Désodorisants, encens et huiles essentielles s'autodétruisaient dans leurs effets additionnés les uns aux autres, produisant une pagaille olfactive inouïe.

Un mal de crâne naissant poussa Aldemor à accélérer considérablement son inspection du bas. Une fois celle-ci terminée, il ne fut pas mécontent de pouvoir se lancer prudemment dans la cage d'escalier. Devait-il faire un tour à la cave ? Il préféra y renoncer pour gagner du temps et gravit lentement les marches en direction du 1er étage. Au fur et à mesure qu'il progressait, le regard constamment orienté vers le palier, ce fut cette fois une odeur putride qui emplit ses narines. L'homme avait-il laissé ses poubelles devant sa porte ? Il n'en était rien. Heureusement, celle-ci n'était pas fermée à clef, Aldemor en abaissa la clenche aussi imperceptiblement que possible puis la poussa de quelques centimètres. À cet instant, il crut que son estomac allait se retourner tel un voilier éperonné par un porte-container. Pris d'un vertige soudain, il détourna la tête, cherchant vainement à échapper aux miasmes qui l'assaillaient. D'aucuns auraient cru déboucher sur un charnier à ciel ouvert, Aldemor, lui, était bien trop familier des relents dégagés par les cadavres pour se laisser berner. L'homme à enlever semblait confondre ses appartements avec un dépotoir. C'était prometteur pour l'avenir... L'ancien commando se demanda un bref instant s'il ne devait pas abattre cet Oliver purement et simplement, quitte à mentir à Julie plus tard en affirmant ne pas avoir pu faire autrement, qu'il s'était âprement défendu ou quelque chose de similaire. Puis il se ravisa, se remémorant ses propos quant à l'utilité du gugusse pour le groupe. Lui raconter des histoires, ce serait la trahir aussi dans un certain sens et ça, il ne le pourrait jamais.

Aldemor repêcha un mouchoir en papier du fond de l'une de ses poches de pantalon, le déchira en deux puis s'obtura les narines au point de ressembler à un lamantin. La puanteur s'estompa et, avec elle, la nausée qui s'était emparé de lui. Débarrassé de ce fléau, il put enfin envisager de poursuivre sa progression. Le couloir était plongé dans une obscurité des plus opaques et il fut surpris de ne pas mieux distinguer la lumière qui filtrait à partir de la pièce du fond où se trouvait vraisemblablement sa cible. C'est en cherchant à avancer, en tâtonnant ici et là, qu'il en comprit soudain la raison : du couloir, il ne restait qu'un boyau étroit dans lequel il lui était absolument impossible de s'engager. De part et d'autre se dressaient des empilements de meubles et objets de toute nature jusqu'au plafond. Faute de pouvoir aller de l'avant sans renverser quelque chose, le géant tenta une percée dans les pièces situées latéralement. Dans celle de gauche, qui était suffisamment éclairée par la lumière en provenance de la rue, il découvrit des monceaux de livres et journaux que des centaines de paquets de cigarettes et emballages de toute sorte avaient rejoints, comme déposés par la vague du siècle. La fenêtre n'était accessible que par un corridor impraticable pour qui faisait trois repas normaux chaque jour. La pièce sur la droite se révéla être l'empire des déchets, qu'ils fussent placés dans des sacs poubelles… ou pas. Aldemor constata rapidement que l'accès était complètement condamné, une canette de bière bue par l'énergumène achevant de remplir le haut du chambranle de la porte en son milieu. Peut-être s'agissait-il même de la pièce maîtresse qui permettait au tout de ne pas s'écrouler ? « Et c'type voulait s'faire ma Julie… ici !!!! » songea le tueur qui sentit une rage indicible s'emparer de lui. Écrasant son arme d'une poigne féroce dans sa poche, il attendit qu'un calme relatif vînt prendre le relais de sa colère.

Il lui fallait maintenant trouver une nouvelle alternative. Julie attendait dans le véhicule et avait sans doute commencé à s'impatienter, craignant peut-être même qu'un imprévu se fût produit. S'il ne pouvait aller au devant de l'homme, il lui faudrait l'attirer dans sa direction. C'est alors que lui revint à l'esprit un truc vieux comme le monde. Aldemor s'était fait connaitre dans de nombreuses unités par sa capacité remarquable à imiter les couinements de souris. À plusieurs reprises, il en avait même tiré profit pour signaler sa présence à des camarades lors d'opérations spéciales. Dans une telle maison, les souris devaient s'en donner à cœur joie et se reproduire à tout va. Cela n'en ferait simplement qu'une de plus. Aldemor s'assura d'avoir bien refermé la porte d'entrée puis pénétra dans la pièce située à gauche. Forçant le passage du mieux qu'il put sur environ un mètre, il parvint ensuite à se blottir dans une faille laissée sur le côté entre deux piles de magazines. De là il émit des bruits de souris, en sourdine tout d'abord, puis de plus en plus fort.

— *Schon wieder diese Scheißmäuse! Die kriege ich nie los, verdammt noch mal!* entendit-il l'homme s'exclamer de loin.

Même sans rien comprendre, il n'y avait aucun doute possible pour Aldemor, le bougre était agacé et le subterfuge fonctionnait. La lumière s'alluma dans le couloir et il entendit des pas. Comment le gars s'y prenait-il donc pour se déplacer si vite dans ses galeries ? Le militaire retint sa respiration, la crosse de son arme levée au-dessus de la tête, puis il frappa sa victime d'un coup énergique. Avant que l'homme ne s'écrasât au sol, il parvint à le retenir tant bien que mal par le haut du peignoir au-dessus d'une épaule. « Eh merde… encore un qu'aura pas d'vêtements sur place et à qui faudra en acheter ! Mais au moins lui il est pas très épais et sera moins lourd à trimbaler » dit Aldemor tout haut avant d'entamer les manœuvres de sortie.

— Pourquoi as-tu mis autant de temps ? demanda Julie quand il fut de retour avec son paquet soigneusement enveloppé dans un drap sur l'épaule.

— Ouvre-moi vite le coffre s'il te plait, j'vais t'raconter, c'était hippique…

— Tu veux dire épique Aldo ?

— Ouais… euh… j'sais pas, c'était un peu compliqué quoi…

— Et c'est quoi ces machins dans ton nez ? Tu as saigné ? Il t'a cogné dessus ?

— Nan, répondit Aldemor en rigolant, c'est une infection chez lui, il emmagasine tout, même ses ordures. Il a l'air d'tout garder depuis qu'il a quatre ans. J'ai pas arrêté de marcher sur des bestioles qui cavalaient au sol…

— Et il ne sent pas bon dis-moi… sous ce parfum immonde. Il doit s'en asperger des litres à la lance à incendie !

— J'voulais l'doucher avant qu'on l'emmène mais l'accès à la salle de bain est bloqué. Y a du mobilier d'jardin devant et un piano avec des aquariums entassés dessus.

— C'est pathologique tu sais. Il s'agit d'un trouble du comportement qu'on appelle syndrome de Diogène, précisa Julie, les gens accumulent les choses de façon compulsive.

— Eh ben, j'peux te dire qu'il fera pas ça chez nous !

— Chez nous ? fit la jeune femme en lui jetant un regard amusé et interrogateur.

Aldemor détourna les yeux comme s'il fut gêné soudain puis poursuivit :

— S'il nous emmerde avec ça, j'le balancerai tous les jours habillé dans la rivière.

— Il y a une rivière près du manoir ?!?

— Ouais, à environ quatre cents mètres au fond sur la gauche, après les marais. On ira faire un tour ensemble.

— C'est une invitation ? demanda Julie malicieusement en refermant le coffre sur un nuage de puanteur dont une bonne partie fut propulsée à l'extérieur par ricochet.

39 PENSÉES AU POTAGER

Finn ne trouvait pas que sa situation présente fût des plus désagréables mais des doutes tenaces assaillaient son être à intervalles de temps réguliers, perturbant considérablement son sommeil. La nuit écoulée n'avait pas fait exception à ce qui, entre-temps, était devenu une quasi-règle, implacable et sourde à ses protestations secrètes. De nouveau, il s'était réveillé entre trois et quatre heures du matin et retourné interminablement dans son lit avant d'abandonner la lutte. Nonchalamment, il avait déporté le poids de son corps sur le côté afin de le faire basculer et se retrouver assis, les deux pieds joints dans ses pantoufles, ou presque, pour autant qu'une distance d'un mètre pût être considérée comme un détail. Il traversa la pièce tel un rhinocéros frondeur puis tira les rideaux d'un geste agacé et maladroit, au risque de faire chuter la tringle.

En dépit de sa rogne, il eut une amorce de pensée positive en découvrant que c'était la pleine lune. Qui sait ? La journée naissante serait peut-être un brin différente de toutes les autres ? Un ou deux instants de délibération plus tard, il se vêtit et descendit se préparer un café à la cuisine, qu'il but à petites lampées. Puis, n'ayant pas encore faim compte tenu de l'heure indécente, il enfila machinalement ses bottes de jardinage, jeta un pardessus sur ses épaules et sortit en silence.

Personne n'était levé à cette heure, hormis sans doute l'une des deux sentinelles, Laszlo ou Karsten qui alternaient les gardes à la grille d'entrée de la propriété. À l'une ou l'autre reprise, en pareille circonstance, il avait senti des yeux se poser sur lui. C'était là-bas, entre un bosquet et les restes de ce qui avait dû être une sorte de remise pour charrettes. Il ne s'en était pas inquiété outre mesure, songeant que cela devait être un sanglier ou quelque gros gibier curieux, jusqu'à ce petit matin où, regardant de façon marquée et insistante dans cette direction, il avait aperçu une masse sombre qui s'était aussitôt enfoncée dans la végétation, particulièrement touffue à cet endroit. Parfois, malgré tout, il se sentait lâche de ne pas avoir tenté une fuite. À vrai dire, il y pensait continuellement. Un poltron miné à potron-minet... À quoi bon avoir monté tant de belles entreprises s'il se les voyait maintenant chaparder par un mauvais coup du destin ? Son appartenance aux Intrépides n'était, après tout, que le résultat d'un concours de circonstances ou une affaire de timing, ou les deux... Il considérait s'être trouvé là au mauvais moment – trop tôt – au milieu des bonnes personnes ; si on avait décidé en haut lieu de leur faire passer un mauvais quart d'heure, ce devait être uniquement en raison de leur vulnérabilité passagère, pensait-il. La question qui le taraudait le plus était cependant celle du management de ses sociétés. Qui avait bien pu prendre le relais, dans l'intervalle, à la tête de ses boîtes ? Au-delà du sujet sensible des compétences, personne n'y était réellement fondé au plan juridique sans son accord. Parvenu au potager, il empoigna une fourche bêche à quatre dents qu'il se souvenait avoir laissée là la veille, contre le tronc d'un cerisier, puis il s'attela à retourner un carré de terre.

Suyin et Finn avaient dû batailler ferme pour que Tatie leur cède deux ares de terrain à proximité immédiate des bâtiments pour en faire émerger un potager. Plus celui-ci aurait été éloigné, plus il aurait fallu s'échiner à transporter les outils dans un sens, les légumes et plantes aromatiques dans l'autre. L'enjeu n'était aucunement d'ordre esthétique. Pour Tatie, il ne s'agissait pas moins de protéger convenablement les lieux et ses habitants. Quelques jours après son arrivée seulement, Finn avait aidé Aldemor à décharger une cargaison entière de statuettes de jardin représentant toutes, on l'aura deviné, des castors. Il y en avait de toutes les matières pouvant résister aux intempéries et au chahut des insectes : résine, caoutchouc, plastique, pierre…

Tatie avait ensuite passé des heures à planifier leur répartition tout autour. Les pièces devaient former un cercle doublé d'une étoile dans l'espace, à la manière des forteresses de Vauban, capable de résister aux assauts les plus téméraires et violents. De quoi ? De qui ? L'histoire et la dame ne le révélèrent pas. Toujours est-il que le positionnement du potager avait été déclaré, dans un premier temps en tout cas, incompatible avec une ligne de défense appropriée. Finn résolut finalement de surprendre la septuagénaire en retournant sa logique contre elle et en suggérant de se procurer une douzaine de castors de jardin supplémentaires. Par la même occasion, il lui fit la démonstration à l'aide de savants calculs que le dispositif pouvait être même amélioré ainsi.

Une seule statuette, plutôt volumineuse et taillée dans une sorte de grès, avait été endommagée pendant le transport. Il s'agissait d'un castor tenant une brouette à bout de bras, dont la tête avait été séparée du reste en raison, sans doute, d'un virage pris trop brusquement. Tatie en pleura de rage et choisit, non seulement de la conserver, mais de la placer tout près de la porte d'entrée du manoir. La tête fut déposée dans la brouette sur le devant, ce qui offrait un tableau digne d'une hallucination. Elle mit un point d'honneur à expliquer qu'il fallait considérer ces figurines comme de vraies personnes et exposa par la même occasion que, quand quelque chose était fracassé chez un individu, on ne le remarquait pas nécessairement. Aussi pria-t-elle ses invités de déployer la plus exquise des courtoisies en affectant n'avoir rien relevé d'anormal lorsqu'ils croiseraient le chemin du castor décapité.

Tatie était-elle déjantée ? Pas davantage que d'autres songea Finn. Après tout les croyances qu'elle nourrissait vis-à-vis de ses veilleurs à grandes dents n'étaient pas plus aberrantes que de faire un vœu en jetant une pièce dans une fontaine ou d'aller voter pour élire des individus en espérant on ne sait quoi. De ce type de superstitions il y avait pléthore. L'une des plus étonnantes dans le contexte actuel, pensa-t-il, était celle que colportaient encore et toujours certains professeurs d'université en économie pour défendre le libéralisme. Un original du XVIIIᵉ siècle dénommé Adam Smith avaient échafaudé une théorie selon laquelle les marchés s'autorégulaient d'eux-mêmes au grand bonheur de toute la communauté, comme si une main invisible était à l'œuvre – selon ses propres mots. Outre le fait que ses adeptes n'avaient, de toute évidence, jamais été jeter un coup d'œil dans les rues du monde, on jouait là clairement dans la cour du paranormal et des ectoplasmes. Un jour, les exaltés et mystiques devraient bien se résoudre à ranger leurs champignons hallucinogènes au fond d'un tiroir et à se tourner du côté de la Commission européenne pour voir comment le « libéralisme » fonctionnait vraiment. Finn réalisa soudain que le sujet était parfait pour arracher les mauvaises herbes. Mouron, faux-fraisiers et liseron s'empilaient dans un grand seau à un rythme effréné. La clarté bleuâtre dispensée par la lune n'était pas excessivement généreuse mais suffisante pour ce qu'il avait à faire.

La Commission européenne… pensait-il avec dégoût. Il fallait bien le reconnaître, tout le monde y avait cru au départ, la paix en Europe, les beaux sentiments, tout ça, tout ça… jusqu'à ce que l'on passe un traité en force malgré le résultat négatif des urnes et que l'on entraine les européens vers des conflits militaires dont ils ne voulaient pas, générant afflux de migrants et terrorisme. Il fallait renverser la table et se débarrasser du machin coûte que coûte. Qui savait – c'était écrit dans le Traité sur le fonctionnement de l'Union européenne pourtant – que la Commission européenne cumulait l'exécutif, le législatif au travers du monopole de l'initiative législative et le pouvoir judiciaire en tant que gardienne des traités ? Le Parlement européen quant à lui n'était qu'un faux nez et une farce. Comment appelait-on ce type de régime d'ordinaire ?

Le plus pervers dans tout cela, se disait Finn, était que malgré l'article 121 TFUE précisant que la Commission européenne imposait, contrôlait et sanctionnait les politiques des États membres, on maintenait des gouvernements fantômes dans ces derniers. Les populations d'Europe élisaient, pour rien, des politiciens qu'elles rémunéraient, pour rien... Comme ceux aussi du Parlement européen du reste. Enfin, qui avait à l'esprit que les premiers textes fondateurs de l'Union européenne avaient été rédigés par un juriste nazi, Walter Hallstein qui avait été aussi le premier président de la Commission européenne ? Que cette dernière n'était pas élue ? Que l'oligarchie financière en avait clairement pris le contrôle au travers des commissaires en poste ? Les puissants avaient eu la main bien lourde et celle-ci par contre, écrasant tout sur son passage, était bien visible dans ses effets. Une poigne de fer dans un gant de velours, une dictature feutrée derrière un paravent démocratique. Là était la préoccupation profonde de Finn. Plus rien ne bougeait au plan politique et les forces qui auraient pu exercer une certaine résistance restaient sagement aplaties au sol, perdant toute leur énergie dans un système complètement verrouillé par le haut. Et la grande majorité des gens resteraient sous l'effet du mirage tant que personne n'irait les secouer pour les extraire à l'envoutement et leur montrer la main cachée dans le gant. On ne pouvait d'ailleurs reprocher à quiconque d'être un gobe-mouche. La propagande omniprésente de la Commission européenne s'imposait dans tous les médias sous contrôle au travers d'outils dialectiques puissants. Tout opposant à ce système de pouvoir était réputé contre l'Europe dans la communication courante, ce qui n'avait strictement rien à voir. Bien au contraire, tout partisan d'une belle Europe et de la démocratie ne pouvait être que contre le système dès lors qu'il en avait compris les rouages et le fonctionnement. Pour cela toutefois, encore fallait-il que quelqu'un vous l'expliquât réellement un jour...

Était-il donc si étonnant qu'il se retrouvât maintenant à bêcher en fin de nuit dans un lieu qu'il ne pouvait pas même situer sur une carte ? se demandait Finn. Les Intrépides, contrairement à d'autres, ne s'étaient pas contentés d'une analyse de ce qui se passait, ils avaient élaboré un contrepoison. Les loups pour leur part se sentaient maintenant menacés dans leur pouvoir et l'activité du groupe les avait fait sortir de leur tanière. À tout prendre, c'était plutôt de bon augure.

— Bonjour Finn ! fit soudain une voix derrière lui.

— Ah, Karsten, bonjour, comment vas-tu ? répondit Finn en plantant son outil dans le sol, ça fait plaisir de te voir. Tu as fini ton quart ?

— Oui à l'instant, je vais filer me coucher. Tu es insomniaque ou quoi ? Il n'est que cinq heures passé et on dirait que tu es là depuis une éternité déjà...

— Il faut bien que vous mangiez de bons légumes pour avoir des forces pour nous flinguer ! s'exclama Finn d'un air goguenard.

— Oui mais bon...

— Et toi, regarde comment tu t'impliques pour nous tous à passer ton temps près de cette fichue grille ?

— C'est vrai... mais bon... acquiesça Karsten.

— Et avec des caméras, tu ne crois pas que ce serait plus commode pour vous ? Je me faisais la réflexion tout à l'heure que si je voulais me carapater, je ne serais jamais suffisamment saoul pour essayer de passer par la grille...

— Tu sais, le risque vient essentiellement de l'extérieur selon notre point de vue. Qui d'entre vous serait assez crétin pour mettre sa vie en danger et celle du groupe en partant de ce refuge ?

— Crois moi, si moi j'y pense à jeun, d'autres qui ont de moins bonnes raisons de le faire, tenteront quelque chose. « Ah zut, il faut absolument que j'éteigne l'eau ! » ou « Je dois absolument prévenir la femme de ménage de ne pas passer jeudi... » ou encore « Je n'ai pas fait le virement pour la réservation de cet été ». Bref, des gens qui n'ont pas encore intégré que c'en est totalement fini de leur quotidien « normal ». C'est profondément humain. Aucun doute, on va s'amuser...

— Tu as raison... On en parle à Aldo plus tard comme c'est lui qui s'occupe des achats ? Bon, je te laisse...

— Oui, dors bien du sommeil des justes Karsten.

Finn se remit tranquillement à la besogne. Le rythme de ses pensées se calait à celui du mouvement de ses mains agrippées à la fourche bêche. Le jardinage lui plaisait de plus en plus, même s'il maniait les outils avec une dextérité toute relative et si ses gestes aléatoires seraient difficilement passés inaperçus aux yeux d'un jardinier expérimenté. Mais quelle importance ? Il se savait seul. L'aube déployait ses premières lueurs et tout le monde dormait à pognes fermées. Les avis d'observateurs extérieurs ne le laissaient jamais indifférent, même s'il avait longtemps aimé à croire qu'il pouvait aisément s'y soustraire. Il y voyait avant tout un obstacle, même si les appréciations extérieures n'étaient pas toujours indignes d'intérêt. Mieux valait aussi leur réserver une attention mesurée et ne pas se laisser détourner de l'objectif fixé.

Travailler la terre était hautement bénéfique pour l'âme et lui apportait une stabilité intérieure qui lui avait fait tant défaut au début de son « séjour ». Il se souvenait avec une netteté exacerbée de ces instants terribles, dans sa cave transformée en cellule, où il avait failli tomber dans le néant à force de ruminer. Les choses avaient bien changé entre-temps. Cette bonne fatigue qu'il ressentait maintenant, lui permettait de garder l'essentiel à l'esprit : qui il était, d'où il venait et vers quoi il allait. La terre était en matériau noble par excellence, recelant la vie et le cycle des existences, au contact duquel on ne pouvait en somme que relativiser les choses. Pourtant, la majorité des gens la considéraient comme un élément sale et impropre, se souvenant surtout des reproches formulés par leurs parents quand ils étaient petits en raison d'un pantalon souillé ou d'une chute à plat ventre dans quelque flaque boueuse. Finn sentait ses bottes s'engluer dans la masse compacte du sol et il y prenait un indicible plaisir. Il était un avec son environnement. Les mauvaises herbes pouvaient trembler, elles cèderaient la place à de beaux légumes. Tout comme le système dont ils allaient retourner la fange avec fermeté, persévérance et un grand bonheur. La Commission européenne jouait les vases communicants avec les États pour envoyer sa merde aux populations ? Ils allaient jouer les vases communicantes avec le système pour renvoyer la merde là d'où elle venait.

Une heure plus tard, Finn avait recouvré sa sérénité mais ses mains n'étaient pas encore assez calleuses pour lui éviter des ampoules qu'il sentait poindre à deux ou trois endroits. À bout de souffle, ayant épuisé à peu près tous les sujets pour un homme seul, il prit la décision d'en terminer là pour ce qui touchait au potager. D'autres tâches l'attendaient. Pendant quelques instants encore, il contempla la superbe terre meuble à ses pieds qui était maintenant éclairée par les premiers rayons du soleil et avait la teinte sombre et luisante du marc de café.

À peine Finn avait-il rangé sa fourche bêche et entrepris de retaper un clapier fait de bric et de broc, qu'il entendit une voiture arriver à vive allure. Une minute plus tard, tout au plus, apparurent Julie et Aldemor qui portait une charge enveloppée dans un drap, calée sur ses épaules.

— Salut l'ami Finn, lança Julie, tu viens avec nous ? On va faire la lessive…

— La… Mais où allez-vous ? eut tout juste le temps de demander Finn en retour.

— À la rivière… cria Julie qui était déjà loin.

Finn ignorait qu'il existât une rivière à une si faible distance des bâtiments. L'une ou l'autre fois, il avait bien essayé de s'engager dans la direction prise par Julie et Aldemor mais en vain. Il était tombé invariablement sur une zone marécageuse qui lui avait semblé peu propice à la ballade. Sans hésitation, il décida donc de les suivre afin de repérer le passage qui permettait de se rendre au-delà. Ils progressaient nettement plus vite que lui qui ne pouvait forcer le pas en raison de son poids, mais il parvint à temps à les voir emprunter un petit sentier sur la droite, dissimulé par de hautes herbes. Une cinquantaine de mètres plus loin, il découvrit une longue passerelle en bois qui le conduisit effectivement jusqu'à une rivière.

— Regarde ce qu'on a trouvé ! s'écria Julie au moment où Finn émergeait des joncs et où Aldemor propulsait son paquet dans la rivière.

La masse fit un énorme plouf dans l'eau deux mètres plus bas. Quelques secondes après, apparut le visage d'Oliver, visiblement sous le choc.

— Mais vous êtes complètement fous ! s'exclama Finn.

— Tu ne réagirais certainement pas ainsi si tu avais dû supporter ses odeurs pendant tout le trajet ! répliqua Julie.

— Finn ? Tu es là aussi ? cria Oliver d'en dessous, pris de panique et transi de froid au point de grelotter de tout son être.

— Oui, ne t'inquiète pas Oliver, contrairement aux apparences tu es en sécurité ici. Et moi je n'ai malheureusement pas eu la chance de prendre un bain comme ça en arrivant…

Aldemor répondit à la remarque de Finn avec un rictus lui aspirant la bouille :

— J'peux encore rattraper l'truc, tu sais… Mais pour ça faudrait qu'tu manges un peu plus de salade…

Cette fois ce fut à Julie de hurler :

— Aaah, c'est horrible !!! C'était quoi le truc sombre qui a bougé là-bas sur la rive en face ?!? Et ça nage dans l'eau maintenant ! Oliver, sortez de là tout de suite !

Fin du tome 1